Santos crueles

Primera edición: octubre de 2020

Título original: Wicked Saints
Copyright © 2019 by Emily A. Duncan

First published by Wednesday Books. Translation rights arranged by Sandra Djikstra Literary Agency and Sandra Bruna Agencia Literaria S.L. All rights reserved.

© De esta edición: 2020, Editorial Hidra, S.L.
red@editorialhidra.com
www.editorialhidra.com

Síguenos en las redes sociales:

 @EdHidra   /editorialhidra    /editorialhidra

© De la traducción: Aitana Vega Casiano

BIC: YF

ISBN: 978-84-18359-19-4
Depósito Legal: M-25728-2020

Santos crueles

EMILY A. DUNCAN

TRADUCCIÓN DE AITANA VEGA CASIANO

Editorial Hidra

*Para mamá y papá,
mis apoyos más incondicionales.*

Frontera
en disputa

Tierras de los lagos

Kazatov

Catedral   Palacio

Grazyk

Tvir

TRANAVIA

Rosni-
Ovorisk

Tanow

Kyętri

Minas de sal

Laszczow

Haa'ti

LIDNADO

Narjeen

1

NADEZHDA
LAPTEVA

Muerte, magia e invierno. Un ciclo amargo que Marzenya hace
girar con hilos carmesí entre sus pálidos dedos. Es constante,
implacable, eterna. Puede conceder cualquier hechizo a quienes
ha bendecido; su alcance es el tejido de la magia misma.

Códice de las Divinidades, 2:18

El tranquilizador eco de un cántico sagrado flotó desde el santuario hasta las bodegas. Era última hora de la tarde, justo antes de las Vísperas, momento en que los salmos a los dioses se recitaban a coro en perfecta sintonía.

Nadezhda Lapteva miró la montaña de patatas que amenazaba con derrumbarse sobre la mesa. Retorció el cuchillo con fuerza en la mano que lo sujetaba, y dejó apenas un resquicio de piel mientras el resto caía enrollado en una espiral.

—El trabajo de una clériga es importante, Nadezhda —murmuró, imitando el tono amargo del abad del monasterio—. Podrías cambiar el curso de la guerra, Nadezhda. Ahora, baja a las bodegas a pudrirte el resto de tu vida, Nadezhda.

La mesa estaba cubierta de espirales de piel de patata. No tenía pensado perder todo el día trabajando como castigo, pero allí estaba.

—¿Has oído eso? —Konstantin fingió que no había dicho nada. El cuchillo de cocina colgó inerte entre sus dedos cuando se detuvo para escuchar.

No se escuchaba nada, salvo el servicio de arriba. Si trataba de distraerla, no iba a funcionar.

—¿Te refieres a nuestra inminente muerte por una avalancha de patatas? No la oigo, pero no me cabe duda de que se avecina.

Recibió una mirada fulminante como respuesta y lo señaló con el cuchillo.

—¿Qué esperas oír? ¿A los tranavianos en la puerta? Antes tienen que subir siete mil escalones. A lo mejor su Gran Príncipe ha decidido convertirse.

Intentó que fuera un comentario sarcástico, pero la mera idea de que el Gran Príncipe se acercara al monasterio le provocó un escalofrío. Se rumoreaba que era un mago de sangre extremadamente poderoso y uno de los más aterradores de Tranavia, una tierra plagada de herejes.

—Nadya —susurró Konstantin—. Hablo en serio.

Clavó el cuchillo en otra patata y lo miró. Era culpa suya que los dos hubieran terminado allí abajo. Sus travesuras, consecuencia una mezcla de aburrimiento y delirio después de las oraciones matutinas, al principio eran inocentes. Cambiar el incienso del monasterio por limoncillo o cortar las mechas de las velas del santuario. Ofensas menores como mucho; nada que mereciera como castigo morir sepultado por patatas. Sin embargo, llenar el cuenco de aseo del padre Alexei con un tinte rojo que parecía sangre fue ir demasiado lejos. La sangre no era un tema con el que hacer bromas, y menos en los tiempos que corrían.

La rabia del sacerdote no se aplacó con mandarlos a las bodegas. Cuando terminasen con la montaña de patatas, si es que terminaban algún día, todavía les quedarían por delante muchas horas de transcribir textos sagrados en el Scriptorium.

—Nadya. —Se le desvió el cuchillo cuando Konstantin la agarró por el codo.

—Maldita sea, Kostya.

«La racha perfecta de cincuenta y cuatro espirales intactas, arruinada», pensó con pena. Se limpió las manos en la túnica y lo fulminó con la mirada, pero el chico tenía la vista fija en la puerta cerrada que conducía a las escaleras. No se oía nada, salvo...

«No».

La patata se le escurrió entre los dedos y cayó al suelo polvoriento. No se había dado cuenta de que el servicio de arriba se había detenido. Los dedos de Kostya se le clavaban en el antebrazo, pero apenas los notaba.

«No puede ser».

—Cañones —murmuró y la realidad se asentó al pronunciar la palabra en voz alta. Cambió el agarre del cuchillo y lo volteó hacia atrás como si fuera uno de sus *voryen* de hoja fina y no un simple utensilio de cocina.

El ruido de los cañones era uno que todos los niños de Kalyazin sabían reconocer al instante. Crecieron en su compañía; sus canciones de cuna se mezclaban con los disparos en la distancia. La guerra había sido su eterna compañera y los niños kalyazíes habían aprendido a huir en cuanto escuchaban los cañones y percibían el sabor metálico de la magia en el aire.

Los cañones solo tenían un significado: magia de sangre. Y esta equivalía a tranavianos. Durante un siglo, se había librado una guerra santa entre Kalyazin y Tranavia, pues a estos últimos no les importaba que la magia de sangre ofendiese a los dioses. Si lograban su objetivo, erradicarían la presencia divina de Kalyazin igual que habían hecho en su propio reino. Pero la guerra nunca se había extendido más allá de la frontera. Hasta ese momento. Si Nadya oía los cañones, significaba que la guerra se iba tragando poco a poco a su país. Centímetro a centímetro, la sangre se filtraba en el corazón de Kalyazin, trayendo la muerte y la destrucción consigo.

Solo había un motivo para que los tranavianos atacasen un monasterio recluido en las montañas.

Las bodegas se sacudieron y cayeron escombros del techo. Nadya miró a Kostya, cuyos ojos parecían firmes, aunque temerosos. Solo eran un par de acólitos armados con cuchillos de cocina. ¿Qué harían si llegaban los soldados?

Apretó el collar de oración que llevaba en el cuello y notó que las suaves cuentas de madera estaban frías cuando las tocó con las yemas de sus dedos. Las alarmas se dispararían si los tranavianos subían los siete mil escalones que conducían al monasterio, pero aún no habían sonado. Esperaba que no lo hicieran. Kostya la cogió de la mano y negó con la cabeza despacio; su mirada, oscura y solemne.

—No lo hagas —dijo.

—Si nos atacan, no me esconderé —respondió con cabezonería.

—¿Incluso si supone tener que elegir entre salvar este lugar o a todo el reino?

La agarró del brazo otra vez y la chica se dejó arrastrar de vuelta a las bodegas. Su miedo estaba justificado. Nadya nunca había estado en una batalla real, pero lo miró desafiante. El monasterio era lo único que conocía y, si pensaba que no iba a luchar por él, entonces estaba loco. Protegería a la única familia que tenía; para eso la habían entrenado. Kostya se pasó una mano por el pelo corto. No podría detenerla; ambos lo sabían.

Se liberó de su mano.

—¿De qué sirvo si huyo? ¿Qué sentido tendría?

El chico abrió la boca para protestar, pero la bodega tembló tanto que Nadya temió que fuera a enterrarlos vivos. El polvo del techo le cubrió su cabello rubio, casi blanco. En un instante, llegó al otro lado del sótano y se acercó a la puerta de la cocina. Si las campanas no habían sonado, significaba que el enemigo todavía estaba en las montañas. Todavía había tiempo.

Llegó a tocar el pomo con la mano justo en el momento en que las campanas empezaron a sonar. El sonido le resultó familiar, como si solo fuera la llamada a la oración del santuario. Pero entonces, se convirtió en un chillido urgente que la hizo estremecerse; una intensa cacofonía de campanas. No quedaba tiempo. Abrió la puerta de un tirón y subió las escaleras hasta la cocina con Kostya pisándole los talones. Cruzaron el jardín, vacío y muerto por los amargos meses de invierno, hasta el complejo principal.

Le habían explicado el protocolo incontables veces. «Vete a la parte de atrás de la capilla y reza», porque era lo que mejor hacía. Los demás acudirían a las puertas a luchar; ella debía estar protegida. Sin embargo, no era más que una formalidad, pues los tranavianos nunca avanzarían tanto en el reino y aquellos planes no eran más que un supuesto imposible.

«Lo imposible ha llegado».

Empujó las pesadas puertas que llevaban detrás del santuario, pero solo consiguió moverlas lo justo para que Kostya y ella se colaran por el hueco. El tañido de las campanas le martilleaba las sienes y le provocaba una punzada de dolor con cada latido del corazón. Se habían creado para sacarlos a todos del sueño a las tres de la madrugada para los servicios. Funcionaban de maravilla.

Chocó contra alguien al girar hacia un pasillo contiguo y se dio la vuelta con el cuchillo de cocina levantado.

—¡Por todos los santos, Nadya! —Anna Vadimovna se llevó una mano al corazón. Llevaba una espada corta llamada *venyiashk* en la cadera y otra hoja más larga y fina en la mano.

—¿Me la das? —Estiró el brazo hacia la daga de Anna y la mujer se la entregó sin decir nada. Era sólida, no endeble como el cuchillo de pelar.

—No deberías estar aquí —dijo.

Kostya fulminó a Nadya con la mirada. En la jerarquía del monasterio, Anna, como sacerdotisa ordenada, la superaba. Si le ordenaba que fuera al santuario, no tendría más remedio que obedecer.

«No le daré la oportunidad».

Salió disparada por el pasillo.

—¿Han subido las escaleras?

—Casi —gritó Anna.

Es decir, que existía una probabilidad muy real de que al llegar al patio encontrasen a los tranavianos allí. Nadya se llevó la mano al collar de oración y con los dedos fue tocando las cuentas estriadas hasta dar con la correcta. En cada cuenta de madera había tallado un símbolo que representaba a un dios o una diosa del panteón, veinte en total. Las conocía por el tacto y sabía exactamente cuál presionar para conectar con un dios específico.

Tiempo atrás había deseado ser como los demás huérfanos de Kalyazin en el monasterio, pero la realidad era que, desde que tenía memoria, cuando rezaba, los dioses la escuchaban. Los milagros ocurrían. Fluía la magia. La convertía en una persona valiosa. Y peligrosa.

Toqueteó el collar hasta dar con la cuenta que necesitaba. El símbolo de la espada que tenía tallada se le clavaba como una astilla en el pulgar. Lo apretó y elevó una oración a Veceslav, el dios de la guerra y la protección.

—*¿Alguna vez te has preguntado qué pasaría si os enfrentarais a personas que también me pidieran protección?* —Su voz era como una cálida brisa de verano en la nuca.

«Somos afortunados de que nuestros enemigos sean herejes», respondió. Herejes que estaban ganando la guerra. Veceslav siempre tenía ganas de hablar, pero lo que ahora necesitaba era ayuda, no una charla.

«Necesito hechizos de protección, por favor», rezó. Atrapó con el pulgar la cuenta de Marzenya y presionó el símbolo de una calavera con la boca abierta. «Si Marzenya anda cerca, también la necesito».

La magia fluyó por sus venas y sintió llegar una oleada de poder acompañada de los acordes tintineantes de las palabras en la lengua sagrada, un idioma que solo conocía cuando los dioses se lo permitían. Se le aceleró el corazón, no tanto por el miedo como por la embriagadora euforia del poder.

Por fortuna, el amplio patio estaba en silencio cuando por fin atravesó las puertas de la capilla. A la izquierda, un camino conducía a las celdas de los habitantes del monasterio; a la derecha, otro se adentraba en el bosque donde se conservaba un antiguo cementerio que albergaba los cuerpos de santos de hacía siglos. La nieve de la noche anterior se amontonaba en el suelo y el aire estaba helado. Nevaba casi todas las noches y casi todos los días en la cima de las Montañas de Baikkle.

Buscó al padre Alexei con la mirada y lo encontró en lo alto de las escaleras. Los sacerdotes y sacerdotisas entrenados para la batalla esperaban en el patio y sintió un pinchazo en el corazón al ver los pocos que había. Su confianza vaciló. Pocos más de veinte para enfrentarse a toda una compañía de tranavianos. Esto no tendría que haber pasado. El monasterio se alzaba en medio de las montañas sagradas; era difícil llegar hasta él, casi imposible incluso, sobre todo para aquellos que no estaban acostumbrados a los terrenos prohibidos de Kalyazin.

Marzenya rozó sus pensamientos.

—*¿Qué es lo que quieres, hija mía?* —preguntó la diosa de la magia y el sacrificio, la diosa de la muerte. Marzenya era la protectora de Nadya en el panteón; la había reclamado cuando era niña.

«Les daré a los herejes una muestra de la magia kalyazí», respondió. «Quiero que teman lo que la fe es capaz de hacer».

Sintió la presión de la alegría de Marzenya y después una ráfaga diferente de poder. La magia concedida por la diosa no provocaba la misma sensación que la concedida por Veceslav. Mientras él era calor, ella era hielo e invierno, y furia cósmica.

Contener la magia de ambos al mismo tiempo le picaba bajo la piel, impaciente e impulsiva. Se alejó de Kostya y Anna y se puso al lado del padre Alexei.

—Aleja a los nuestros de las escaleras —susurró.

El abad la miró, con las cejas arqueadas. No porque una chica de diecisiete años le diera órdenes, aunque, si sobrevivían, le caería una buena reprimenda por ello, sino porque se suponía que no debía estar allí. Se suponía que debía estar en cualquier lugar menos allí.

Nadya levantó las cejas, expectante, esperando a que aceptase que aquel era su sitio. Tenía que quedarse. Tenía que luchar. No iba a esconderse más en las bodegas, no mientras los herejes destrozaban su país y su hogar.

—¡Retroceded! —gritó después de una pausa—. ¡Os quiero en las puertas! —El patio era un recinto estrecho y no estaba preparado para la batalla—. ¿Qué planeas, Nadezhda?

—Solo un poco de justicia divina —respondió mientras se balanceaba sobre los talones. Se le saldría el corazón por la boca si dejaba de moverse y se permitía pensar en lo que estaba a punto de suceder.

Lo oyó suspirar de cansancio cuando avanzó hasta donde las escaleras se encontraban con el patio. Era la única manera de que el enemigo llegara al monasterio e, incluso así, en ocasiones, los escalones estaban tan cubiertos de hielo que era imposible subirlos. Ese día no tendrían tanta suerte.

¿Cómo sabían los tranavianos que estaba allí? Las únicas personas que conocían la existencia de Nadya estaban en el monasterio. También lo sabía el *tsar*, pero estaba muy lejos de allí, en la capital. Era improbable que la información hubiera llegado hasta Tranavia.

Susurró una oración en la lengua sagrada; los símbolos crearon luz en sus labios y soplaron una nube de niebla. Se arrodilló y arrastró los dedos por la parte superior de la escalera. La piedra resbaladiza se congeló y convirtió los escalones en un único bloque de hielo.

Mientras daba vueltas al *voryen* en la mano, retrocedió un paso. El hechizo era un truco para ganar tiempo, pero, si entre los tranavianos había un mago de sangre capaza de contrarrestar su magia, no duraría mucho.

«No hay vuelta atrás».

Podría enfrentarse a un mago de sangre corriente, pero la idea de encontrarse con un teniente o un general tranaviano, un mago que habría ascendido a expensas únicamente de su poder mágico, le daba ganas de correr a esconderse en el santuario, donde debería estar.

Marzenya la reprendió por sus dudas.

«Mi sitio es este», se aseguró Nadya.

Kostya se puso a su lado. Había cambiado el cuchillo de cocina por un *noven'ya*, una vara con una hoja larga en un extremo. Se apoyó en él para observar la pendiente donde las escaleras desaparecían de la vista.

—Vete —dijo—. Aún no es tarde.

Le sonrió.

—Sí lo es.

Como si le dieran la razón, las campanas dejaron de sonar tras un desconcertante repique final. El aire que rodeaba el monasterio estaba en calma, salvo por el constante sonido de los cañones, que ahora bombardeaban con claridad la base de la montaña.

Si Rudnya caía, el monasterio sería el siguiente. La ciudad al pie de las montañas estaba bien fortificada, pero se encontraban en el corazón de Kalyazin. Nadie esperaba que la guerra llegara tan lejos hacia el oeste. Se suponía que se quedaría en la frontera oriental donde se encontraban los dos reinos, justo al norte de la frontera de Akola.

Una grieta subió por el bloque sólido de hielo de las escaleras como una telaraña. Se extendió formando un patrón de fracturas antes de que todo se desintegrase. Kostya arrastró a Nadya hacia el patio.

—La altura nos da ventaja —murmuró. No tenía más que un *voryen*. Solo una daga. «La altura nos da ventaja», se repitió.

Un temblor rompió el silencio y sintió un pinchazo en la parte posterior del cráneo.

—*Magia de sangre* —siseó Marzenya.

El corazón le saltó a la garganta y la duda deslizó sus tentáculos fríos por su columna vertebral. Sintió que su magia temblaba y, sin pensar, empujó a Kostya a un lado justo cuando algo explotó cerca de donde se encontraba antes. Un trozo de duro hielo le golpeó la espalda y el dolor se extendió hasta los dedos de sus pies. Cayó encima del chico y los dos se estrellaron contra el suelo.

El chico se levantó antes de que a Nadya le diera tiempo a procesar qué pasaba. El patio se llenó de magia y acero mientras los soldados subían las escaleras. Se puso en pie y se mantuvo al lado de su amigo, cuya espada se movía a un ritmo vertiginoso mientras la defendía de los soldados tranavianos.

Se esperaba que los niños nacidos en una tierra devastada por la guerra supieran cómo reaccionar cuando el enemigo al fin llamase a sus puertas. Kostya y Nadya tenían una estrategia bien definida. Ella era rápida y él, fuerte, y harían cualquier cosa para protegerse el uno a la otra. A menos que la chica les causara la ruina por culpa de sus nervios. Le temblaron las extremidades cuando le atravesó el cuerpo más magia de la que podía controlar.

«No sé qué estoy haciendo».

Las oraciones desesperadas a los dioses solo recibirían como respuesta más magia; decidir cómo usarla era cosa suya.

Acarició la hoja plana del *voryen*. Una luz blanca y pura siguió al roce de sus dedos y, aunque no estaba del todo segura de lo que haría, no tardó en averiguarlo cuando atacó a un soldado tranaviano. Solo le dio en el brazo, pero, como un veneno, la luz le ennegreció la carne desde el lugar de la herida. Se extendió del brazo a la cara y ahogó sus ojos en la oscuridad antes de que cayera muerto. Se tambaleó de vuelta al lado de Kostya. La mano le temblaba por el impulso de soltar el *voryen*.

«Lo he matado. Nunca había matado a nadie».

El chico bajó la mano para acariciar la suya.

—*Sigue* —apremió Marzenya.

Pero había un caudal de poderosa magia arremolinándose en el aire y Nadya era solo una clériga. El miedo la consumió hasta que la diosa le atravesó la parte posterior de la cabeza con un dolor agudo y punzante.

—*Sigue*.

La escarcha se extendió por sus dedos y se agachó para esquivar la hoja de un tranaviano y golpearle con la mano congelada en el pecho. Como la vez anterior, la piel ennegrecida le subió por el cuello hasta la cara antes de caer; la luz se apagó en su mirada.

Se le contrajo el pecho. Tenía ganas de vomitar y la amarga sacudida del asco de Marzenya por su debilidad la sobresaltó. No había tiempo para los sentimientos inapropiados. Estaban en guerra. La muerte era inevitable y necesaria.

—¡*Nadezhda*! —la advertencia de la diosa llegó demasiado tarde.

Las llamas la envolvieron, lamieron su piel y le hirvió la sangre. El dolor le oscureció la visión. Tropezó y Kostya la atrapó para alejarlos de la refriega justo antes de caer de rodillas a la sombra de la puerta de la capilla. Apretó los dientes y se mordió el interior del labio; la sangre le llenó la boca, metálica y ácida. Luchó por respirar. Se sentía como si se quemase desde dentro hacia afuera.

Justo cuando pensaba que no aguantaría más, la presencia de Veceslav se extendió por su cuerpo y la envolvió como una pesada manta. Alivió el ardor hasta que volvió a respirar. No lo había llamado, pero él había acudido.

No tenía tiempo de maravillarse por la omnipresencia de los dioses. Se levantó con dificultad y le temblaban las extremidades. El mundo se tambaleaba peligrosamente, pero daba igual. Lo que fuera que hubiera sido, lo había causado un mago poderoso. Exploró el patio y, cuando lo encontró, su sangre, que momentos antes le hervía en las venas, se congeló.

Había cometido un terrible error.

«Debería haberme escondido».

A treinta pasos de distancia, en la entrada del patio, había un tranaviano con un papel ensangrentado arrugado en el puño. Un fea cicatriz le atravesaba el ojo izquierdo; nacía en la sien y terminaba justo en la nariz. Observaba la violencia a su alrededor con sorna. No le hizo falta fijarse en las charreteras rojas ni en el trenzado dorado del uniforme para reconocerlo.

En el monasterio había oído rumores del Gran Príncipe de Tranavia. Un chico que llegó a general a los seis meses de aventurarse en el frente, cuando solo tenía dieciséis años. Uno que había aprovechado la guerra para alimentar su ya terrible dominio de la magia de sangre. Un monstruo.

Todas las dudas que había tratado de contener la aplastaron. No se lo creía, era imposible que fuera el Gran Príncipe, cualquiera menos él.

Era joven, apenas unos años mayor que ella, y tenía los ojos más claros que había visto nunca. Como si la sintiera, su pálida mirada se encontró con la de Nadya y sus labios se curvaron en una sonrisa sardónica. Bajó la vista a la magia que se arremolinaba en forma de luz en sus manos.

La chica soltó una retahíla de maldiciones.

«Necesito algo poderoso», rezó desesperada. «Va a venir a por mí. Me está mirando».

—*Te arriesgas a dañar a los fieles* —dijo Marzenya.

El mundo se tambaleó y la visión se le oscureció por los lados. El patio era una pesadilla. La nieve estaba teñida de rojo y los cuerpos de aquellos con los que había vivido, trabajado y rezado yacían tirados y sin vida en las piedras. Era una masacre y era culpa suya. Los tranavianos no habrían ido allí si no fuera por ella. Si moría, ¿habría valido la pena la matanza?

El príncipe comenzó a cruzar el patio en su dirección y el pánico hizo desaparecer todo lo demás. Si se la llevaba, ¿qué sacaría de su sangre? ¿Qué haría con la magia que poseía? Había demasiados tranavianos, eran demasiado poderosos y todas las personas a quienes quería iban a morir.

Kostya la empujó de vuelta a las sombras y la magia se le escapó cuando su espalda se estrelló contra la puerta.

—Nadya —susurró mientras lanzaba miradas frenéticas hacia atrás. El príncipe no estaba a la vista, pero no tenía que recorrer un camino muy largo. No quedaba tiempo, se les había acabado. Su amigo le colocó un mechón de pelo detrás de la oreja—. Tienes que irte, tienes que huir.

Lo miró horrorizada. ¿Huir? ¿Después de que todos a quienes amaba hubieran sido asesinados tenía que huir a un lugar seguro? Si corría para salvarse, ¿en qué la convertiría eso? El monasterio era el único hogar que había conocido.

—Tienes que irte —repitió—. Si te atrapa, la guerra estará perdida. Tienes que vivir, Nadya.

—Kos...

La besó en la frente con sus cálidos labios y deslizó algo frío y metálico en la palma de su mano.

—Tienes que vivir —dijo con la voz rasgada. Luego, se dio la vuelta para llamar a Anna y Nadya se metió en el bolsillo lo que le había dado sin mirarlo.

La sacerdotisa luchaba a unos pasos de distancia y los cuerpos se amontonaban a sus pies. Levantó la vista al oír su nombre. Kostya señaló a Nadya con una inclinación de cabeza y los rasgos de la mujer se suavizaron al comprender.

El chico se volvió hacia ella con una expresión en el rostro que nunca le había visto antes. Abrió la boca para hablar, pero se precipitó con violencia hacia adelante y se le dobló la rodilla. La flecha de una ballesta le sobresalía de la parte posterior de la pierna.

Nadya gritó.

—¡Kostya!

—Hora de irse. —Anna la agarró por el brazo y la arrastró hacia el camino que llevaba al cementerio.

«No puedo dejarlo». Cuando se conocieron, Kostya había meditado sobre su inusual don con una expresión muy seria antes de decir que jamás, en toda su vida, podría hacer nada malo, porque los dioses lo sabrían inmediatamente. Nunca le había intimidado la relación de Nadya con las divinidades, la engatusaba con todo tipo de bromas y travesuras y le tiraba manzanas mientras rezaba. Era su amigo, su familia.

Les indicó con la mano que se fueran mientras su rostro se retorcía de dolor. Nadya se resistió al agarre de Anna, pero la sacerdotisa era más fuerte. «Kostya no». Iba a perderlo todo, pero no a él, por favor.

«No antepondré mi seguridad a su vida».

Las lágrimas le cerraron la garganta.

—¡No voy a dejarlo!

—Nadya, tienes que hacerlo.

No consiguió liberarse. Avanzó a trompicones mientras Anna la conducía a un mausoleo y abría la puerta de una patada. Lo último que vio antes de que la arrastrara a la oscuridad fue el cuerpo de Kostya sacudiéndose cuando otra flecha lo atravesó.

2

NADEZHDA
LAPTEVA

Cuando los fieles acudieron al dios de la protección por causa de una horda errante del norte, esperaban su bendición, pero fueron masacrados en la guerra que siguió. Su insensatez fue olvidar que Veceslav era también el dios de la guerra, y que el hierro ha de ser probado.

Códice de las Divinidades, 4:114

Anna la apartó para cerrar la puerta y atrancarla. Nadya intentó detenerla, porque Kostya moriría si no hacía nada, pero la sacerdotisa se cuadró delante de la entrada y le bloqueó el paso.

—Nadya —suplicó en un murmullo, cargado con todo lo que no dijo en voz alta.

Siempre había sido una posibilidad; sabía que sus amigos estaban dispuestos a morir por ella. Ahora, la única opción que le quedaba era asegurarse de que sus muertes no hubieran sido en vano. Ya lloraría después, antes tenía que sobrevivir.

Apretó los puños y se dio la vuelta. Ante ella, unas escaleras descendían a la oscuridad. Estuvo a punto de tropezar en el primer escalón y descubrir por las malas hasta dónde llegaban, pero Anna la sujetó por el brazo para estabilizarla y se dio cuenta de que la sacerdotisa temblaba.

—¿Puedes conseguirnos luz? —preguntó con la voz desgarrada por las lágrimas apenas contenidas.

La oscuridad era asfixiante, pero lo que más la desconcertaba era el silencio. No se oía nada, a pesar de la batalla que se estaba librando fuera. Debería llegarles el sonido del metal y los gritos de la lucha, pero solo había silencio.

Luz. Eso entraba dentro de sus capacidades. Sacó el collar y buscó la cuenta de Zvonimira, marcada con una vela encendida para representar a la diosa de la luz. Elevó una débil plegaria, una petición vaga de algo que no las salvaría.

Un hilo de palabras en la lengua sagrada salió de sus labios en un susurro cuando Zvonimira respondió a la oración y una luz blanca prendió en sus manos. Presionó las puntas de los dedos y formó una bola luminosa que se podía elevar en el aire y que alumbró el espacio a su alrededor.

—*Golzhim dem* —maldijo Anna entre dientes.

Indefensa, a Nadya no le quedó otra que seguirla por las escaleras. Su mejor amigo ya debía de estar muerto y todo lo que conocía había sido destruido. Cada vez que parpadeaba, visualizaba la fría sonrisa del Gran Príncipe. No volvería a estar a salvo.

«Preferiría pasarme meses pelando montañas de patatas».

No sabía si alguno de los campamentos militares cercanos seguiría en pie o si los tranavianos los habían arrasado al avanzar hacia el interior del país. Si Nadya lograba llegar a la capital de Komyazalov y a la Corte de Plata, aun habría esperanza, pero dudaba que fuera posible con el Gran Príncipe pisándole los talones.

La existencia de Nadya tendría que haber sido un secreto durante un año más, mientras entrenaba en las montañas sagradas con los sacerdotes que, aunque no poseían magia, sí comprendían los fundamentos de la divinidad y por qué una campesina podría ser la única opción para salvar Kalyazin de las antorchas de los herejes. Pero a la guerra no le importaban los planes bien elaborados.

Ahora la guerra se lo había quitado todo y no sabía qué debía hacer. Le dolía el corazón y no se sacaba de la cabeza la imagen de Kostya tambaleándose mientras las flechas de las ballestas le perforaban el cuerpo.

Anna la condujo por las escaleras hasta un túnel largo y oscuro que parecía que nadie hubiera pisado en décadas. Tras unos minutos caminando en silencio, la sacerdotisa se detuvo frente a una vieja puerta de madera y la empujó con el hombro hasta que se abrió con un chirrido desagradable. El polvo llovió sobre sus cabezas y salpicó el pañuelo a Anna como si fuera nieve.

Dentro había un almacén lleno de ropa de viaje, armerías y estantes de comida cuidadosamente conservada.

—El padre Alexei esperaba que nunca tuviéramos que venir aquí. —Anna suspiró con melancolía.

Nadya atrapó la cálida túnica violeta y el par de pantalones marrones que Anna le lanzó y se los puso encima de sus finas ropas. También le pasó un grueso abrigo negro de lana y un sombrero forrado de piel. La sacerdotisa también se cambió de ropa antes de pasar a la armería. Le entregó a Nadya un par de *voryen* ornamentados e hizo una pausa para mirar las dagas. Sin decir nada, le dio un tercero y, tras volver a considerarlo, un cuarto.

—Siempre los pierdes —explicó.

Tenía razón. Se ajustó dos de los cuchillos en el cinturón y se guardó los otros dos en las botas. Al menos estaría armada cuando el príncipe la atrapase. Anna sacó un *venyiornik*, una espada larga de un solo filo, de la armería y se la ató a la cadera.

—Debería bastar —murmuró. Cogió dos morrales vacíos y, con cuidado, los llenó de comida—. Ata esos sacos de dormir y la tienda a las bolsas.

Toda la sala tembló por una explosión ensordecedora que venía de la puerta. Nadya se sobresaltó. Se asomó con cautela al pasillo, pero no vio nada más que oscuridad. Anna arrojó sin miramientos todo un estante de comida en uno de los morrales.

El pánico le oprimía el pecho. El túnel no era muy largo y los tranavianos llegarían en cualquier momento. La sacerdotisa se echó al hombro uno de los paquetes y salió por el túnel. El mundo cambió de repente cuando unas palabras en un idioma amenazante que Nadya apenas entendía flotaron desde la dirección por la que habían llegado.

No le hacía falta entender las palabras para reconocer la voz. Era el príncipe; tenía que serlo. No sobreviviría si se enfrentaba a él.

Echó a correr detrás de Anna y confió en que la sacerdotisa se conociera al dedillo los cruces y esquinas del túnel. Tenía que confiar en que, a donde quiera que las llevara, no aterrizarían en medio de una compañía de tranavianos.

El sonido de la magia rebotó por las paredes y silbó detrás de ellas. Algo le rozó la oreja y sintió una oleada de calor. Chocó con la esquina que tenía delante y estalló en una lluvia de chispas. Estaba cerca, demasiado cerca.

—¡*Tek szalet wylkesz!* —El grito retumbó por el túnel, pero no con furia. De hecho, sonó más bien como una burla. Le llegó una risa clara y sarcástica.

Se detuvo solo un segundo para mirar atrás en la negrura y escuchó un sonido intermitente. Empezó despacio, pero aumentó la intensidad; sonaba como muchas cosas moviéndose a la vez. Entrecerró los ojos. Un millar de pequeñas alas.

Anna la tiró al suelo justo cuando una gran masa de murciélagos irrumpió en el estrecho espacio del túnel.

El hechizo de luz de Nadya se interrumpió y se sumieron en una oscuridad aterradora. Los murciélagos les tiraban del pelo y desgarraban cualquier rincón de piel desprotegida. Siguió a la sacerdotisa a ciegas, y tan solo sentir su mano agarrada a la suya la reconfortaba en la oscuridad, que sentía como si fuera a tragarlas vivas.

Estaban atrapadas en un torbellino de alas y garras, hasta que Anna empujó una puerta y tanto las chicas como los murciélagos cayeron sobre la nieve. Los animales alados desaparecieron en briznas de humo en cuanto salieron a la luz que ya empezaba a ocultarse. Nadya se levantó y ayudó a su compañera a hacer lo mismo. Se fijó en la abertura, una boca negra en mitad de la deslumbrante nieve blanca en la ladera de la montaña.

—Tenemos que movernos —dijo mientras se alejaba de la entrada de la cueva.

Miró a Anna, preocupada porque no respondió. La sacerdotisa observaba la entrada abierta, pero no apareció ningún tranaviano.

«Moriremos si no nos ponemos en marcha». Levantó una mano mientras con la otra buscaba su collar y palpaba la cuenta del extremo derecho. Elevó una simple oración a Bozidarka, la diosa de la visión. Una vívida imagen se apoderó de su vista: el príncipe, recostado en un muro de piedra, con una sonrisa desagradable y burlona en la cara y los brazos cruzados en el pecho. A su lado, mirando a la abertura del túnel, había una chica bajita con el pelo negro cortado a la altura de la barbilla y un parche puntiagudo en un ojo.

Regresó a su posición real y la visión desapareció. Le dolía la cabeza por el esfuerzo y se le fue nublando la vista hasta que no quedó nada más que el blanco de la nieve. Se balanceó inestable sobre los pies, exhaló y trató de centrarse. Los tranavianos no las seguían. No sabía por qué, pero no iba a perder tiempo cuestionándoselo. Vendrían muy pronto.

—Estamos a salvo, por ahora —dijo, exhausta. No más magia, al menos hasta que hubiera dormido.

—No tiene sentido —murmuró Anna.

Se encogió de hombros y echó un vistazo a la ladera de la montaña. La nieve se apilaba en lo alto y donde los árboles escaseaban. No habría muchos sitios donde esconderse cuando sus enemigos por fin se aventurasen a salir de los túneles.

Anna dio un grito ahogado y se volvió hacia ella. Trató de ser fuerte, pero, cuando levantó la mirada hacia la cima de las montañas, sintió como si acabase de recibir un puñetazo en el estómago.

Nubes de humo negro se elevaban desde el punto más alto de la cumbre y llenaban el cielo hasta devorarlo casi por completo. Le cedieron las rodillas y cayó en la nieve.

Kostya ya no estaba.

No quedaba nada. Una herida abierta se había instalado donde solía estar su corazón; un agujero en el pecho que se había tragado todo lo demás hasta dejarla vacía. No tenía nada.

Se clavó una uña en la palma de la mano para que el dolor agudo le despejara la mente lo suficiente como para alejar las lágrimas. Llorar no le serviría. No había tiempo para lamentarse, aunque fuera lo que le gustaría hacer. No iban a ganar la guerra; los tranavianos se lo llevarían todo y arrasarían Kalyazin hasta convertirlo en cenizas. Luchar era inútil.

¿Por qué los dioses no lo habían detenido? Se negaba a creer que una desgracia así fuera su voluntad. Era imposible que desearan aquello.

Nadya se sobresaltó cuando Anna la cogió de la mano.

—«El hierro ha de ser probado» —citó el Códice—. No conocemos la voluntad de los dioses.

Sus intenciones no siempre eran justas ni amables.

Como si la hubiera invocado, la cálida presencia de Marzenya se deslizó en su mente como un manto, pero la diosa no habló. Agradeció el silencio, pues ninguna palabra serviría para consolar a su corazón mortal.

Rendirse ahora significaría que todos en el monasterio habrían muerto por nada y no iba a permitirlo. Se metió la mano en el bolsillo y sacó un pequeño colgante con una delicada cadena de plata. Se lo acercó a la cara y distinguió numerosas espirales que se arremolinaban unas con otras y desaparecían en el centro del colgante. Nunca lo había visto antes, y se esforzaba por conocer todos los símbolos de los dioses.

¿Qué le había dado Kostya?

—¿Sabes qué significa? —Le mostró el colgante a Anna, que entrecerró los ojos al cogerlo.

Negó con la cabeza y se lo devolvió. Nadya se lo colgó al cuello y dejó que el frío metal se acomodase sobre su piel debajo de la ropa. Le daba igual lo que significara, lo importante era que pertenecía a Kostya, que la había mirado con una expresión que solo podía interpretarse como de anhelo, la había besado en la frente y había muerto para que ella escapara.

No era justo. La guerra no era justa.

Dejó de mirar su hogar en llamas. Escaparía para que Kostya no hubiera muerto en vano. Por ahora, tendría que bastar.

Tendrían que viajar toda la noche para alejarse lo suficiente de los tranavianos.

—Tenemos que ir a Tvir —dijo Anna.

Nadya frunció el ceño y se ciñó el sombrero a las orejas. Tvir estaba al este, en dirección a Tranavia, y el frente.

—¿No sería más sabio ir a Kazatov?

La sacerdotisa se recolocó el pañuelo del pelo y se ajustó la diadema y los anillos de las sienes.

—Hay que llevarte al campamento más cercano y Kazatov está demasiado al norte. Tu seguridad es la prioridad. El rey nos cortaría la cabeza si algo te pasara.

—Los tranavianos ya le han cortado la cabeza a todos en el monasterio.

Anna la miró con pena.

—El general Golovhka nos dirá qué hacer —dijo, despacio.

No le gustó. No quería verse arrastrada de un lado a otro, siempre en busca de un sitio seguro donde esconderse mientras otros morían en su lugar. Debería estar luchando, pero, si Tvir era el campamento más cercano, pues irían a Tvir.

Anna la miró con calidez en sus ojos oscuros y profundos. Echó un último vistazo por encima del hombro, con la expresión rota, pero Nadya no se atrevió a mirar. Ya había visto suficiente destrucción y, si volvía la cabeza, la destrozaría del todo.

—Primero, centrémonos en encontrar refugio. Hay una capilla abandonada cerca. Llegaremos en un día más a menos. Después, ya pensaremos qué hacer.

Asintió sin ganas. Estaba demasiado cansada para pelear o entrar en pánico porque la única persona que jamás debería tener acceso a su poder estuviera a punto de capturarla. Ni siquiera debería saber que existía.

Solo le quedaban fuerzas para poner un pie delante del otro, fingir que no hacía tanto frío como para sentir que la escarcha le cubría las pestañas... y rezar. Al menos, rezar se le daba bien.

3

SEREFIN
MELESKI

Svoyatovi Ilya Golubkin: hijo de un granjero, Ilya sufrió una en-
fermedad que le impedía caminar. Un clérigo de Zbyhneuska lo
curó, fue bendecido con una fuerza sobrehumana y se convirtió
en un monje guerrero. Protegió en solitario la ciudad de Korov-
grod contra los invasores del otro lado del mar.

Libro de los Santos de Vasiliev

Serefin Meleski se apoyó en la entrada del túnel y escudriñó
la nieve. El sol casi se había puesto, pero el reflejo de la luz
le entorpecía la ya precaria visión.

—Las has dejado escapar —protestó Ostyia a su lado.

La ignoró, sacó el libro de hechizos que llevaba atado en
la cadera y lo abrió. Repasó las páginas en silencio antes de
arrancar una. Dejó caer el libro y extendió la mano hacia Ostyia.
La chica entrecerró el ojo y miró el cuchillo que llevaba. Atrapó
la muñeca del príncipe y le arrastró la hoja por la palma.

—No uses la suya —se quejó Kacper desde donde descansaba al otro lado del túnel.

Serefin lo ignoró también y levantó la mano. La sangre
comenzó a brotar del corte y goteó en forma de lentos riachuelos por su piel. Le picaba, pero la oleada de magia que vendría
anularía cualquier dolor insignificante. Acercó la página del
libro de hechizos a la mano ensangrentada y dejó que el rojo

empapase la celulosa. Sintió el calor de la magia en las venas y, cuando la página se deshizo en pequeñas columnas de humo negro, su visión se agudizó. Un sendero que conducía directamente hasta la clériga apareció en la nieve en forma de vívidas rayas rojas.

Sonrió.

—Dejad que corran.

—¿Es sabio atarte a ella con ese hechizo? —preguntó Ostyia.

—No lo sentirá. No es una atadura, solo un rastro.

Daría igual cuánto se alejara, la encontraría siempre que siguiera alimentando el hechizo con sangre de manera regular. Sin problema.

—Estás muy seguro —dijo Kacper.

Serefin lo miró con desidia.

—Aunque lo sienta, no podrá romperlo.

—No conoces nada de esa magia. ¿Cómo sabes que no lo sentirá?

Frunció el ceño. Tenía razón, pero no pensaba reconocerlo.

—Que los hombres reúnan a los supervivientes y los retengan —le ordenó a Ostyia, que asintió y desapareció por el túnel.

Kacper se quedó mirando mientras se iba.

—¿Por qué no la persigues? —Tenía las mangas del abrigo desgarradas por la batalla y se sujetaban por apenas unos pocos hilos, con la charretera dorada colgando de cualquier manera en mitad del brazo. Se pasó la mano oscura por los rizos morenos y se sorprendió cuando los encontró cubiertos de sangre—. Llevamos una eternidad buscando a una maldita clériga y por fin hemos encontrado una.

—¿Es que quieres andar a ciegas en la oscuridad por las montañas kalyazíes? —preguntó Serefin.

La compañía ya había experimentado en sus propias carnes cuán mortal podía ser un invierno kalyazí para quienes no conocían el terreno. Además, apenas veía bien a la luz del día y su visión nocturna era mucho peor. Los ojos de Kacper se iluminaron al comprenderlo y asintió.

Llevaba casi tres años en el frente en Kalyazin, a excepción de algún permiso ocasional para volver a casa. En todo ese tiempo, el invierno parecía no terminar nunca. Incluso la temporada de deshielo del país era fría. No había nada más que nieve, escarcha y bosques. Durante los últimos cinco meses, había ordenado a su compañía buscar pruebas de magia kalyazí. Su padre estaba convencido de su existencia y había insistido en que era vital que encontrase a los denominados clérigos, dado que podrían cambiar el curso de la guerra a favor de los kalyazíes, lo cual no sería conveniente, y menos ahora, después de haber ganado una batalla decisiva. Tranavia había conquistado la ciudad kalyazí de Voldoga solo unas semanas antes, un puesto de avanzada vital para el enemigo. Era el primer paso para poner fin a una guerra interminable.

—Con suerte, nos conducirá a más de su clase.

Retrocedió por el túnel, pero se detuvo. Distraído, se pasó la mano por la cicatriz del ojo y miró a Kacper.

—¿Luz? —dijo con condescendencia y sonó más a una orden que a una petición. En cualquier otro momento, habría sido un poco más considerado con los sentimientos de su amigo, pero el agotamiento lo insensibilizaba.

—Claro. Disculpa. —Buscó a tientas una antorcha que se había caído al suelo y la volvió a encender.

Pasaron por el almacén donde se habían escondido las kalyazíes y encontraron al teniente general de Serefin, Teodore Kijek, husmeando.

—Informa a mi padre de los sucesos de hoy —ordenó. No se molestó en mencionar a la clériga. Mejor que su padre creyera que había escapado; no tenía que saber que Serefin la había dejado marchar.

—Por supuesto, alteza.

—¿Sabemos ya cuántos kalyazíes han sobrevivido?

—Más o menos una docena —respondió Teodore.

Masculló un sonido de asentimiento. Tendría que decidir qué harían con los prisioneros, lo cual no le hacía demasiada gracia.

—¿La chica era la única clériga? —Dudaba que la suerte le sonriera de aquella manera, pero soñar era gratis.

—Si hay otros, no se han descubierto —dijo Teodore.

—Habrá que persuadirlos —meditó Kacper y los ojos oscuros le brillaron por la expectación.

Serefin había demostrado ser bastante persuasivo. Asintió. Pues los persuadirían.

—Pasaremos aquí la noche. —Echó un vistazo al almacén; las kalyazíes no lo habían saqueado del todo—. Vaciad también este lugar —continuó, y lo señaló con la mano. Buscaría información mientras vigilaba la huida de la clériga. Era una manera tan útil como cualquier otra de pasar el tiempo hasta que su padre respondiera.

—Por supuesto, alteza —dijo Teodore.

Lo despidió con un ademán y siguió andando junto a Kacper.

—¿Por qué no lo has mandado aún de vuelta al frente? —preguntó desde su izquierda, su lado ciego. Serefin se volvió a mirarlo y el chico retrocedió un paso.

—¿Imaginas lo que haría mi padre si me deshiciera de su espía?

Hizo una mueca.

—En fin, al menos, cuando encontremos a la clériga, podremos irnos a casa. El rey no tendrá motivos para mantenernos aquí más tiempo.

El príncipe se pasó una mano por el pelo castaño. Le hacía falta cortárselo. Estaba cansado; más bien agotado hasta la médula. Encontrar por fin a la clériga había sido un golpe de suerte, pero no cambiaba el hecho de que llevaba años en un reino enemigo y, aun así, temía la idea de volver a casa. Llegados a aquel punto, la guerra era lo único que conocía. Recorrieron el resto del túnel en silencio hasta salir por el cementerio.

El monasterio era un recinto más grande de lo que habría esperado y tenía buenos guardias. Encontró a Ostyia junto a los prisioneros reunidos en el patio y envió a Kacper a buscar un lugar adecuado para pasar la noche, aunque intuía que no habría nada en aquella dura prisión más que losas de piedra y mantas raídas. ¿Por qué los monjes eran tan austeros? Dormir cómodamente no tenía nada de malo. No obstante, prefería mil veces una losa de hormigón y una manta raída que otra noche durmiendo en la nieve.

Ostyia jugueteó con el parche de su ojo antes de quitárselo y guardárselo en el bolsillo. Una cicatriz fea e irregular le cruzaba la cara por encima de la cuenca vacía de su ojo izquierdo.

Cuando Serefin y ella eran niños, unos asesinos kalyazíes se infiltraron en el palacio disfrazados de maestros de armas para entrenar al joven príncipe y a la hija de unos nobles. Los asesinos fueron a por los ojos primero. Tal vez cegar a los hijos del enemigo antes de matarlos fuera una costumbre religiosa.

Ostyia solía dejar al descubierto la cuenca cicatrizada del ojo. Le gustaba dar miedo y decía que reservaba el parche para los días que pasaría en el mar si la guerra terminaba. Se fijó en el libro de hechizos en la cadera de Serefin.

—No abulta mucho —comentó.

Él suspiró y asintió mientras levantaba el libro y agitaba las páginas. Se estaba quedando sin hechizos.

—Sospecho que no vamos a encontrar a una encuadernadora en medio de Kalyazin que sepa hacer libros de hechizos.

—Probablemente no —dijo Ostyia—. Además —continuó con un tono más distendido—, aunque la encontrásemos, no sería ni la mitad de buena que Madame Petra.

Serefin se estremeció al pensar en la déspota anciana que había encuadernado todos sus libros de hechizos. Nunca descubriría si lo trataba como a un hijo o a un amante perdido hace tiempo. Le perturbaba no notar la diferencia.

—¿No has traído más?

—Se han terminado todos. —Lo que implicaba el riesgo de quedarse atrapado en un país enemigo sin un libro de hechizos.

—Podrías quitarle uno a los magos de menor rango si fuera necesario —sugirió.

—¿Y dejarlos indefensos? —Levantó una ceja—. Ostyia, soy desalmado, pero no cruel. Me las arreglo bastante bien con una espada.

—Ya, y luego me toca a mí dejarme la piel para protegerte.

La fulminó con la mirada y la chica sonrió con descaro.

—Disculpad, alteza —dijo con un dramatismo exagerado.

El príncipe puso los ojos en blanco.

Dividieron a los prisioneros en grupos fáciles de controlar para encerrarlos en las reducidas celdas. Se fijó en un chico de su edad que se apoyaba en el hombro de un hombre mayor.

—Ese —dijo, y le señaló el hombre a Ostyia—. Tráemelo. Quiero interrogarlo.

—¿Al chico? —Se le iluminó la cara.

—No me refiero a ese tipo de interrogatorio. Además, ya tiene una flecha en la pierna; decía el anciano. Hablaré con el chico luego.

Hizo un puchero.

—Permitidme deciros, majestad, que sois un muermo.

—No te lo permito.

Ordenó que les trajeran al hombre que supuso que sería el líder del monasterio. ¿Tendría un título? No estaba seguro.

—¿Ahora entrenáis a toda vuestra gente para la guerra? —preguntó amablemente, y apoyó la mano en el libro de hechizos que se había vuelto demasiado fino. Antes de que al anciano le diera tiempo a responder, levantó la otra mano para callarlo—. Disculpe, debería presentarme. Soy Serefin Meleski, Gran Príncipe de Tranavia.

—Soy el padre Alexei —respondió—. Y sí, incluso quienes no son reclutados por el ejército reciben un entrenamiento mínimo. Estaréis de acuerdo en que es necesario.

Tal vez para Kalyazin, pero la guerra nunca había traspasado las fronteras de Tranavia. A pesar de todo, se sorprendió por el tono civilizado del viejo.

—Una guerra santa de casi un siglo de antigüedad exige medidas extremas —continuó Alexei.

—Ya, somos unos herejes perversos que deben ser erradicados de la faz de tierra y solo hacéis lo que es correcto.

El sacerdote se encogió de hombros.

—Es la verdad.

Ostyia se tensó a su lado. Serefin metió las manos en los bolsillos y le sonrió al anciano.

—Pero también usáis la magia, ¿no es cierto? Dime, ¿cuántos magos...? Perdón, creo que los llamáis clérigos. ¿Cuántos clérigos se esconden en Kalyazin? Ya sabemos que aquí había una, así no te molestes en protegerla; la habremos atrapado en cuestión de un día.

El sacerdote sonrió.

—Se llaman clérigos, sí. No tengo nada interesante que contaros, joven príncipe.

Frunció el ceño. Querría que el anciano hubiera sido condescendiente con él para al menos tener una excusa para enfadarse, pero no había condescendencia en su voz.

No insistiría en el tema, al menos, no en ese momento y con el sacerdote. El chico con la herida de ballesta había protegido a la clériga y la había ayudado a escapar. Tendría que hablar con él. Le indicó a un soldado que se llevase al padre Alexei.

—¿Quieres interrogar a alguien más? —preguntó Ostyia.

—No. —Llamó la atención de Kacper, que hablaba con un mago no muy lejos de allí, y le hizo señas para que se acercara—. ¿La gente religiosa bebe vino?

La chica se encogió de hombros.

—Hay barriles en la bodega —ofreció Kacper.

Asintió.

—Perfecto. Quiero estar borracho antes de que acabe la noche.

4

NADEZHDA
LAPTEVA

*Horz le robó el control de las estrellas y los cielos a Myesta y
nunca lo ha perdonado por eso. ¿Dónde van a descansar las lunas
si no es en los cielos?*

Códice de las Divinidades, 5:26

—*No me eches la culpa de haber elegido a una cría que duerme
como un tronco. Si muere, será culpa tuya, no mía.*

Sobresaltarse por las discusiones de los dioses no era la
forma favorita de Nadya de despertarse. Se puso de pie median-
te un movimiento automático, aunque sus ojos tardaron unos
segundos en ponerse al día con el resto del cuerpo.

«¡Silencio!».

No era sabio mandar callar a los dioses, pero ya era tarde
para arrepentirse. La inundó un sentimiento de desdén con un
deje de burla, aunque no dijeron nada más. Se dio cuenta de
que había sido Horz, dios de los cielos y las estrellas, quien la
había despertado. Tenía tendencia a ser bastante desagradable,
pero, por norma general, solía dejarla en paz.

Lo habitual era que un único dios comulgara con un clérigo de su elección. Existió una clériga llamada Kseniya Mirokhi-
na a quien Devonya, diosa de la caza, dotó de una puntería

antinatural. Veceslav también había elegido un clérigo propio, pero hacía mucho tiempo de ello. El nombre se había perdido con el tiempo y el dios se negaba a mencionarlo. Las historias conocidas no mencionaban a clérigos capaces de escuchar a más de un dios; por tanto, que Nadya estuviera en comunión con todo el panteón era una rareza que los sacerdotes que la habían entrenado no sabían explicar.

Había una posibilidad de que existieran dioses más antiguos y primitivos, que hacía mucho tiempo habían dejado de vigilar el mundo y lo habían abandonado al cuidado de los demás, pero nadie lo sabía con seguridad. Por su parte, de los veinte dioses conocidos, las tallas y pinturas representaban sus formas humanas, aunque nadie sabía cómo eran en realidad. Ningún clérigo en la historia había visto nunca los rostros de los dioses. Ningún santo, ni sacerdote.

Todos poseían un poder y una magia propios que podían cederle a Nadya y, mientras que algunos se mostraban bastante comunicativos, otros nunca respondían. Nunca había hablado con la diosa de las lunas, Myesta, y ni siquiera estaba segura de qué tipo de poder otorgaría esa diosa, si decidiera atenderla.

Aunque estaba en comunión con muchos dioses, era imposible olvidar quién la había elegido para aquel destino: Marzenya, diosa de la muerte y la magia, quien esperaba su dedicación absoluta.

Escuchó unos murmullos indistinguibles en la oscuridad. Habían encontrado un lugar aislado en el interior de un boque de pinos donde montar la tienda, pero ya no se sentía segura. Sacó un *voryen* de debajo del saco de dormir y despertó a Anna.

Se dirigió a la entrada de la tienda, con la mano en las cuentas y una oración ya formada en los labios mientras símbolos de humo escapaban de su boca. Distinguió las siluetas borrosas de unas figuras en la oscuridad, en la distancia, pero le costaba calcular el número. ¿Dos? ¿Cinco? ¿Diez? Se le aceleró el corazón ante la posibilidad de que una compañía tranaviana ya estuviera tras su pista.

La sacerdotisa se incorporó a su lado y Nadya apretó el *voryen* con fuerza, pero no se movió. Si todavía no habían visto la tienda, podría impedir que las detectasen. Pero Anna la agarró del brazo.

—Espera —susurró y su aliento formó una nube de vaho por el frío. Señaló una mancha oscura justo al lado del grupo.

Nadya presionó la cuenta de Bozidarka con el pulgar y su vista se agudizó hasta que vio con la misma claridad que si fuera de día. Le costó un gran esfuerzo ignorar la oleada paralizante de miedo que la invadió cuando sus sospechas se confirmaron y los uniformes tranavianos aparecieron ante sus ojos. Al menos, no era una compañía completa. De hecho, tenían una pinta bastante desarrapada. Tal vez se habían separado del grupo y perdido el camino.

No obstante, lo más interesante era el chico que, oculto tras unos arbustos, apuntaba en silencio con una ballesta al grupo.

—Podemos irnos sin que nos vean —dijo Anna.

Nadya estuvo a punto de asentir y volver a guardar el *voryen* en la vaina, pero entonces, el chico disparó y se desató el caos entre los árboles. No estaba dispuesta a usar la vida de un inocente como distracción para escapar. «Otra vez no».

A pesar de las protestas de su compañera, dejó que una oración se formase en su mente mientras aferraba la cuenta de Horz en el collar, que tenía grabada una constelación de estrellas. Los símbolos se deslizaron entre sus labios en forma de brillantes destellos de humo y todas las estrellas del cielo se apagaron.

«Ha sido un poquito más extremo de lo que esperaba», pensó con una mueca. «La culpa es mía por pedirle ayuda a Horz».

Oyó voces que maldecían cuando el mundo se sumió en la oscuridad y Anna suspiró exasperada a su lado.

—Quédate aquí —siseó y avanzó con seguridad en la oscuridad.

—Nadya… —gruñó en voz baja.

Tuvo que esforzarse un poco más para enviar una tercera oración a Bozetjeh. Era difícil pillarlo en un buen día; el dios de la velocidad era notablemente lento a la hora de responder a las oraciones, pero se las arregló para atraer su atención y recibió un hechizo que le permitió moverse tan deprisa como el feroz viento kalyazí.

Había calculado mal: seis tranavianos se dispersaban por el bosque. El chico dejó caer la ballesta para mirar al cielo desconcertado y se sorprendió cuando le tocó el hombro.

Era imposible que viera en la oscuridad, pero ella sí. Cuando se volvió con una espada curva en la mano, Nadya se apartó. Agitó el arma en el aire y lo empujó en dirección a un tranaviano que huía, anticipando su colisión.

—*Encuentra al resto* —siseó Marzenya—. *Mátalos a todos*.

Dedicación absoluta.

Alcanzó a una de las figuras y le clavó el *voryen* en el cráneo justo por debajo de la oreja.

«Esta vez ha sido más fácil», pensó, aunque no se detuvo a profundizar en la idea.

La sangre salió disparada y salpicó a un segundo tranaviano que dio la voz de alarma. Antes de que le diera tiempo a averiguar qué le había pasado a su compañero, Nadya le dio una patada en la mandíbula que lo derribó y le rajó la garganta.

Quedaban tres. No habrían ido muy lejos. Volvió a tocar la cuenta de Bozidarka y la diosa de la visión le reveló dónde se encontraban el resto de los soldados. El chico de la espada se las había arreglado para matar a dos en la oscuridad, pero no localizaba al último, solo sentía su presencia muy cerca, y muy viva.

Algo chocó con su espalda y de pronto sintió la escalofriante caricia de una cuchilla en la garganta. El chico apareció delante de ella, con la ballesta en las manos, por suerte, sin apuntale. Era evidente que apenas la veía. No era kalyazí, sino akolano.

Un buen número de akolanos se había aprovechado de la guerra entre sus reinos vecinos y habían ofrecido sus espadas por dinero en ambos bandos, aunque era sabido que solían favorecer a Tranavia solo porque su clima era más cálido. Era raro encontrar a una criatura del desierto dando tumbos voluntariamente por las nieves de Kalyazin.

Pronunció una retahíla de palabras que no entendió. Su postura era lánguida, como si no hubiera estado a punto de ser despedazado por magos de sangre. La hoja en su garganta presionó más fuerte y una voz más fría le respondió; el idioma extranjero le arañó los oídos con incomodidad.

Nadya solo conocía las tres lenguas principales del Kalyazin y un poco de tranaviano. Si no iba a poder comunicarse con ellos...

El chico dijo algo más y la chica suspiró antes de apartar el cuchillo de su cuello.

—¿Qué hace una asesina kalyazí merodeando por las montañas? —preguntó él en su idioma.

Era muy consciente de la presencia de su amiga tras ella.

—Podría preguntaros lo mismo.

Repitió el hechizo de Bozidarka para agudizar más su visión. El chico tenía la piel del color del bronce fundido y el pelo largo engalanado con cadenas de oro enroscadas en sus tirabuzones. Sonrió.

Un ruido sordo cercano lo sorprendió, pero fue el reconocible sonido de alguien chocando de frente contra un árbol, al que siguieron las maldiciones entre dientes de Anna. Nadya puso los ojos en blanco y envió una disculpa a los cielos. Las estrellas y las lunas reaparecieron en el cielo y el mundo se volvió de pronto tres veces más brillante.

—¡Va a haber profecías del fin del mundo durante los próximos veinte años! —gritó la sacerdotisa. Llevaba la *venyiashk* desenfundada y miraba alrededor con cautela.

Nadya se agachó y clavó el *voryen* ensangrentado en la nieve. Miró al chico akolano y levantó las manos en el aire mientras se incorporaba otra vez. Estaban en medio de una zona de guerra y debían tener cuidado, pero acababa de salvarles la vida. Aquel extraño la estudió con la mirada antes de bajar la ballesta.

Se dio la vuelta hacia la alta chica akolana, que envainaba una daga curva. El cabello grueso y oscuro le caía en ondas por los hombros y llevaba unas viejas y gastadas ropas kalyazíes, pero el aro de oro de su nariz brillaba como nuevo a la luz de la luna.

Le lanzó a Anna una mirada penetrante, así que la sacerdotisa suspiró y guardó también su arma.

—¿Quiénes sois? —preguntó Nadya.

El chico la ignoró.

—¿Has sido tú? —preguntó y señaló al cielo.

—No seas ridículo.

—Claro, ridículo. Soy Rashid Khajouti y mi encantadora acompañante…

—Sabe hablar solita —dijo la akolana con sorna. Ya no tenía la mano cerca de la empuñadura de la daga y se alejó para demostrar que no pretendía hacerle daño—. Me llamo Parijahan Siroosi. Supongo que deberíamos darte las gracias, no amenazarte. —Miró a Rashid—. Había más tranavianos de los que esperábamos.

Aun así, no les había costado deshacerse de ellos. Se fijó en una ballesta cerca de sus pies, arrojada al suelo por un soldado. La recogió y la imagen de Kostya destelló en su mente. Tuvo que resistirse para no romper en pedazos el arma.

—¿Por qué dos akolanos planeaban asaltar a un grupo de tranavianos en mitad de la noche? —preguntó, y acarició la madera de la ballesta mientras trataba de disipar la imagen de su amigo muerto.

—Podría preguntaros lo mismo —dijo Parijahan.

—Por lo general, tenemos razones de sobra para matar tranavianos —señaló Nadya.

Rashid soltó una risita. La chica lo fulminó con la mirada y se calló.

Pasaba algo raro, pero Nadya no terminaba de entender el qué. La forma en que los akolanos se habían relajado después de mostrarse tan agresivos y la quietud del aire nocturno a su alrededor; las piezas no encajaban.

«¿Horz?».

—¿Sí, amor?

«No hemos acabado con todos los tranavianos, ¿verdad?».

—Creí que lo sabías.

Giró la ballesta para tensar la flecha y apuntó al chico akolano. Anna reaccionó al instante y desenvainó la *venyiashk* en el cuello de Parijahan. Era imposible que supiera por qué se había puesto a la defensiva de repente, pero confiaba en ella lo suficiente para moverse sin dudar. Ese tipo de confianza ciega la incomodaba.

—*Eres nuestra voz en el mundo, amor* —dijo Horz—. *Será mejor que te acostumbres a la adoración ciega.*

—Hay más tranavianos cerca —explicó a la sacerdotisa.

Los akolanos intercambiaron una mirada cargada de significado. Allí pasaba algo más. Pero antes de que le diera tiempo a averiguarlo, Rashid levantó la ballesta y disparó.

Se agachó por instinto, en un intento de que la flecha le diera en el hombro o el brazo, pero no en el corazón. Sin embargo, escuchó el ruido del proyectil al entrar en la carne y un grito de dolor, y tardó unos dolorosos segundos en comprender. No le había dado a ella.

—Has fallado —dijo una voz desconocida con un fuerte acento de Tranavia.

Sintió un escalofrío en la columna al pensar en otras palabras en tranaviano que rebotaron por las paredes de una oscura caverna mientras su hogar ardía. ¿Era la misma voz? Le parecía la misma. La misma cadencia, aunque ahora las palabras hubieran sido kalyazíes, y una clara sensación de autoridad.

¿Cómo la había alcanzado tan rápido el príncipe? Demasiado tarde, todo había acabado. Se dio la vuelta.

Había un soldado de rodillas en la nieve con una flecha de ballesta en el hombro. Su rostro era inexpresivo y tenía los ojos vidriosos. Detrás de él, se alzaba un chico alto y enjuto con unos rasgos afilados y salvajes y el pelo largo y negro. Tenía las manos cubiertas de sangre y una página de un libro de hechizos arrugada en un puño; la otra extendida hacia el hombre en la nieve.

—Me molesto en encontrar al que habéis dejado escapar y ni siquiera tienes la decencia de matarlo —dijo y chasqueó la lengua con desaprobación.

Movió los dedos solo un poco y, fuera cual fuera el hechizo con el que tenía atrapado al soldado, algo cambió y el hombre se derrumbó en el suelo, muerto. Dejó caer la página y usó la nieve para limpiarse la sangre de las manos.

No era el príncipe. Le habría encantado sentir alivio, porque tal vez eso significara que estaba a salvo, pero había sentido una inmensa ola de poder cuando el chico convocó su magia. Era incluso más fuerte que la que había notado cuando el príncipe atacó.

—Lo podríamos haber interrogado —apuntó Parijahan y después se apartó con calma de la espada de Anna.

La sacerdotisa miró a Nadya desesperada, pero esta se encogió de hombros, igual de confusa. El único tranaviano que sentía cerca ahora era el mago, pero era evidente que conocía a los akolanos.

Tenían que irse. Todo aquel lío había pasado demasiado cerca del monasterio y del príncipe. Vislumbró su oportunidad cuando Rashid comenzó a hurgar en las pertenencias de los soldados, pero el tranaviano se acercó un paso y se quedó paralizada, consciente de que la situación había pasado de benigna a potencialmente mortal en unos pocos segundos.

La miraba con exigencia y demasiada fijación. Incluso en la oscuridad, se fijó en sus ojos, de un tono azul tan pálido que casi no tenían color. Era el segundo tranaviano con los ojos como el hielo que había visto en pocos días.

Miró a Anna un segundo, pero luego volvió a centrarse en ella.

—¿Nombres? —preguntó.

Parijahan negó con la cabeza.

—Les hemos dicho los nuestros muy amablemente, pero al parecer en Kalyazin no se estilan los modales —dijo Rashid.

El tranaviano esbozó una sonrisa de aspecto salvaje. Tenía los caninos extrañamente afilados; todo en él era salvaje de una manera desconcertante. Tres líneas verticales de tinta negra le bajaban por la frente y terminaban en el puente de su recta nariz.

—Muy inteligente.

Nadya empezaba a comprender que había cometido un error al no aprovechar la oportunidad para escapar. Solo eran tres y ninguno sería mucho mayor que ella, pero el tranaviano la ponía muy nerviosa. No sabría explicar por qué, pero estaba segura de que no dudaría en matarla si mostraba el más mínimo indicio de hostilidad.

¿Se la entregaría al príncipe o la mataría allí mismo y se quedaría para sí cualquiera que fuera el poder que otorgaría su sangre?

Quizás había fallado a la hora de proteger el monasterio, pero moriría antes de caer en manos de los tranavianos.

Se acercó más y Nadya se paralizó, olvidando todos los pensamientos arrogantes de heroína. No sabía si podría enfrentarse a él si era necesario, y tal vez esperar a ver cómo se desarrollaba la situación le salvase la vida. El tranaviano tomó su collar de cuentas de oración con una mano y a Nadya se le escapó un siseo de disgusto de entre los labios. Nadie tocaba sus cuentas salvo ella.

—Venís del monasterio, ¿no es así? —Hablaba un kalyazí casi perfecto, pero el acento de Tranavia endurecía las palabras y hundía las consonantes.

La respuesta era demasiado evidente como para negarlo. Controló el impulso de retroceder porque los dos palmos de distancia que le había concedido se le hacían demasiado escasos. Era un hereje, una abominación a ojos de los dioses, y practicaba la magia de sangre. A su alrededor, el aire parecía estar insoportablemente quieto.

—¿Cuál de las dos es la que tiene magia? —Bajó la voz.

—Los kalyazíes no tienen magia —dijo Anna, demasiado rápido.

El chico la miró y volvió a centrarse en Nadya.

—Eres tú.

—Qué ridiculez —dijo, pero la voz le tembló y la traicionó.

Cada segundo que permanecían a la intemperie era una oportunidad para que el príncipe las atrapara. Tal vez era justo lo que el chico quería y solo las estaba entreteniendo.

Sonrió, con una expresión peligrosa, escalofriante y demasiado perspicaz. Bajó la mano para coger la de Nadya y se la llevó a los labios como si fuera un noble de la corte y no un mago de sangre renegado en pleno territorio enemigo.

—Me llamo Malachiasz Czechowicz —dijo, y a Nadya la invadió la sensación de que acababan de entregarle algo. Algo que no había pedido y que no se imaginaba que alguna vez hubiera querido. No le dio su nombre y le soltó la mano.

«¿Qué acaba de pasar?».

Decidió ignorarlo y apretó los dientes mientras resistía el impulso de alejarse.

—Tenemos que irnos —dijo Anna, y se acercó a la clériga.

Asintió y se agachó para recoger el *voryen* con mucho cuidado. Lo envainó, consciente de que Malachiasz se tensó mientras lo hacía.

—El peligro ha pasado y no hemos acabado las presentaciones —apuntó Rashid.

No encontró motivos para mentir.

—Nos persigue un príncipe y, cuanto más tiempo pasamos aquí, más se acerca. Al principio, creímos que el grupo que atacasteis pertenecía a su compañía, pero parece que solo eran unos rezagados. Nos pondremos en marcha de inmediato para que no pueda alcanzarnos.

El akolano entrecerró los ojos y Malachiasz ladeó la cabeza mientras apoyaba la mano en el libro de hechizos de su cadera.

—¿Un príncipe? En Tranavia hay muchísimos príncipes, igual que en Kalyazin. Tendrás que especificar un poco más —dijo Rashid con pereza, aunque su expresión se había tensado.

—El Gran Príncipe —espetó Anna.

Parijahan miró a Malachiasz.

—¿El Gran Príncipe ha llegado tan lejos en Kalyazin?

«No lo saben», se dio cuenta Nadya y casi la invadió una oleada de alivio. El tranaviano seguía siendo un problema, pero al menos no formaba parte de la compañía del príncipe.

—Ayer quemaron el monasterio —dijo, aunque le costó pronunciar las palabras. La herida era demasiado reciente.

Parijahan apartó a Malachiasz de su camino.

—¿Necesitáis un lugar seguro donde esconderos?

Nadya parpadeó.

—¿Qué?

—Parj —advirtió el tranaviano, pero la chica lo ignoró.

—Venid con nosotros —dijo con sinceridad—. Os protegeremos del príncipe.

Nadya desvió la mirada hacia el mago de sangre y la akolana la siguió.

—No te hará daño. —La habría tranquilizado más si lo hubiera dicho con seguridad.

—No prometo nada —murmuró él.

—No quiero tener nada que ver con tranavianos —dijo—. Solo deseo matarlos.

—Eso ya lo veo —dijo, y empujó con la punta de la bota uno de los cadáveres de los soldados—. Una habilidad muy admirable. No va a aceptar la oferta, Parijahan. Deberíamos irnos.

—¿El Gran Príncipe está cerca? —preguntó Rashid.

—Sangre y hueso, debería haberos dejado a los dos en la zanja —espetó Malachiasz. Se agachó y le arrebató un libro de hechizos a uno de los soldados muertos; luego se perdió entre los árboles. El akolano se encogió de hombros y se fue tras él.

Parijahan los miró.

—Técnicamente —le susurró a Nadya con secretismo—, los soldados kalyazíes con los que estaba luchando lo habrían matado si no hubiéramos aparecido, pero Rashid sí que terminó inconsciente en una zanja.

Estaba a punto de estallar por los nervios. La única opción que Anna y ella tenían era caminar unos cuántos kilómetros más por las montañas y rezar para que el Gran Príncipe no hubiera localizado ya su rastro.

—¿De verdad podéis mantenernos a salvo? —preguntó, y Parijahan se volvió a mirarla. No le hacía gracia la idea de seguir cerca del mago de sangre, pero si había grupos de soldados tranavianos rezagados en el interior de las montañas, podrían encontrarse con más en cualquier momento y no tener tanta suerte. No quería pensar en lo que supondría para el devenir de la guerra.

La chica asintió.

—Hay una iglesia abandonada cerca de aquí. La encontramos hace unas semanas y la hemos hecho casi habitable. Se nos va a caer encima en cualquier momento, pero al menos se está caliente.

Anna resopló. La miró, pero negó con la cabeza.

—¿Por qué lo haríais? Me pusiste una daga en el cuello.

—Cierto, pero estaba muy oscuro. Además, nos habéis ayudado. Tengo la mala costumbre de recoger a quienes me ayudan. —Sonrió con ironía, pero su expresión se volvió seria cuando miró al cielo.

Era evidente que sabía que Nadya había hecho uso de la magia. No tenía sentido tratar de ocultarlo. Usar su poder era inevitable y, en el momento en que lo hiciera, la gente sabría que Kalyazin volvía a tener clérigos después de una ausencia de treinta años.

Una clériga, al menos.

Parijahan frotó el mango de su daga.

—Tal vez nos ayudes a lograr lo imposible.

5

SEREFIN
MELESKI

Svoyatovo Radmila, Nymphadora y Agrippa Martyvsheva: ben-
decidas por el dios Vaclav, las trillizas Martyvsheva vivían en el
centro del oscuro bosque de Chernayevsky en tranquila comu-
nión con su protector hasta que el hereje Sergiusz Konicki las
encontró. Cuando intentó forzar a las hermanas Martyvsheva a
renunciar a su dios, ellas se resistieron. Konicki mató a Nympha-
dora y a Agrippa, quemándolas junto con la mitad del bosque de
Chernayevsky. Radmila huyó a un lugar seguro y pasó siete años
de meditación con Vaclav. Luego, persiguió a Konicki y lo quemó
vivo, igual que él a sus hermanas.

Libro de los Santos de Vasiliev

A la mañana siguiente, Serefin despertó con una resaca de-
moledora y un prisionero al que interrogar. Era temprano,
antes del amanecer, y estaba tumbado en una dura plataforma
de piedra, mirando al cielo y contemplando su destino.

Si encontraban a la clériga en los próximos días, y estaba
seguro de que así sería, pronto volvería a Tranavia. Habían pasado años desde la última vez que estuvo en su reino durante
más de unos pocos meses. La guerra era la único que tenía.

No sabía si recordaría cómo ser un Gran Príncipe en vez
de un mago de sangre y un general al mando del ejército.

Se incorporó y un dolor de cabeza le martilleó la sien.
Gimió y se pasó una mano por el pelo. Se puso el abrigo y trató

de ignorar que la boca le sabía como si hubiera masticado serrín toda la noche. Abrió la puerta y se encontró a toda la compañía enloquecida por el pánico.

—Alteza, venía a despertaros —lo llamó Ostyia.

Parpadeó cuando un par de soldados pasaron corriendo por el pasillo detrás de ella, gritando tonterías sobre el fin del mundo.

—Me vuelvo a la cama —dijo. Estaba hasta las narices de aquel ridículo país y su religión. Con un poco de suerte, el fin del mundo solucionaría el terrible dolor de cabeza que tenía.

—¡Serefin!

—Grita un poco más, por favor, Ostyia.

Se dio la vuelta y se arrepintió de inmediato cuando la habitación empezó a tambalearse. Se presionó la cara con la mano y se apoyó en el marco de la puerta.

La chica se esforzaba por no sonreír. Iba a matarla.

—¿Quieres que te traiga algo para la resaca? —le preguntó con dulzura.

—No. Sí, agua. —Agitó la mano. Qué injusticia. Estaba seguro de que ella había bebido más que él la noche anterior—. Después, que alguien me explique qué pasa.

Apoyó la frente en las piedras para sentir el frío en la piel. Tras unos minutos, Ostyia volvió y le entregó un odre lleno de agua que no le sirvió de mucho. Mientras se masajeaba las sienes con la mano, le indicó con un gesto que lo informase.

—Hacia las tres se la mañana, el cielo se tornó negro.

Hizo una mueca de dolor tras levantar una ceja. ¿Por qué le dolía todo?

—¿Qué quieres decir?

—Que todo el mundo se sumió en la oscuridad durante unos quince minutos.

Serefin entrecerró los ojos.

—Además, uno de los exploradores que enviamos a perseguir a las kalyazíes no ha vuelto —continuó—. ¿Se te permite matar si eres la mano de los dioses en la tierra?

Ignoró la última parte.

—¿Debería ordenar a la compañía que se ponga en marcha? Podemos enviarlos ya mismo.

Meditó la sugerencia.

—Todavía no. —Quería enviar a los soldados con Teodore mientras él perseguía a la clériga.

—Le estás dando demasiado tiempo para escapar.

—Todavía tengo su rastro. Solo necesito algo para afianzar el hechizo, y voy a conseguirlo ahora.

Siguió a Ostyia por los fríos y austeros pasillos del monasterio hasta el interior del opulento santuario. No comprendía por qué se invertía tanto dinero en crear algo para unos dioses que no se preocupaban ni lo más mínimo por los humanos, pero aun así apreciaba su belleza.

Varias filas de bancos de extrañas maderas negras llenaban el santuario, y había unas estatuas más pequeñas talladas en los extremos. El altar era enorme, se elevaba hasta el techo abovedado y estaba hecho de oro, madera negra y plata. Había hileras de imágenes de los dioses kalyazíes a ambos lados y, en la fila más alta, en lugar de las figuras de los propios dioses, había columnas de palabras en una lengua antigua que no comprendía. La primera de las tres hileras mostraba a los dioses en formas más humanas: regios, hermosos y terribles.

Se detuvo en el umbral de la puerta y miró al techo, donde se extendían pinturas de santos, aureolas y bosques. Había iconos colocados a lo largo de las paredes del santuario, representaciones de más santos. ¿Cómo un solo país había elevado a tantas figuras a la supuesta santidad?

La luz se filtró por los claros cristales y Serefin se sorprendió de que no fueran vidrieras como las de las capillas abandonadas de Tranavia. Ostyia lo observaba, así que se volvió hacia ella y dijo con tono jocoso:

—Sacaríamos un buen pellizco por todo este oro —dijo.

—Si quieres llevártelo de vuelta a Tranavia a cuestas... —respondió ella.

«Pronto habrá que encontrar nuevas formas de financiar la guerra», pensó. El ejército había saqueado las iglesias kalyazíes cerca de la frontera, pero todo lo que estuviera más alejado era demasiado difícil de transportar. Se preguntó si debería hacer que investigasen un método para trasladar las riquezas a Tranavia. Al menos, así el oro tendría un uso real en lugar de acumular polvo en homenaje a la nada.

¿Por qué desperdiciar tantísimo dinero y tiempo al servicio de dioses que ni siquiera sabían que existías? Nunca entendería la devoción de los kalyazíes por una idea del pasado.

La magia era el futuro; su poder haría que la humanidad saliera de las sombras para descubrir que los dioses habían mantenido el mundo en la oscuridad. Ni siquiera habían sido los dioses, sino las reglas y la disciplina establecidas por los hombres de la iglesia. Por supuesto, la religión no era el único motivo de la guerra, también había un tramo de tierra entre Tranavia y Kalyazin que ambos reclamaban como propio, así como otras cuestiones menores que se habían agravado durante un enfrentamiento que duraba casi un siglo.

—¿El sacerdote no te contó nada? —preguntó Ostyia de camino a la puerta donde estaba retenido el joven monje.

—Es un viejo que disfruta hablando solo con acertijos. Tengo intención de ejecutarlo.

Eliminar a su líder le aseguraría que los prisioneros seguirían tranquilos. Ya había usado esa táctica antes en Kalyazin y siempre funcionaba. Aunque nunca la había usado con gente de la iglesia y le preocupaba convertir a uno de los suyos en un mártir. Los kalyazíes adoraban a sus mártires.

Se detuvo frente a la puerta elegida y frenó a Ostyia antes de que la abriera. La chica lo miró.

—Si no quieres, estaré encantada de hacerlo por ti —dijo.

Negó con la cabeza. Daba igual que estuviera cansado de torturar a prisioneros, cansado de la misión.

—No, lo haré yo. —Esbozó una media sonrisa—. Tal vez sea divertido, ¿no?

La chica abrió la puerta de una patada y entraron en una habitación igual que en la que había dormido Serefin. El chico kalyazí estaba sentado en una silla de madera con las muñecas atadas a la espalda en una posición que lo obligaba a mantener los hombros erguidos en el respaldo. Se fijó en que alguien le había cosido las heridas de la ballesta de la pierna y el costado. Bien. No quería que se desangrara mientras intentaba sacarle respuestas.

—Nos podríamos ahorrar todas estas molestias —dijo el chico en tranaviano con un acento suave. Era obvio que le habían enseñado graznki, un dialecto más tosco derivado de la lengua original—. No querréis mancharos el abrigo.

Serefin enarcó una ceja.

—*¿Zhe ven'ya?* —Cierto. Su abrigo sí que era bonito.

El kalyazí se sorprendió al escuchar su lengua en boca del Gran Príncipe de Tranavia. Tenía el pelo oscuro muy corto con tres líneas diagonales afeitadas en un lado. La túnica que vestía parecía demasiado fina para mantenerlo bien abrigado, pero supuso que un monje kalyazí disfrutaría con esa penitencia.

—Vais a preguntarme dónde están nuestras hermanas desaparecidas, os diré que no lo sé y me mataréis. Fin de la historia.

—No ha sido una buena historia —dijo, y acercó una silla para sentarse frente a él. Le dio la vuelta para sentarse del revés, con los brazos apoyados en el respaldo—. El conflicto no alcanza un clímax y la resolución es demasiado pobre.

—A los tranavianos no les gustan las historias. Están demasiado ocupados escribiendo blasfemias para usarlas como magia de sacrificio.

—Eso no es cierto. —Miró a Ostyia, que negó con la cabeza con cara de auténtica consternación por la acusación—. Qué rumor más malicioso. —Se quedó en silencio. El chico le devolvió la mirada estoicamente, pero su expresión tembló un segundo. Por fin se fijaba de cerca en la cicatriz y el ojo de Serefin.

—¿Cómo te llamas?

El chico parpadeó.

—Konstantin.

—Konstantin, tienes razón, me gustaría que me dijeras a dónde ha ido la chica.

El monje se inclinó hacia delante todo lo que le permitían los brazos atados.

—Y a mí me gustaría que os metierais el libro de hechizos por donde os quepa.

Ostyia dio un paso al frente, pero Serefin levantó una mano para detenerla. Sonrió y acarició el libro que llevaba en la cadera.

—¿Este? —Lo levantó.

—Ese mismo.

Lo abrió y ojeó las páginas.

—No me parece un uso adecuado. —Con la otra mano, se bajó la manga del abrigo y presionó el pulgar en la cuchilla cosida en el puño. Con un poco más de presión, la hoja le atravesaría la carne y le daría la sangre que necesitaba—. Te vi proteger a la clériga antes de que desapareciera. ¿Adónde fue?

—¿Quién?

—Fingir confusión es adorable, de verdad. ¿Cómo se llama la chica?

Konstantin lo miró en mitad de un silencio sepulcral. No esperaba que respondiera, antes necesitaría un estímulo. Le hacía falta el nombre para afianzar el hechizo. Presionó el pulgar en la cuchilla de la manga y apenas sintió cómo le abría la piel. El monje abrió los ojos como platos cuando levantó el pulgar sangrante y lo restregó en una de las páginas del libro de hechizos.

—Por supuesto que no lo sabes.

La magia dio un único chispazo cuando la sangre activó lo que estaba escrito en las páginas. El monje se tensó y la vena que le palpitaba en el cuello reveló su miedo. Empezó a sudar y Serefin miró con un interés apenas velado cómo la sangre goteó por las comisuras de los ojos del chico. Hervía desde dentro hacia afuera. Después de unos segundos, que tuvieron que ser como años para el kalyazí, dejó que el hechizo se rompiera y Konstantin se desplomó en la silla mientras jadeaba para respirar.

—¿Sigues sin tener nada que decir? —preguntó, complacido.

Le escupió a los pies y las gotas de saliva ensangrentada aterrizaron en su bota; la miró con desagrado.

—Supuse que pasaría esto, aunque habría preferido evitarlo.

Suspiró y le hizo un gesto a Ostyia, que salió inmediatamente de la habitación. El chico lo miró confundido mientras la sangre le goteaba por la nariz.

La chica no tardó mucho en volver y Serefin no apartó la mirada del kalyazí mientras el pánico se adueñaba de su expresión. Su amiga hizo entrar al segundo prisionero y le dio una patada en la parte de atrás de las piernas para obligarlo a arrodillarse. Echó un vistazo a quién había elegido Kacper. Era un maestro del secretismo y de la información, y descubrir quién quebraría antes la resistencia de los prisioneros era su especialidad.

El chaval tendría unos quince años y se parecía un poco a Konstantin. Tenía las pupilas dilatadas por el miedo, aunque mantenía la mirada fija en la pared. Ostyia desenvainó la espada y la colocó en su garganta. Serefin se volvió con pereza para volver a centrarse en Konstantin.

—Volvamos a intentarlo. ¿Cómo se llama la chica y a dónde ha ido?

El monje cuadró la mandíbula aun cuando miró al niño; su expresión se suavizó, pero sabía que todavía no iba a ceder.

—Tendré que ser más convincente —dijo. El pulgar todavía le sangraba, así que arrancó con cuidado una segunda página del libro de hechizos.

El miedo deformó el gesto del monje cuando Serefin apoyó la barbilla en el antebrazo e inclinó la cabeza hacia el chaval más joven. El hechizo se materializó y el muchacho sufrió un espasmo de dolor silencioso; las lágrimas rodaron por sus mejillas. Le impresionó su estoicidad ante la agonía.

—¡No! —gritó Konstantin y forcejeó con las ataduras—. ¡No le hagáis daño!

—¿Debería parar? —Intensificó el hechizo y el muchacho gimió.

En el rostro del monje se materializó la resignación y una pizca de angustia.

—Nadezhda. Se llama Nadezhda.

—¿El nombre completo? —Levantó el brazo para alcanzar una de las dagas que Ostyia llevaba en la cadera. La desenfundó y se puso a limpiarse las uñas con la punta de la hoja.

—Lapteva. Nadezhda Lapteva.

Contuvo una sonrisa. Ya la tenía.

—¿Y la otra?

—Anna Vadimovna. No sé a dónde han ido. Hay varios refugios por la zona; podrían haber ido a cualquiera.

Se quedó mirando cómo se derrumbaba por la agonía de haber hablado. Curioso. Por lo que sabía, era una información cuanto menos insignificante. Que hubiera múltiples refugios no era ninguna sorpresa; tendrían que peinar la zona a fondo. También quería respuestas sobre ciertos incidentes apocalípticos.

—¿Es lo bastante poderosa para borrar las estrellas del cielo?

El chico levantó la cabeza y el príncipe sintió una punzada de asco al percibir una brizna de esperanza en su cara.

—No, pero los dioses sí.

Bufó.

—Ya, claro —dijo, y se levantó—. Gracias por tu tiempo, Konstantin.

Arrancó una tercera página del libro y la arrugó en las manos. Ostyia retrocedió cuando el chico más joven cayó muerto y Serefin se marchó justo cuando el desconcierto del monje kalyazí se convirtió en rabia y empezó a gritar. La chica cerró la puerta para acallarlo.

—Haré que vengan a por el cuerpo.

—Gracias. —La miró—. Quiero que me convenzas para no volver a emborracharme.

—Lo que me pidas.

Cuando entraron en el santuario, se detuvo delante del ornamentado altar. Acarició el grabado de un bosque que cubría la parte superior.

De pronto, un dolor lacerante le atravesó el cráneo como si le clavaran agujas en los ojos. Se agarró la cabeza con una mano mientras buscaba a tientas el libro de hechizos y la navaja, pero cayó al suelo.

—¡Serefin! —gritó Ostyia al agacharse a su lado.

Levantó una mano. El dolor ya empezaba a disiparse, como un torrente de agua menguante. Se inclinó hacia atrás y exhaló una larga bocanada de aire.

—¿Qué ha sido eso?

Internamente, comprobó todos los hilos de magia que tenía activos. El hechizo que había lanzado para rastrear a la clériga había sido cortado. Se esforzó por reactivarlo y deslizó el dedo índice por la cuchilla de su manga, pero ni siquiera con sangre fresca lo consiguió. Tenía su nombre, pero no le serviría de nada si perdía el rastro.

Había encontrado el hechizo, lo había roto y le había impedido volver a activarlo. Anoche, había borrado las estrellas del cielo. Era más poderosa de lo que pensaba. Tenía que encontrarla y hacerse con su poder.

—Dile a Teodore que asuma el mando de la compañía —dijo, despacio—. Kacper, tú y yo iremos tras la chica. Ahora.

6

NADEZHDA
LAPTEVA

Aunque Bozetjeh es el dios del viento, se le considera la esencia de la velocidad y del tiempo mismo. Está en todas partes y en ninguna a la vez.

Códice de las Divinidades, 10:114

Las gotas de sudor se derramaron por las sienes de Nadya, pero al mismo tiempo el alivio la inundó cuando el hechizo del príncipe se rompió. Dejó escapar un largo suspiro ante la extraña sensación de que algo malo la abandonaba.

Delante de ella, el chico tranaviano se detuvo y la miró con el ceño fruncido bajo los tatuajes de su frente.

«No debería haberlo sentido», pensó.

—*No, no debería* —confirmó Marzenya con cierta curiosidad—. *Pronto te librarás de él, ¿verdad?*

«Es tranaviano», respondió. La respuesta era obvia.

La desconcertó que la diosa tuviera que avisarla de que el príncipe vigilaba todos sus movimientos y no haber sentido la huella de su magia de sangre. Todavía había muchas cosas que no sabía hacer sola.

Después de que Parijahan les ofreciera un lugar para esconderse, no tardaron en alcanzar a los dos chicos. Rashid sonrió a Nadya, mientras que Malachiasz la miró en silencio antes de darse la vuelta.

Llegaron a una gran iglesia destartalada en medio de un valle. Daba la sensación de que quien la construyó había planeado que rivalizara con la Iglesia de Adriano, el mártir de Khavirsk, pero se distrajo a mitad de camino. Era enteramente de madera, incluso las cúpulas redondas, y pintura roja a medio terminar se desprendía de la parte inferior de las paredes. Las tallas sobre la puerta revelaron que estaba dedicada a la diosa del sol, Alena.

«¿Es tuya?», preguntó Nadya mientras tocaba la cuenta correspondiente del collar.

La diosa respondió con tono desenfadado.

—*No terminaron de consagrarla.*

Observó la iglesia. Podría solucionarlo, aunque se preguntó cómo se tomarían los refugiados que su escondite estuviera de pronto habitado por una diosa. Si es que eran refugiados, claro, pero no se le ocurría otra palabra para describirlos. Los tres extranjeros y uno de ellos un enemigo, nada menos.

Rashid abrió la puerta de un empujón. El vestíbulo estaba oscuro; las antorchas estaban apagadas a ambos lados de la pared, todas menos una. El interior del edificio no se parecía en nada a una iglesia. Había tres largos pasillos completamente a oscuras, dos a cada lado de la entrada y uno en el centro. Nadya asumió que el del medio conducía al santuario, pues la iglesia habría sido construida alrededor de un espacio sagrado, pero el resto del edificio se había reacondicionado en algún momento.

—Estaba así cuando la encontramos —dijo Parijahan.

El oscuro vestíbulo los condujo a un gran templo bien ventilado que había sido destruido tiempo atrás. Había armas amontonadas en la pared del fondo, sin duda robadas a soldados tranavianos. Una corriente de aire frío se colaba por un agujero del techo, pero el fuego que ardía en una chimenea improvisada en el extremo más alejado serviría para compensarlo. En el lado opuesto de la estancia había una pila de almohadas y mantas gastadas donde Rashid se tumbó nada más entrar. Se puso la ballesta sobre el regazo y empezó a manipularla con cuidado. A su lado, había una mesa larga con bancos que debían de haber arrastrado desde las cocinas de la iglesia con unos cuantos mapas andrajosos encima.

La pared entre el templo y el santuario había sido derribada y lo único que quedaba del espacio original era el icono de Alena que colgaba sobre la chimenea, donde habría estado el altar. Era una pieza bonita que valdría miles de copecas. Anna miró a Nadya con asombro.

Era obra de la iconógrafa más querida de Kalyazin, Probka Vilenova, quien ahora era una santa, convertida en mártir por culpa de los tranavianos. Le cortaron los dedos y le sacaron los ojos antes de atarle piedras a los tobillos y ahogarla en uno de sus cientos de lagos. Aquellos tres no debían de tener ni idea de cuánto valía la estatua.

—¿Seguro que estamos a salvo? —preguntó la sacerdotisa—. Es un poco llamativo.

—¿Desde fuera parecía que hubiera alguien dentro? —respondió Rashid.

No. De hecho, daba la sensación de que el mundo se había olvidado de aquella iglesia hacía mucho tiempo.

—No nos quedaremos mucho —dijo Nadya—. Solo un día o dos.

Había segado el hechizo del príncipe cuando aún estaban lejos de la iglesia, así que esperaba que estuvieran a salvo, pero tenían que seguir en movimiento y llegar a Tvir.

—¿De verdad? —preguntó el akolano—. ¿Parijahan no os ha explicado la situación?

—¿Qué situación? —inquirió Anna.

—Hasta que confíen en nosotros, dará igual lo que diga —explicó la aludida y se sentó en la mesa de un salto—. Aunque supongo que saber lo que pretendemos es un buen comienzo. Queremos terminar la guerra.

—Ah, ¿solo eso? —dijo Nadya con una risa escéptica—. Ha pasado casi un siglo, ¿por qué pensáis que podréis ponerle fin? Tienes razón. No nos fiamos.

—Tiene parte de razón —dice Malachiasz y se apoya en la mesa junto a la akolana—. Pero somos nosotros los que tenemos a un sucio hereje en el grupo. Antes que nada, deberíamos averiguar quién es la que tiene magia.

Miró a la clériga con un amago de sonrisa en las comisuras de los labios, después se fijó en Anna. Vestía el uniforme de un mago de sangre del ejército tranaviano, aunque la chaqueta negra estaba desgastada, deshilachada en las mangas y el dobladillo. Tenía un parche cosido en el codo y las charreteras plateadas de los hombros habían visto días mejores.

Rashid miró expectante a las kalyazíes, pero ninguna dijo nada. Nadya se mordió el labio inferior. Si la distribución de la iglesia era la tradicional, habría múltiples salidas. Sería cuestión de encontrar la puerta y el pasillo correctos y largarse. Sin embargo, no quería que su reacción a todas las situaciones fuese dejar que el deseo de salir corriendo la dominase. Tenía que haber una razón por la que dos akolanos y un tranaviano estaban acampados en las montañas de Kalyazin, una por la que hablaban con enigmas y por la que el mago de sangre parecía inquieto. Todo tenía una razón y debía creer que los dioses habían puesto a aquellos extranjeros en su camino por un motivo, fuera el que fuera.

—Las pondré a prueba —dijo Malachiasz.

—¡No! —Anna gritó y sobresaltó a Nadya.

El tranaviano levantó una ceja y clavó su pálida mirada en la clériga, que sintió un escalofrío.

«Sabe que soy yo».

Era un pensamiento bastante desagradable.

El chico se apartó de la mesa y sacó un cuchillo curvo de aspecto perverso de una vaina en la parte baja de la espalda. Le dio vueltas entre los dedos mientras caminaba hacia las chicas.

Derramar sangre para buscar magia ya era una herejía en sí misma, pero que el ritual lo llevase a cabo un mago de sangre hereje lo empeoraba todavía más.

Malachiasz la miró.

«Muy bien. Si intenta matarme para robarme mi poder, lo mataré yo primero».

Le cogió la mano y cerró los dedos alrededor de su muñeca. El calor de la piel le puso la carne de gallina. La hoja emitió un destello plateado cuando la levantó y sintió el cambio de fuego a hielo cuando el metal le rozó la yema del dedo índice.

—No —susurró. Se tensó y tiró para apartarse, pero la tenía bien sujeta, como un grillete.

Sin romper el contacto visual, sacó el *voryen*, usó la mano que le agarraba la muñeca como palanca para acercarlo y le puso la daga en la garganta. Él se tensó y se vio obligado a mantener la cabeza hacia atrás para evitar que la hoja le cortara la carne. Esbozó una sonrisa lenta.

—Ya sabes que soy yo —dijo en voz baja—. No pienso ser cómplice de una herejía.

—Sospechar y confirmar son cosas distintas. Y herejía es una palabra muy fea.

Nadya miró de reojo a Anna, que parecía haber dejado de respirar y negó con la cabeza, alarmada.

—Yo quiero pruebas —dijo Rashid.

Malachiasz seguía agarrando la muñeca de la clériga y le caía un fino reguero de sangre por el cuello debido a sus nada firmes nervios. Levantó la otra mano con mucho cuidado y se limpió la sangre de la piel con el pulgar.

—Cómplice de herejía, sin duda —murmuró.

Nadya apartó la daga.

—¿La desaparición de las lunas no te ha parecido suficiente? —preguntó el tranaviano a Rashid mientras le soltaba la muñeca y envainaba el cuchillo. La chica corrió de vuelta al lado de Anna—. Siento un poco de curiosidad por las repercusiones a largo plazo de un hechizo como ese. ¿Qué estragos causará en las mareas la anulación de las lunas durante tanto tiempo?

—Estamos a miles de kilómetros del mar —dijo Parijahan con hartazgo.

—Es algo en lo que pensar.

—Es de Tranavia. Siempre tienen agua en el cerebro —dijo Rashid—. Su país está casi sumergido.

—Por unos pocos lagos... —dijo Malachiasz.

—Y marismas.

—¡Y muchísimas lagunas! —añadió Parijahan.

—Colinda con el mar al norte y al este —continuó Rashid—. ¿Por qué crees que la guerra nunca ha llegado hasta Tranavia? Porque en Kalyazin nadie sabe nadar. ¿Sabes nadar? —preguntó a Nadya, que negó con la cabeza.

—Dicho así, morir enterrado en la nieve me parece un final más satisfactorio —meditó Malachiasz.

—Se me ocurren mil formas en las que podrías morir —masculló Anna.

El chico sonrió y se llevó una mano al corazón.

—Todas merecidas, sin duda.

—La gravedad controla las mareas —afirmó Parijahan con solemnidad—. Mi gente lo descubrió hace siglos.

El tranaviano hizo un ruidito de indignación y miró a Rashid, que asintió con seriedad.

Nadya se preguntó si la charla ociosa significaba que se habían olvidado de su magia, pero comprendió que no iba a tener tanta suerte cuando Rashid la señaló.

—La magia.

—¿Para qué quieres pruebas?

—Para maravillarme de que un país que perdió su magia y que ha luchado con uñas y dientes por sobrevivir a una guerra contra magos... podría por fin volver a tener una oportunidad.

Miró a Malachiasz para comprobar su reacción, pero la expresión del chico no cambió.

—¿Para qué las quiere él?

—Probablemente para matarte y robarte tu poder. Así murieron todos los clérigos, ¿no es cierto?

El tranaviano sonrió y ella se estremeció. Desde luego, tuvo algo que ver.

—Pero —continuó el akolano— no lo hará. Ya no se dedica a matar magos kalyazíes.

—Aunque podría —musitó.

Parijahan puso los ojos en blanco, pero Nadya sintió una oleada de terror al contemplar la posibilidad de la muerte. Los akolanos no se lo tomaban en serio y no lo entendía.

Acarició el collar con la mano y palpó las cuentas con los dedos mientras valoraba qué hechizo utilizar, hasta que llegó a la de Krsnik. Optar por lo simple sería la mejor solución. Ya había hecho uso de lo extravagante.

«¿Una ayudita?».

Krsnik, un dios viejo y gruñón, masculló una respuesta, al parecer, afirmativa y a los pocos segundos, Nadya recibió el

71

hechizo. Sopló los brillantes símbolos de humo en la palma de su mano y se prendió una llama.

Parijahan y Rashid se miraron con deleite. La clériga se acercó a la mesa y arrastró la punta de un dedo ardiente sobre lo que era sin duda una página desechada del libro de hechizos. Agarró el papel y prendió fuego. Cuando solo le quedaban cenizas en la mano, las dejó caer en la palma del mago de sangre. Levantó la mirada para encontrarse con la suya, pero no estaba segura de lo que le decían sus ojos.

Había en ellos tensión y curiosidad, pero también algo más oscuro bajo la superficie que le provocó un escalofrío en la columna. Se preguntó por qué le habrían puesto a un hereje en el camino. ¿Para matarlo? ¿Qué otra razón podría haber?

El chico esbozó una sonrisa como si le leyera los pensamientos, igual que los dioses.

—¿Cuál es la diferencia entre lo que haces tú y aquí nuestro amigo el mago de sangre? —preguntó Rashid—. Disculpa a este guaperas por ser un ignorante en temas de magia.

El aludido se dejó caer en los almohadones junto al akolano y abrió el libro de hechizos sobre el regazo. Nadya no lo había visto cortarse, pero tenía el dorso de la mano ensangrentado. Con una pluma, garabateó con la sangre en las páginas del libro.

—Creo que es bastante evidente —dijo—. Sangre, libros de hechizos, herejía. Eso es la magia tranaviana.

Malachiasz sonrió a su trabajo sin levantar la vista.

«Sonríe demasiado», pensó Nadya antes de seguir hablando.

—Mi poder es divino, yo no. No uso sangre ni libros de hechizos.

—El único requisito es la aprobación constante de los dioses —dijo el chico—. Sin presiones. Un error y se acabó todo.

—¿Tan difícil es seguir el designio de los dioses? Piden muy poco. Los juzgas con dureza.

Negó con la cabeza.

—¿Poco? —preguntó, incrédulo—. Piden demasiado. ¿Por qué crees que Tranavia los abandonó? ¿Quién desea vivir subyugado a los caprichos de otro ser? Deseábamos libertad para elegir nuestro propio destino.

Nadya puso los ojos en blanco.

—¿Por ese destino valía la pena torturar y mutilar a inocentes durante un siglo para conseguir magia? Hablamos de cientos de miles de personas.

Malachiasz vaciló, pero se recuperó tan deprisa que Nadya se preguntó si no lo habría soñado.

—Los sacrificios se hacían por propia voluntad. No se fuerza a nadie a hacer pruebas.

—Excepto a los prisioneros de guerra.

Se inclinó hacia delante.

—Incluso a los prisioneros de guerra se les explica el bien mayor al que servirán.

—¿El bien mayor? —gritó, perdiendo los nervios—. ¿Cómo te atreves a hablar del bien mayor como si los de tu clase tuvierais derecho a fingir que sois algo más que herejes y abominaciones que se rebelan contra los dioses?

Malachiasz sonrió de oreja a oreja, enseñando los dientes, afilados y peligrosos. Apoyó la cabeza a un lado y cerró perezosamente el libro de hechizos. Se sacó una venda del bolsillo y se envolvió la mano despacio.

—Vale, tú ganas. Nos será útil —le dijo a Rashid.

No le gustó.

—¿Útil? ¿También vas a experimentar conmigo?

El chico se levantó y cruzó la habitación para situarse ante ella. Era muy alto. Le levantó la barbilla con la mano manchada de sangre y tinta para obligarla a mirarlo.

—No tendrás esa suerte —le susurró con dulzura.

—Malachiasz —advirtió Parijahan.

La soltó y retrocedió.

—Os mantendremos a salvo —aseguró—. Aunque el Gran Príncipe estuviera en la puerta, no se daría cuenta de que la iglesia está aquí. Me he asegurado.

—Quizás el Gran Príncipe no, pero ¿qué pasa con los demás horrores de Tranavia?

Entonces fue Malachiasz quien se puso rígido.

—¿A qué te refieres?

—A los monstruos a los que permitisteis asolar nuestras otrora santas iglesias. ¿Qué pasa con ellos?

—Los Buitres no se aventuran en el campo de batalla —dijo, pero había tensión en su voz. Se frotó el antebrazo, distraído—. No han salido de Tranavia en...

—Unos treinta años —terminó Nadya—. Qué curioso.

El mago de sangre entrecerró los ojos, pero negó con la cabeza y retrocedió.

Las más oscuras pesadillas de Kalyazin estaban protagonizadas por los Buitres de Tranavia. Magos de sangre tan retorcidos por la magia herética que ya ni siquiera eran humanos, solo monstruos violentos. Era cierto que no habían sido vistos en el reino en mucho tiempo, pero también que habían sido uno de los últimos clavos en el ataúd de los clérigos.

Si venían a por ella, Nadya no estaba segura de si podría volver a escapar.

—¿Por qué nos ayudáis? —preguntó después de un silencio incómodo.

—No somos aliados de Tranavia —dijo Parijahan.

Miró a Malachiasz con reticencia y él le sonrió.

—Estamos aquí porque los tranavianos quemaron los últimos tres campos de refugiados que encontramos —explicó mientras volvía a la mesa y se sentaba junto a la akolana.

—Tres campamentos, dos puestos de avanzada, un campamento militar y una aldea —enumeró Rashid.

—Lo del campamento militar fue antes de que yo llegara —dijo el mago de sangre, respondiendo a la pregunta no pronunciada de la clériga: ¿cómo lo habían metido en un campamento militar?

—Como hemos dicho, queremos que la guerra termine —añadió Parijahan.

—¿No es lo que queremos todos?

—Sí, y mantener viva a una clériga kalyazí sería un comienzo, ¿no te parece? Incluso con las diferencias de ideología.

—Lo sería —concedió.

—¿Y si vamos un poco más allá? —preguntó la akolana—. Los chicos me decían que había que esperar a que surgiera una oportunidad, y ahora aquí estás. Dime, ¿qué opinas de la posibilidad de asesinar al rey de Tranavia?

7

SEREFIN
MELESKI

Svoyatova Alisha Varushkina: una clériga de Bozidarka y viden-
te, cuyas visiones protegieron a Kalyazin de un levantamiento
en las provincias occidentales, aunque esta protección no se ex-
tendió a sí misma. Años más tarde, un príncipe menor del oeste,
Dmitri Zyuganov, le quemaría los ojos con un atizador en llamas
por interferir en sus planes.

Libro de los Santos de Vasiliev

—¿Alteza?

Serefin apretó el puño y el reflejo causó que su dedo índice rozara la cuchilla de su manga. Se obligó a relajarse. Estar al límite no le ayudaría en nada.

—¿Sí?

Se relajó cuando Kacper entró detrás de Teodore, aunque no tanto al notar que llevaba algo en la mano que se parecía sospechosamente a una misiva real. El miedo le retorció el estómago.

—¿Has hablado con mi padre? —le preguntó a Teodore.

—Así es, alteza. —Hizo una pausa y el príncipe suspiró, consciente de lo que diría—. Ha expresado su disgusto por el resultado del ataque de ayer.

—Ya, él no estuvo aquí —masculló.

El teniente no dijo nada y Kacper le entregó la misiva. La tomó con cautela entre dos dedos. El sello era de su padre. El rey solía enviar a mensajeros en vez de comunicarse con magia en un esfuerzo fútil por enmascarar la decepcionante realidad de que era un mago de sangre bastante inepto. Se le podía contactar con magia de sangre, como Teodore había hecho la noche anterior, pero no era aconsejable.

—¿Ha llegado esta mañana? —preguntó, y su amigo asintió.

Era imposible saber cuánto había tardado en llegar hasta sus manos. Rompió el sello, leyó la carta y creyó que la vista había terminado por fallarle del todo; volvió a examinarla y miró a Kacper con el ceño fruncido antes de leerla con atención una vez más.

—¿Mi padre ha dicho algo al respecto?

—No —dijo Teodore.

—¿Nada? ¿Nada en absoluto? ¿Ni la más mínima mención a que llevaba meses planeando esto sin darme ni una mísera advertencia?

—Ser... Alteza —dijo Kacper, y miró al hombre irritado—. Nos ayudaría saber qué dice el mensaje.

—Quiere que vuelva a Tranavia —dijo mientras le entregaba la misiva e ignoraba la expresión escandalizada del teniente—. De inmediato, al parecer, porque se va a celebrar un *Rawalyk*.

—¿Qué? —Su amigo lo miró desconcertado.

—La ceremonia para elegir a una consorte real —explicó Teodore.

—Sé lo que es un *Rawalyk* —espetó mientras Serefin lo fulminaba con la mirada—. El príncipe está al tanto de las tradiciones.

—Tengo que encontrar a la clériga, no tengo tiempo para esto —dijo—. Estamos a punto de alcanzar un punto de inflexión en la guerra y quiere que lo deje todo por una pantomima sin sentido.

—Sí que mencionó que los Buitres han solicitado perseguir a la chica —apuntó el hombre.

Serefin se pasó la mano por el pelo y Kacper levantó las cejas.

—Así que me despoja del mando y me ordena que vuelva a casa —dijo el príncipe con calma.

Teodore no respondió.

Tenía sentido que los Buitres quisieran atrapar a la primera clériga de Kalyazin en más de treinta años. Había una nueva generación en el culto que nunca había visto la magia kalyazí. Era lógico.

Sin embargo, odiaba pensar en ceder la victoria a otros. Fue su padre quien lo envió al frente cuando tenía solo dieciséis años; quería que su hijo fuera un héroe de guerra y lo consiguió, junto con todo el bagaje que eso conllevaba. Era injusto pedirle que interpretara un papel al que no estaba acostumbrado en aras de la tradición cuando estaban tan cerca del final.

No discutiría. No era una elección. Si se marchaba ese mismo día, llegaría a Grazyk en pocas semanas, tal vez más tiempo según lo que se encontrasen al llegar a la frontera. Si se llevara solo a Ostyia y Kacper, el viaje sería aún más corto. No obstante, estaban detrás de las líneas enemigas y muchas cosas podrían salir mal.

—Te dejaré al frente de la compañía —dijo despacio, y sintió cada palabra como una flecha que le atravesaba la piel—. Tienes que llevar a los prisioneros a Kyętri, ¿correcto?

Teodore asintió.

—Bien. El teniente Neiborski vendrá conmigo —dijo.

Kacper parecía aliviado; por un segundo había creído que lo dejaría atrás. Qué ridiculez.

—La general Rabalska también me acompañará, por supuesto. Espero que te hayas llevado a los prisioneros de aquí mañana por la mañana a más tardar.

Teodore comprendió que había terminado con él. Hizo una reverencia y Serefin lo despidió con la mano. Si tenía suerte, no tendría que verlo más en meses.

Avanzó por los fríos pasillos sin adornos hasta las grandes puertas de madera que conducían al patio. Mientras que en la parte trasera eran lisas, los frentes estaban cubiertos de tallas ornamentadas e iconos de santos. Seis de ellos, tres en cada puerta. Serefin los miró cuando se cerraron antes de darse la vuelta y saltar por las escaleras hasta el patio donde Ostyia lo esperaba encaramada al muro que guardaba los siete mil escalones de la montaña.

Dejó el fardo en el suelo y se subió al muro junto a ella. Kacper se sentó al otro lado.

—Tengo que volver a casa y casarme.

La chica tuvo la decencia de hacer una mueca.

—¿Qué pasa con la clériga?

—Los Buitres la persiguen.

—Estará muerta en menos de un día.

Su amigo se estremeció.

—No se lo deseo ni siquiera a una kalyazí. ¿Os lo imagináis? —Agitó una mano delante de su cara—. Esas máscaras son aterradoras.

Los Buitres eran una parte complicada de la sociedad y la política de Tranavia. Eran la élite de los magos de sangre, un orden sectaria formada por individuos que vivían aislados del resto de su reino en el cadáver de una antigua catedral de Grazyk bajo el liderazgo de un rey propio, el Buitre Negro, que se sentaba en el Trono de Carroña.

Cuando Tranavia se desvinculó de los dioses, los Buitres llenaron el hueco que había dejado la iglesia. Actuaron por su cuenta y alegaron que la magia era un poder superior al de cualquier rey mortal. Podrían haber perseguido a la clériga sin permiso del rey, pero Tranavia había establecido un delicado equilibrio de poder: los Buitres actuarían como consejeros del trono, pero su autoridad solo se extendería al reino de la magia, lo cual en el país suponía un gran alcance. Merodeaban por el palacio con sus garras de hierro y sus ropas desgarradas, más monstruos que humanos, pero, a pesar de ello, venerados.

Durante décadas, la imagen que había ofrecido la política tranaviana era que el rey mantenía a los Buitres atados en corto. Entrenaban a los hijos de la realeza para que aprendieran a utilizar su magia y mantenían un cierto nivel de seguridad en la capital, pero no debían abandonar Grazyk ni Kyętri, las dos ciudades que albergaban a los líderes del culto. Se los había mantenido lejos del frente, dado que la imprevisibilidad de sus acciones los convertía en un peligro más que en una ventaja en el campo de batalla. No obstante, Serefin había vivido muchas batallas que habrían tenido un resultado diferente de haber contado entre sus filas con un solo Buitre. Aunque nunca habría solicitado uno. Le perturbaban.

Se rascó la parte posterior de la cabeza mientras entrecerraba los ojos para mirar en las cúpulas del monasterio. El resplandor de la piedra blanqueada le irritó el ojo malo.

—Mi padre quiere que llevemos a los prisioneros a las minas de Kyętri.

—Cuánta actividad repentina de los Buitres —dijo Ostyia.

—Es raro, ¿verdad?

Se sumieron en el silencio. Contemplar las Minas de sal donde los Buitres hacían sus experimentos no era agradable.

—Esto no me gusta —dijo Serefin tras un rato.

La chica lo miró.

—La elección del momento, los Buitres, que mi padre haya enviado esto en lugar de pedirle a un mago que contactase conmigo, lo que no me deja apenas tiempo para volver a casa. —Agitó la misiva que seguía en su mano—. No entiendo lo que pretende.

No era ningún secreto que la relación entre el príncipe y el rey era tensa. No sabía si se debía al miedo, a la aversión o a la simple realidad de que enviar a Serefin a la guerra a una edad tan temprana había abierto una brecha entre los dos. Fuera lo que fuera, el comportamiento errático de su padre empezaba a ser algo habitual, así que no comprendía por qué la convergencia de todos esos extraños sucesos le sorprendía.

Ostyia lo miró con incredulidad.

—Lleva años pisoteándote.

—¿Es eso cierto?

No había tenido un respiro en años. Con el país en guerra era lógico, pero siempre que regresaba a Grazyk para recordarle al reino que tenían un príncipe, lo mandaban de vuelta al frente. Estaba cansado y comenzaba a verse superado, como si el más mínimo roce pudiera hacerlo pedazos. No quería tener que meterse en juegos políticos en cuanto regresara a Tranavia, pero era su destino.

Su amiga tenía razón: la grieta que los separaba crecía. Su padre había hecho todo lo que estaba en su mano para ocultar la verdad, que Serefin era un poderoso mago de sangre, y él no. Si lo apartaba, los *slavhki* de la corte no recordarían que el hijo era más poderoso que el padre.

Se bajó del muro de un salto y resbaló en las piedras heladas del patio antes de volverse hacia sus compañeros.

—Dadas las circunstancias, al menos daremos un buen espectáculo.

—¿Eso será? ¿Un espectáculo? —preguntó Ostyia.

—Si es un *Rawalyk*, sí, sin duda —afirmó Kacper.

—Un dramatismo absurdo por el bien de la nobleza —dijo Serefin y se encogió de hombros—. Pero aquí pasa algo más.

Ya que estoy, averiguaré el qué, y estoy seguro de que no será bueno.

La chica entrecerró los ojos.

—Conozco esa mirada. ¿Qué planeas?

No estaba seguro de tener un plan todavía, solo un mal presentimiento y una sensación de temor atenazante que le impedía volver corriendo a casa e interpretar el papel de príncipe sin ciertos reparos. Tal vez fuera la consecuencia de haberse acostumbrado a la guerra y a presenciar la muerte y la destrucción a diario durante años. Tal vez estaba siendo irracional. Fuera lo que fuera, la sensación seguía ahí.

—¿Y si mi padre quiere usar el *Rawalyk* para agenciarse una marioneta como heredera? Alguien manipulable. —Él era demasiado dogmático y poderoso y una amenaza para la soberanía de Izak Meleski—. Si vincula a alguien al trono a través de mí y después sufro un desafortunado accidente... —Dejó el resto en el aire.

—Vaya —murmuró Ostyia.

—¿Parezco paranoico?

—Mucho.

El príncipe asintió.

—Llevo tres años liderando ejércitos —dijo con calma—. No entras en el campo de batalla sin una estrategia, pero a veces es necesaria una misión de reconocimiento. Así que iré a casa a comprobar de qué va este paripé y después lidiaré con ello como sea necesario. Tal vez implique hacer de príncipe y participar en absurdeces palaciegas, o podría tratarse de algo completamente diferente. También podríamos averiguar cómo se va a desarrollar esta batalla.

Cuando terminó, empezó a bajar los siete mil escalones.

8

NADEZHDA
LAPTEVA

La diosa de la visión, Bozidarka, es la diosa de las profecías. Mas estad alerta, pues sus dones pueden quebrar la mente de un mortal y sus bendiciones no son fáciles de interpretar.

Códice de las Divinidades, 7:12

No se volvió a mencionar el plan de matar al rey. Después de que Nadya empezase a tartamudear con incredulidad si aquello era siquiera posible, Parijahan sugirió que ya hablarían por la mañana.

Matar al rey de Tranavia pondría fin a la guerra y, mejor aún, al menos para ella, sería una pequeña forma de justicia por la muerte de Kostya. Estaba dispuesta a arriesgarse por ello. No sabía si sería posible, lo dudaba enormemente, pero la conversación mejoró su opinión de los akolanos, aunque todavía esperaba al momento adecuado para clavarle un *voryen* en el corazón al tranaviano.

Pasó una noche inquieta en una habitación fría con camas duras y mantas finas robadas a soldados enemigos. Se levantó antes del amanecer, salió de la habitación y recorrió el pasillo. Estaba acostumbrada a levantarse antes del alba para rezar y quería encontrar un lugar adecuado donde hacerlo.

Anna seguía dormida cuando salió, pero encontró a Parijahan en el santuario derruido, sentada a la mesa con unos mapas andrajosos extendidos frente a ella.

—Lo decías en serio, ¿verdad? —preguntó, y se sentó delante de la akolana.

—¿Por qué iba a bromear con una cosa así? —respondió sin levantar la vista. Llevaba el pelo oscuro recogido en una trenza suelta que le rodeaba el hombro—. Antes éramos más. Un niño que lo perdió todo cuando los tranavianos quemaron el bosque del que vivía su familia, una niña que creció en un campo de refugiados, unos hermanos kalyazíes de Novirkrya a los que reclutó el ejército de niños, pero desertaron.

Novirkrya era un pueblo en la frontera sur, cerca de Lidnado, un país pequeño que odiaba a sus dos vecinos por igual y que se había mantenido milagrosamente al margen de la guerra de casi un siglo, quizás por puro rencor.

—*Quedan muy pocos fieles en ese país* —apunto Marzenya.

—¿Qué les pasó? —preguntó Nadya.

—El país, la guerra. Salvo los hermanos, que tuvieron que huir al norte para evitar que el ejército los atrapara, fue lo que le pasó a la mayoría.

Pero ¿los akolanos y el tranaviano habían sobrevivido?

Los demás empezaron a llegar. Anna se sentó a su lado y le apoyó la cabeza en el hombro.

—Seguimos vivas —dijo.

—No ha aparecido ningún Gran Príncipe —añadió Parijahan.

Rashid entró con unos cuencos de *kasha*, unas gachas ligeras que Nadya conocía bien, y unas hogazas de pan negro y duro. Lo dejó todo en la mesa y se acomodó en el montón de almohadas de la esquina. Iba vestido con túnicas akolanas de color marrón dorado de varias capas y mangas largas.

—Nadie me avisó de que las asesinas kalyazíes se levantaban antes del amanecer. —Bostezó.

Malachiasz entró con media hogaza de pan negro en la mano y pinta de no haber dormido nada. Tenía el pelo enmarañado y ojeras oscuras en su pálido rostro. Se acomodó en las almohadas junto al otro chico y se puso un brazo sobre la cara.

—No lo hacen, pero las acólitas que tienen que rezar a las tres de la mañana, sí —dijo Nadya.

—Y nosotros somos los bárbaros —reflexionó el chico.

—Sois herejes, que es distinto. Y certero —espetó Nadya.

Malachiasz se incorporó y puso los ojos en blanco, después se metió casi todo el pan en la boca. Abrió el libro de hechizos y dejó caer una pluma en el pliegue entre las páginas.

—Ni se te ocurra ponerte a sangrar mientras comemos —dijo Parijahan.

La miró con el cuchillo ya en la mano, la hoja apoyada en la palma y el pan en la boca. La akolana lo fulminó con la mirada y, tras un largo silencio, guardó el arma.

Nadya estudió el mapa y la akolana le pasó un cuenco de *kasha*.

—Tenemos que llegar al campamento militar de Tvir —dijo.

La realidad era que no tenía tiempo para entretenerse con planes descabellados de asesinar a reyes. Había muchas expectativas puestas en ella y no abandonaría sus deberes al primer obstáculo. Era el recipiente que inundaría el mundo de nuevo con el poder de los dioses.

—¿Tvir? ¿Quieres servirles tu cabeza en bandeja a los tranavianos, *towy dźimyka*? —preguntó Malachiasz.

Estrujó su escasa comprensión de la lengua de Tranavia para discurrir qué la había llamado. «¿Pajarillo?». Confundida por el significado de las palabras y por la condescendencia con la que las dijo, eligió ignorarlo por completo.

—Tendrás que seguir un protocolo, ¿no es cierto? —continuó—. Una maga tan importante.

Empezaba a costarle ignorarlo.

—Si vas a Tvir, morirás. Tranavia lo conquistó hace dos meses.

Anna palideció y Nadya intentó disipar la desesperación que le oprimía el pecho. Se instaló entre sus costillas y aumentaba con cada latido. No había solución; iba a morir antes de tener la oportunidad de hacer nada por su país.

—Lo destruyeron todo —dijo Parijahan con tacto para aliviar la tensión entre los dos magos—. El campamento militar y la aldea. Estábamos cerca cuando pasó, pero tuvimos suerte de escapar; otros no.

La sacerdotisa se frotó la frente y, cuando la miró en busca de guía, se encogió de hombros.

—Es lo que me dijeron que hiciera —explicó—. El siguiente emplazamiento está...

—Lejos —terminó Rashid.

Nadya sintió que le cerraban una puerta ante las narices.

—¿Así que debería escuchar los planes de dos extranjeros que han acogido a mi enemigo con los brazos abiertos?

Malachiasz sonrió y Parijahan frunció los labios.

—Cuando tenía trece años, mi hermana mayor se prometió con un *slavhka* tranaviano. No fue por amor, era un arreglo político, pero Taraneh tenía esperanzas. Se habían visto una vez antes de la boda y el hombre parecía... —Perdió la voz y negó con la cabeza. Tenía la vista fija en una esquina de la habitación—. Parecía normal. Era un mago de sangre, pero siendo tranaviano tampoco es que fuera demasiado extraño. En fin, la boda fue bien y...

—La boda no fue bien —interrumpió Rashid, y la chica hizo una mueca.

—No le dimos importancia, era normal que hubiera algo de tensión.

El presagio de lo que vendría pesaba en las palabras de la akolana, y Nadya se removió, incómoda. Miró a Malachiasz, pero él la observaba con expresión muy atenta, sin hostilidad ni burla, solo interés y amabilidad.

—Mi familia es... acomodada.

—Sé sincera, Parj —dijo el akolano, y la chica suspiró.

—Es una de las tres grandes *Travashas* de Akola. A mi hermana la asesinaron un mes después de su boda en un país extranjero por su dote.

—¿Y el país no fue a la guerra? —preguntó Anna.

—No había pruebas de que hubieran sido los tranavianos. Parecía un accidente; se había ahogado en uno de los cientos de lagos del país. —Se rio con amargura—. Akola es una tierra desértica, sería normal pensar que mi hermana no supiera nadar, pero Taraneh era una gran nadadora. Su lugar favorito era el oasis que había cerca de nuestra casa.

—¿Y qué haces aquí? —preguntó Nadya. «¿Qué haces con un mago de sangre tranaviano?».

—Se tomaron algunas decisiones precipitadas —dijo Rashid.

—Me vengué —explicó con total naturalidad—. Ahora hay un *slavhka* menos en la corte de Tranavia.

—¿Por qué no volviste a Akola después? ¿Por qué te quedaste aquí?

—No quiero volver junto a una familia que no se molesta en vengar la muerte de una hija. No permitiré que Tranavia gane la guerra —dijo con rabia—. Que disfruten de su magia de sangre y sus políticos corruptos dentro de su propio país, pero no permitiré que sus bárbaras costumbres se extiendan más allá de sus fronteras.

Toqueteó las cuentas del collar en busca de la de Vaclav, dios de la verdad. Se sorprendió cuando le confirmó que los tres eran sinceros, incluso el tranaviano.

—Sigue sin explicar su presencia —dijo Nadya, y señaló a Malachiasz.

—Soy un enigma —respondió con malicia—. Corrían rumores sobre ti a ambos lados del frente, *towy dżimyka*. La clériga kalyazí que salvaría al país de la escoria tranaviana.

Nadya sintió un escalofrío. No sabía si buscaba provocarla o no.

—¿Qué quieres decir?

—Es evidente que Tranavia sabe que existes, ¿qué otra razón tendría el Gran Príncipe, un prodigio de la estrategia militar, para atacar un monasterio en una localización sin ningún tipo de ventaja táctica? Y, si Tranavia lo sabe, todos en Kalyazin lo saben también.

Sus palabras escondían algo más, y la chica tardó unos segundos en entenderlo.

—¿Estáis aquí por mí?

—¿No te sientes importante?

Volvía a burlarse de ella. Suspiró.

—Seguimos los rumores hasta aquí, sí —dijo Parijahan—. No creí que fueran ciertos, pero aquí estás.

Reconocía una intervención divina cuando la veía, pero seguía sin parecerle lo correcto. Se suponía que debía seguir un camino ya trazado, y no era aquel. No implicaba trabajar con un hereje. Imposible.

Agitó la cuchara dentro del cuenco vacío.

—Necesito tiempo para considerarlo y para rezar. ¿Tenéis un plan para entrar en Tranavia?

—No hablarás en serio —dijo Anna.

—¿Qué opciones me quedan? —replicó.

—No tienen ningún plan —respondió Malachiasz, cortando a Rashid antes de que dijera nada. Cerró el libro de hechizos de sopetón—. Vete a rezar —le dijo a Nadya, y pronunció la palabra «rezar» con todo el desprecio del mundo—. Pídeles ayuda a tus dioses para logar lo imposible.

* * *

Un sendero conducía a través de los árboles hasta los restos de un pequeño altar de piedra. Solo quedaban un banco y una escultura con una figura deliberadamente ambigua que representaba a Alena. Fuera había paz y el sol de la mañana parpadeaba entre las ramas desnudas de los árboles hasta la escultura, que atraía la luz. Se sentó con las piernas cruzadas en el banco.

Se sacó el collar por la cabeza y frotó las cuentas con los dedos. Necesitaba centrarse y superar el trauma de perder su hogar y a sus amigos. Solo sentía un vacío cuando pensaba en el monasterio y en Kostya. ¿Qué pasaría cuando la agonía de haberlo perdido todo por fin la alcanzara? ¿Estaría en un punto de su vida donde tendría la madurez necesaria para gestionarlo?

Había pasado demasiadas noches sin dormir, deseando tener algún recuerdo de sus padres al que aferrarse. Lo único que sabía era que su madre siempre tuvo la convicción de que su hija había sido bendecida por los dioses. Apareció en las escaleras del monasterio embarazada de nueve meses y se quedó solo el tiempo necesario para ponerle un nombre antes de irse, según le contó el padre Alexei.

Lapteva era un apellido bastante común. Se oía por todas partes. Hasta que cumplió catorce años, no se dio cuenta de que ningún familiar regresaría a buscarla, que su destino se encontraba en el interior de aquel vetusto monasterio y en ningún otro lugar. El abad era lo más cercano a un padre que tendría jamás.

Le dolió pensar en el padre Alexei. Ya estaría muerto, como todas las personas a las que había conocido y querido. La dulce Marina con su risa cálida, que le daba *probov* a escondidas, unos pasteles de harina simples, pero sabrosos. El severo, pero talentoso narrador Lev, que siempre contaba fábulas y leyendas que hacían que a Nadya le diera miedo irse a la cama a dormir.

Una noche, le contó una historia sobre un monstruo tranaviano conocido como el *kashyvhes*, que bebía sangre y controlaba a sus víctimas con la mente. Cuando esa noche caminaba por los oscuros pasillos del monasterio hacia su habitación, Kostya salió de pronto de un armario. Nadya le dio un puñetazo tan fuerte que Kostya tuvo que ir a ver a Ionna, la curandera, porque le había partido el labio.

Ya no estaban, y el monasterio se había quedado vacío; sus reliquias doradas destripadas y sus iconos desfigurados. Probablemente habrían destrozado el altar y las estatuas de los santos habrían perdido las cabezas y las manos. Toda la belleza y la santidad se habrían profanado por el bien de la magia y la sangre.

Sin embargo, los sentimientos se negaban a emerger, así que se sentó con el corazón vacío y la mente en blanco, y esperó a que los dioses le hablaran, pero esta vez estaba sola.

«"Pídeles ayuda a tus dioses para logar lo imposible". Menudo arrogante», pensó. No estaba convencida de que fuera posible, pero, si Malachiasz tenía razón, no tenía adónde ir. Quizás debería interpretarlo como una señal y aceptar que las circunstancias la habían empujado a aquella situación que bien podría terminar en desastre.

De vuelta a la iglesia, lo vio deslizarse entre los árboles. Con curiosidad, lo siguió y palpó las cuentas de oración. Solo había dado unos pocos pasos cuando el chico se detuvo y llevó la mano de inmediato al *voryen*.

—¿Me vas a atravesar el corazón con uno de esos cuchillos, *towy dżimyka*?

—Me gustaría —dijo—. ¿Por qué me llamas así?

Se volvió a mirarla y apoyó una mano en el libro de hechizos que llevaba en la cadera.

—¿Cómo debería llamarte?

Todavía no le había dicho su nombre. No sabía por qué le había parecido importante guardárselo ni por qué sentía que decírselo sería entregarle más de lo que merecía. Quizás solo estaba siendo irracional.

—Nadezhda Lapteva —dijo, y añadió—: Nadya.

Malachiasz la miró con lo que parecía alivio, aunque eso era imposible, debía de habérselo imaginado. Asintió.

—Bien, Nadya, puedes acompañarme, si quieres.

La chica entrecerró los ojos.

—¿Quieres llevarme al bosque para matarme?

—Eres tú quien me seguía —señaló, y la chica se sonrojó.

El tranaviano sonrió y se dio la vuelta.

—No somos enemigos.

—Ahora no, quieres decir.

Se detuvo, se giró para mirarla y asintió.

—No tienes motivos para temerme.

«Aún». Lo escuchó con su voz, aunque no fuera lo que quería decir, aunque nunca fuera a pasar. Era un mago tranaviano, su enemigo natural. Lo siguió.

El bosque era espeso en ese tramo de las montañas e incluso con las ramas sin hojas y cubiertas de nieve costaba ver a través de los árboles. Todo estaba en silencio salvo por el crujido del hielo bajo los pies. Intentaba averiguar dónde iban cuando Malachiasz levantó una mano para detenerla y se llevó un dedo a los labios.

Se habían detenido en un punto alto de un saliente donde la ladera de la montaña terminaba de forma peligrosa. El chico avanzó hasta el borde y se tumbó en la nieve. Nadya dudó y se puso a su lado.

Tardó unos segundos en analizar lo que veía debajo y, cuando lo hizo, estuvo a punto de levantarse y huir, pero él le puso una mano en el hombro y la presionó contra la nieve. Se quedó paralizada como un conejillo asustado; el único mecanismo de defensa que le quedaba. Le apretó el hombro, una presión que quizás se suponía que debía ser tranquilizadora. Apartó la mano.

La había conducido directamente hasta el Gran Príncipe.

Se inclinó hacia ella y se tensó cuando acercó los labios a su oreja.

—Si uso mi magia, la sentirán. —Su voz era un murmullo quedo—. La tuya no.

Lo miró de reojo, después se quitó el collar y acarició las cuentas con el pulgar hasta llegar a la de Zlatek.

El dios del silencio detestaba concederle poder a Nadya; incluso una vez dijo que deberían despojarla de la magia por completo. Por desgracia, su poder era condenadamente útil, aunque fuera tan desagradable, y prefería no tratar con él siempre que fuera posible.

Envió una súplica vacilante y, asumiendo que le sería negada, se sorprendió cuando una serie de palabras en lengua sagrada entraron en su cabeza, acompañadas de una oleada de irritación.

«Gracias, Zlatek».

No hubo respuesta. Pasó el pulgar por la cuenta de Marzenya. Si iba a tener que matar al tranaviano aquí, estaría lista. No la pillaría por sorpresa.

Sus sentidos se nublaron al susurrar el hechizo de Zlatek, pero, cuando se movió, el hielo debajo de ella no crujió. Miró a Malachiasz.

—Fascinante. —Sus labios se movieron, pero no hubo ningún sonido y levantó las cejas, sorprendido.

Zlatek había extendido el hechizo también al tranaviano.

«Insolente». Se llevó un dedo a los labios y sonrió. Incluso su respiración se había vuelto silenciosa con el hechizo del dios. El inconveniente era que sus sentidos también se habían visto mermados.

Justo debajo del saliente estaban el príncipe y sus tenientes. La chica de un solo ojo seguía sobre el caballo mientras que los dos chicos habían desmontado. Tenía cara de aburrida, con la barbilla apoyada en la mano y el arco en la silla de montar.

—Deberíamos seguir hacia el este —dijo.

El príncipe negó la cabeza y rebuscó en las alforjas para sacar un mapa.

—Desenróllalo —dijo al entregárselo al chico de piel marrón oscura—. Cabalgaríamos directos al frente y, la verdad, preferiría no enfrentarme a todo el ejército kalyazí.

—Un desvío nos costará días, Serefin. Terminaríamos bordeando el país de los lagos.

La ignoró y se dirigió a donde el otro chico había apoyado el mapa en un árbol. Estaba de frente hacia el saliente donde se escondían Nadya y Malachiasz. A ella no la vería si miraba hacia arriba, pues su pelo era prácticamente del mismo color que la nieve, pero el tranaviano...

Se quitó la bufanda blanca del cuello y se la entregó. Si no iba a empujarla por el borde para que el príncipe la capturara, entonces no quería que la pillasen porque su pelo era como tinta sobre papel. La miró unos segundos. La chica puso los ojos en blanco y le colocó el pañuelo sobre la cabeza. Malachiasz lo comprendió y se ató el pañuelo alrededor del pelo antes de volver a asomarse.

Hicieron bien, ya que el príncipe eligió ese momento exacto para mirar hacia la cima del acantilado. Le sudaban las palmas incluso en contacto con la nieve. Levantó la cabeza de nuevo después de que unos segundos de tensión.

—Tenemos que ir más al norte —dijo el príncipe, y su voz sonaba como un zumbido grave y meditabundo. Nadya, que hablaba el idioma con una fluidez limitada, tuvo que concentrarse para seguir la conversación en tranaviano—. Me gustaría sumar tantas semanas como sea posible a este viaje, pero no tendría sentido.

—Solo es un matrimonio, Serefin —se burló el otro chico.

El príncipe suspiró.

—Tranavia no ha celebrado un *Rawalyk* en generaciones. La ilusión de que tengo elección es peor que si me hicieran casarme con una *slavhka* cualquiera a la que solo haya visto una vez en la vida.

Nadya deslizó los dedos por la empuñadura del *voryen*, pero la mano de Malachiasz la detuvo. Negó con la cabeza cuando frunció el ceño y apartó la mano con brusquedad. Se le erizó la piel por el contacto.

No entendió las siguientes palabras del príncipe, y el mago de sangre retrocedió para levantarse sin que lo vieran. Ella rodó para apartarse de la vista y se puso en pie.

Cuando estuvieron a una distancia segura, Malachiasz deslizó un dedo por su garganta. Nadya rompió el hechizo y el chico suspiró cuando la magia desapareció. La clériga se estremeció cuando sus sentidos se recuperaron. Él se quitó la bufanda de la cabeza y se la devolvió.

—Sangre y hueso —murmuró—. ¿Hay otros clérigos capaces de hacer lo mismo que tú?

Se encogió de hombros.

—Que yo sepa, soy la única. Lo que no tiene por qué significar que no haya más. Además, el hechizo ha estado a punto de fallar; Zlatek no es el dios más cooperativo.

Malachiasz ladeó la cabeza.

—¿El dios del silencio? No tenemos muchas iglesias dedicadas a él. Creo que hay una en Tobalsk.

Negó con la cabeza.

—Ya. Eres tranaviano.

Sonrió ligeramente. Era la primera sonrisa sincera que le había visto y así parecía más joven y menos intimidante. No sería mucho mayor que ella. Empezaron a caminar de vuelta a la iglesia.

—Has frustrado una buenísima oportunidad de matarlo —dijo mientras avanzaba por la nieve un paso por detrás.

—Matar al Gran Príncipe en territorio kalyazí solo servirá para renovar el vigor de Tranavia —respondió.

—Que estuviera muerto sería un logro en sí mismo —murmuró—. No entendí el motivo por el que regresaba a casa... —Se calló cuando el tranaviano vaciló antes de abrir las puertas de la iglesia, con el ceño fruncido.

El patio estaba en completo silencio.

—No hemos estado mucho fuera —dijo Nadya.

—No es eso —murmuró, y después maldijo entre dientes.

De repente, presionó dos dedos ensangrentados en el marco de la puerta y su gesto se tensó por la concentración. Levantó el libro de su cadera, arrancó una página y la aplastó en la puerta. La sangre se filtró por el papel y las líneas rojas formaron un símbolo de tres puntas que se extendió por toda la madera.

—No te acerques —dijo.

—¿Por qué?

—Le han lanzado un hechizo a la iglesia —dijo despacio—. Alguien de Tranavia quiere saber quién está dentro.

Dio un paso atrás.

—¿El príncipe?

—No. No ha sido él. ¿No existirá un dios especialista en romper maldiciones?

Nadya soltó una risotada sin ganas, sin ignorar el significado de sus palabras, aunque las hubiera dicho a modo de broma.

—No, lo siento.

—Qué pena. Tendré que hacerlo yo.

Usó la daga de aspecto perverso para cortarse una línea en el antebrazo. Nadya hizo una mueca de dolor. Tenía los brazos llenos de cicatrices y cortes a medio curar, superpuestos formaban un patrón caótico e intranquilizador.

—Sujétalo, por favor. —Le pasó el libro de hechizos y la chica lo tomó, desconcertada.

Cuando Malachiasz se apartó, la página de la puerta se quedó donde estaba, pegada a la madera, y el símbolo empezó a brillar por los bordes. Deslizó dos dedos por el corte sangrante de su brazo y se acercó a la pared colindante. Dibujó una serie de símbolos en la madera con su sangre. De pronto, se detuvo con una mueca de puro terror.

—Esto está mal —dijo.

Se volvió hacia ella y abrió el libro de hechizos mientras Nadya todavía lo sujetaba. La chica lo levantó con cierto disgusto, porque la estaba usando como atril.

—Menos mal que tengo práctica de mis días de acólita —dijo.

—Iba a decirte que se te daba muy bien —respondió distraído mientras hojeaba las páginas.

—Tengo muchos talentos. —Él arqueó los labios en un amago de sonrisa—. ¿Me vas a contar qué pasa?

La miró y perdió todo el color de la cara.

—Eres kalyazí.

—Sí, lo soy.

—Nadya —dijo sin aliento. La forma en que pronunció su nombre le hizo sentir calor y frío a la vez. Lo miró sin entender, con un miedo repentino. Malachiasz estaba alterado y no tenía muchas ganas de saber qué era capaz de asustar al mago de sangre.

—Son los Buitres.

Sintió un escalofrío y una sacudida en la parte de atrás de la cabeza. Los dioses estaban angustiados. Se le bloquearon las articulaciones y el hielo se abrió paso hasta sus huesos. ¿Cómo había pasado? ¿Primero el Gran Príncipe y ahora los Buitres?

Era imposible escapar de ellos. No se salvaría de la peor pesadilla de Tranavia.

Malachiasz arrancó varias páginas del libro de hechizos y garabateó frenético con sangre sobre la madera y las páginas rasgadas.

—Si vienen aquí, no tardaremos mucho en abandonar este mundo.

—¿Por qué estás tú en peligro? —preguntó. Si se centraba en los detalles, tal vez el terror no se la tragaría—. ¿Porque abandonaste el ejército?

Dejó de escribir, cerró los ojos y murmuró entre dientes en tranaviano, aunque Nadya no entendió las palabras. Soltó una risa amarga y se volvió a mirarla con miedo.

—Porque los abandoné a ellos.

9

SEREFIN
MELESKI

Svoyatovi Roman Luski: nombrado obispo en secreto por la mitad del Concilio de 1213, Luski luchó por mantener el control kalyazí en las provincias orientales. Fue una batalla perdida, ya que Dobromir Tsekhanovetsky consiguió los votos de la otra mitad y traicionó la confianza de su país al entregar los territorios al rey de Tranavia.

Libro de los Santos de Vasiliev

Tres magos contra veinte soldados y a Serefin solo le quedaban un puñado de hechizos. El campamento kalyazí estaba al pie de la colina y el oscuro amanecer revelaba que solo unos pocos soldados estaban despiertos.

Ostyia volteó los *szitelki* con impaciencia mientras Serefin revisaba con celo sus últimos cinco hechizos. Si se encontraban con más kalyazíes durante el viaje de regreso a casa, tendrían problemas.

—¿Qué te queda? —preguntó Kacper con voz grave, apoyado en su vara con el metal afilado de una hoja atado en la punta.

Le mostró el desangelado libro de hechizos y el chico eligió uno de los pocos que quedaban. El hechizo señalado ardería un rato y crearía una distracción suficiente para que los otros dos despachasen a los soldados que no se hubieran quemado desde las entrañas por la magia de Serefin.

Cuando los sonidos de la lucha cesaron, el príncipe bajó por la colina. Ostyia rellenaba los sacos de provisiones con alegría.

—Ya no tendremos que parar en la frontera —dijo.

—¿Qué hacemos con los cuerpos? —preguntó Kacper.

Negó con la cabeza y entrecerró los ojos para mirar al cielo.

—Que los devoren las águilas.

La chica le lanzó a Kacper un fardo cuando fue a por los caballos.

—¿Qué es esto? —murmuró al levantar la tela de una tienda y echar un vistazo dentro.

Serefin la siguió y se quedó mirando mientras cogía un libro del suelo. Había una pequeña pila. Lo hojeó antes de pasárselo y levantó otro.

—Son libros de hechizos tranavianos —dijo con el ceño fruncido.

Por lo que sabía, los kalyazíes quemaban los libros de hechizos que les quitaban a los cadáveres de los magos de Tranavia. Si era posible, evitaban incluso tocarlos.

—Algunos tienen frases escritas en kalyazí —apuntó Ostyia.

Encontró una página en el libro que sostenía con la escritura rígida de Kalyazin garabateada en los márgenes. Frunció el ceño. Era un cruce entre un diario y reflexiones sobre las funciones de los hechizos escritos en el libro.

«Al parecer, no todos los kalyazíes son fervientes devotos», pensó.

Reconoció la estructura de los rezos entre los hechizos. ¿Intentaban combinar las dos magias?

—¿Son todos así? —preguntó.

Ostyia abrió algunos más, los hojeó y asintió.

—Recoge unos pocos —dijo—. Quiero estudiarlos.

—¿Qué crees que significan?

—Desesperación. —Pasó por encima del cuerpo de un oficial—. Kalyazin está perdiendo la guerra. Casi diría que se están convirtiendo en herejes.

* * *

Llegaron a la frontera y la cruzaron sin complicaciones. Serefin no quería problemas. Habían subido tan al norte que habían evitado el frente por completo, pero habían encontrado la frontera vacía y desprotegida.

Como si la guerra hubiera caído en la rutina. Antes, aquel tramo solía estar bien vigilado, pero cada vez tenían menos recursos. Tendría que acordarse de asignar una compañía para patrullar la frontera, incluso en el norte. Sería muy fácil para las tropas kalyazíes colarse en Tranavia por esa misma ruta a través de las montañas hacia las marismas.

—No sé si te quejabas más cuando estábamos en Kalyazin o ahora que hemos vuelto a Tranavia —dijo Ostyia.

Aunque el cambio de temperatura no había sido inmediato, era evidente que ya no estaban en tierras kalyazíes. Apenas había nieve en el suelo o en los árboles. Todavía hacía frío, pues el largo invierno que asolaba el reino enemigo también había llegado a Tranavia, pero no era comparable con el gélido mordisco del aire kalyazí.

Además, llovía. Y Serefin era incapaz de disimular cuánto le disgustaba viajar con lluvia.

—Es mi naturaleza —respondió.

—Eso no te lo discuto —murmuró la chica.

—¿Os he dicho que odio las marismas? —dijo Kacper—. Ya que nos estamos quejando.

—No es lo mismo, las quejas de Serefin son su seña de identidad. Todo lo que dice tiene que ser una queja —se burló Ostyia.

—Os voy a degradar a los dos cuando lleguemos a Grazyk —replicó—. Espero que os divirtáis custodiando las Minas de sal.

A él tampoco le hacía especial ilusión viajar por las marismas, pero las carreteras principales estarían obstruidas por los nobles tranavianos que se dirigieran a la capital. Prefería evitar el trato con la nobleza el mayor tiempo posible; eran lo único que le hacía echar de menos el frente.

En las marismas tranavianas había pasarelas de madera construidas hacía siglos, de lo contrario sería imposible cruzarlas. Siempre había tenido la certeza de que, si la guerra había permanecido en territorio kalyazí, no había sido por la potencia de las fuerzas tranavianas, sino porque Tranavia era demasiado húmeda. Organizar una batalla en las tierras pantanosas o lacustres sería difícil e infructuoso para ambos bandos.

Por desgracia, las marismas siempre estaban a oscuras; la luz batallaba por filtrarse entre el follaje espeso. Había leyendas de demonios que vivían en los rincones oscuros a los que nunca llegaba la luz y donde no alcanzaban las pasarelas. Dziwożona, la bruja de los pantanos, o la *rusalka* carnívora. Criaturas que esperaban en la humedad a que los viajeros desprevenidos se aventurasen por las tumbas acuáticas. En Tranavia, siempre había algún monstruo a la vuelta de la esquina esperando para devorarte.

Llegaron a una posada a primera hora de la noche y pasaron desapercibidos entre los escasos viajeros con los que se cruzaron. Pocos se aventuraban por aquel camino, pues la superstición tranaviana mantenía controlado a la mayor parte del país. Después de todo, siempre era preferible no arriesgarse a que un *wolke* te arrastrase bajo el agua para servir como esclavo.

Serefin envió a Kacper dentro mientras se quitaba la insignia de oficial y se la entregaba a Ostyia. Normalmente, disfrutaría de su estatus en una posada como aquella, pero estaba

101

cansado y no quería atraer atención innecesaria. La cicatriz de su cara ya era suficiente. Le era imposible ir a ningún rincón de Tranavia sin ser reconocido. Con suerte, iría lo bastante sucio como para pasar desapercibido.

La posada estaba tranquila y solo había un puñado de campesinos y un par que parecían soldados. Había fardos de hierbas secas colgados en las paredes que le daban al lugar un vago aroma agradable. Encontró a Kacper en una mesa de la esquina.

—¿Quieres ir a lavarte? —preguntó Ostyia.

—Después.

Lo miró, extrañada.

—Nadie se ha postrado ante mí todavía y me gustaría que siguiera siendo así. —Se inclinó sobre la mesa y bajó la voz—.También me gustaría emborracharme.

La chica puso los ojos en blanco y sonrió.

—Pues hueles fatal —dijo Kacper—. Dos semanas de viaje no os sientan bien, príncipe.

—Minas de sal —dijo, distraído, mientras llamaba la atención del viejo detrás de la barra—. ¿Qué acabo de decir? ¿Por qué os empeñáis en llamarme por mi nombre en los momentos más inapropiados y en usar mi título cuando no quiero que lo hagáis?

—Para molestarte —dijo Ostyia.

—Por supuesto. Y te hace falta una amenaza nueva.

—Esa funciona de maravilla —replicó Serefin.

—Es una amenaza razonable —comentó la chica—. No me haría gracia pasarme el día con los viejos Buitres y sus experimentos.

—¿Pero te gustaría pasarlo con las Buitres jóvenes y sus experimentos?

Enrojeció y Serefin la miró divertido mientras Kacper la presionaba más.

—¿Cómo se llamaba? ¿Reya? ¿Rose?

—Rozá —masculló.

—Me sorprende que tuviera nombre —reflexionó el príncipe.

—Se supone que solo deberían usar su título de la orden —explicó—. Los Buitres de la corte dejaron de seguir esa norma hace años, pero el Buitre Negro actual intenta que se reinstaure y vuelvan a ocultar sus nombres.

El posadero dejó tres jarras de *dzalustek* en la mesa sin decir ni una palabra y volvió a trastear detrás de la barra.

Serefin dio un sorbo de cerveza. No estaba buena, pero tampoco aguada, así que serviría.

—¿Has conocido al Buitre Negro? —le preguntó a Ostyia. Asintió.

—No es tu tipo.

Serefin intercambió una mirada mordaz con Kacper y la chica sonrió antes de levantarse para pedir la cena.

Cuando iba por la cuarta o quinta jarra de *dzalustek* (le costaba llevar la cuenta), llegó el desagradable encuentro que había intentado evitar por todos los medios.

—¿Alteza?

Ostyia miró hacia atrás y puso una mueca. «*Slavhka*», pensó.

Serefin sabía que no debería quejarse en voz alta, pero saberlo no servía de nada después de dos jarras de cerveza, y mucho menos después de cuatro, o cinco. Se volvió en la silla.

Al menos, reconoció al noble. Le habría resultado muy incómodo encontrarse con un principito de las marismas al que nunca hubiera visto antes.

El teniente Krywicki era un hombre grande como un oso que había engordado después de volver del frente. Era uno de los hombres más altos que había conocido y su anchura casi igualaba a su altura. Tenía una gruesa mata de pelo negro y los ojos del color del carbón.

Además, por lo que recordaba, era insufrible. Pero como la mayoría de la gente se lo parecía, Krywicki no era especial.

Se levantó y se tambaleó un poco.

—Teniente Krywicki —dijo, apenas consciente de que arrastraba las palabras—. ¿Qué os trae por este pantano de aguas estancadas?

«¿Vivía en este pantano de aguas estancadas?», se preguntó. Rechazó la idea. Le sonaba que era de otra parte. ¿Del norte? Probablemente.

—Mi hija, alteza —respondió y se rio a lo que debió de ser un volumen normal, pero que a Serefin se le antojó atronador. Se contuvo para no hacer una mueca, pero no supo si lo logró o no.

—¿Vuestra hija? —«¿Sabía que tenía una hija?». Miró a Ostyia con disimulo y ella asintió de modo alentador. «Se ve que sí».

—¡Felícija! —exclamó Krywicki—. Alteza, dejadme que os invite a otro trago. ¿Acabáis de volver del frente?

Volvía a estar sentado con otra jarra de cerveza delante. Sus amigos se miraron, aunque apenas se dio cuenta mientras se concentraba en el vaso goteante que tenía delante. No debería bebérselo.

«Hay que hacer sacrificios», pensó al levantar la jarra. ¿Era la quinta o la sexta? No tenía ni idea.

—El frente, sí. Acabamos de volver —dijo.

—¿Cómo va la guerra? —preguntó el *slavhka*.

—Igual que siempre. —Bebió un trago—. Casi nada ha cambiado en los últimos cincuenta años. Y dudo que vaya a cambiar nunca. Me parece demasiado optimista esperar que la victoria en Voldoga cambie las tornas.

Krywicki lo miró desconcertado y Ostyia lo fulminó con la mirada. Ah, cierto, no debería expresar su desdén por la guerra en voz alta, y menos siendo el niño bonito que representaba el esfuerzo bélico de la nación.

—Pero derrotaremos a los supersticiosos de Kalyazin —continuó, consciente de que estaba reculando—. Pronto caerán. —Se inclinó por encima de la mesa hacia el noble, quien inconscientemente hizo lo mismo—. Siento que la guerra terminará durante mi reinado, si no antes.

Las señales estaban ahí: Voldoga, la aparición de la clériga, que implicaba desesperación, y que hubieran llegado hasta las montañas de Baikkle. Sin embargo, no solía dejarse llevar por la esperanza.

Krywicki levantó las cejas. Ningún príncipe de Tranavia hablaría de su próximo reinado como si fuera un hecho inamovible. Ningún tranaviano hablaría del futuro así. Serefin había pasado demasiado tiempo en Kalyazin.

—¿Tan pronto? —preguntó.

Asintió con énfasis y frunció el ceño. ¿No había mencionado a una hija? ¿Dónde estaba la chica? Se dio cuenta de que acababa de preguntarle por ella antes de que su cerebro tuviera la oportunidad de cerrarle la boca.

Krywicki estaba encantando de presentarle a su hija al Gran Príncipe. Se levantó de la mesa y regresó con una chica que apenas parecía tener edad para separarse de su nodriza.

Serefin miró a Kacper con desesperación y el chico se encogió de hombros.

Felícija no se parecía nada a su padre. Tenía el pelo rubio y ondulado y los ojos de un color violeta pálido. Parecía amable y era guapa. Tendría que vigilarla.

Inclinó la cabeza ante el príncipe. Según las costumbres de la corte, debería hacer una reverencia, pero no estaban en la corte.

«Sangre y hueso, qué joven es», pensó. En realidad, solo sería uno o dos años menor que él, pero parecía muy joven. Se le ocurrió que, al convocar a todas las *slavhki* que fueran potenciales candidatas en Grazyk, su padre se aseguraría de eliminar a las débiles y de colocar sangre fuerte en el corazón de Tranavia.

—Es un placer conoceros, alteza —dijo la chica mientras le cogía la mano para acercársela a los labios con delicadeza. Al menos, esperaba haber sido delicado. Había perdido la sensibilidad en las manos hacía dos jarras de cerveza. También tenía la visión mucho más borrosa que de costumbre, lo cual solo le ocurría cuando estaba muy borracho.

—El placer es mío —respondió—. ¿Me equivoco al asumir que os dirigís a Grazyk?

Ostyia abrió el ojo alarmada, aunque no entendió por qué hasta que Krywicki respondió por su hija.

—Por supuesto que sí —dijo—. No se ha celebrado un *Rawalyk* en generaciones y no vamos a perdérnoslo. De hecho, alteza, nos encantaría que nos acompañaseis durante el resto del viaje si lo deseáis.

«Por eso ha puesto esa cara». Miró a su amiga, que dejó caer la cabeza en la mesa. A él tampoco le emocionaba la idea de viajar con el teniente y su hija. Rechazar la invitación sería descortés, pero las cortesías le importaban un cuerno. Además, era una clara estrategia para que Felícija se ganase su afecto antes del *Rawalyk*.

Serefin ignoró el ofrecimiento.

—Disculpadme, pero he cabalgado todo el día y es tarde. Ha sido un verdadero placer.

Se escabulló al segundo piso de la posada y dejó escapar un gemido en cuanto llegaron al pasillo.

—Es muy desconcertante verte jugar a hacer de noble —dijo Kacper.

—Soy el príncipe —respondió—. No debería ser ningún juego.

Pero el chico lo miró arqueando las cejas y agitó la mano para ignorarlo. Se apoyó en la pared.

—¿Cuántos años creéis que tiene Felícija?

—Unos diecisiete —sugirió Ostyia.

—Es imposible que aguante mucho entre las que se han criado en la corte.

—No.

Serefin se estremeció. Quería decir algo más, pero la chica lo empujó sin mucha fuerza hacia la puerta de su habitación.

—Vete a la cama. Tenemos que levantarnos temprano para salir antes de que Krywicki se dé cuenta, y mañana tendrás resaca.

—No estoy listo para volver a lidiar con la nobleza —musitó con el ceño fruncido, mientras lo empujaban por el pasillo.

—Bienvenido a casa, alteza, no tenéis elección.

10

NADEZHDA
LAPTEVA

Krsnik, dios del fuego, es tranquilo y pacífico, pero despiadado.
Cuando sus seguidores lo llaman y él decide escucharlos, su aten-
ción supone destrucción.

Códice de las Divinidades 17:24

N adya miró a Malachiasz y sintió un escalofrío de terror en
la columna. El chico recorría la pared de la iglesia man-
chando de sangre las tablas. Dio un paso atrás, luego otro y otro
más, hasta que hubo suficiente espacio entre los dos y sintió que
tendría posibilidades de huir. Le temblaba todo el cuerpo por el
pánico que sentía. Tenía que ser mentira.

—¿Qué quieres decir? —preguntó en un susurro.

—Ahora no importa.

Apretó el collar de oración en el puño. Tal vez se había
equivocado al esperar una oportunidad para acabar con su
vida. Acercó la otra mano al cuchillo.

Sintió la aprobación de Marzenya y un impulso punzante
de librar al mundo de aquel terrible chico antes de que derra-
mara más sangre.

Malachiasz fruncía el ceño por la concentración y había derramado tanta sangre que no entendía cómo seguía en

pie. Se alejó de la pared con pasos vacilantes y una mueca de horror.

—*Kien tomuszek* —murmuró, y se pasó una mano temblorosa por la cara que le manchó la mejilla de sangre.

—¿Cómo son los Buitres de verdad? ¿Tenemos alguna posibilidad contra ellos? —preguntó. Seguro que las historias exageraban.

El chico escupió una risa histérica. Tenía los ojos vidriosos.

—Multiplica por diez el poder de un mago de sangre poderoso. Afila sus huesos con hierro y empapa su piel de oscuridad hasta que nada la rompa salvo su propia voluntad y hasta que la sangre les hierva en las venas a tal temperatura que, cuando se derrama, crea su propia magia. Destruye cada recuerdo y cada pensamiento, hasta que no quede nada, hasta que no sean nada. Cuando solo quede magia, sed de sangre y rabia, habrás terminado. Una vez están vacíos, están listos. —Cerró los ojos y frunció el ceño—. No, *towy dżimyka*, no tenemos ninguna posibilidad.

Nadya retrocedió un paso con el corazón acelerado y se estremeció. No debería haber preguntado; ya sabía la verdad. ¿Es lo que era él? ¿O se había marchado antes de que le hicieran todo eso?

Se cortó otra línea en el antebrazo y siseó entre dientes.

—¿Confías en mí? —preguntó.

—No.

Se rio, arrancó otra página del libro de hechizos y la empapó de sangre. La estampó en la puerta y entró en la iglesia. Nadya corrió tras él y sintió que el umbral la rechazaba. Tembló al entrar en contacto con la magia.

Casi los sentía acechándola y esperando. No sabía si estaban cerca ni cuánto tiempo tenían antes de que los monstruos atacaran.

Estuvo a punto de chocar con la espalda de Malachiasz cuando se detuvo al entrar en el santuario.

Parijahan se levantó.

—¿Qué pasa?

Extendió una mano para impedir que Nadya entrase. Tenía los ojos enturbiados y oscuros.

—Creí que tendríamos más tiempo —dijo con la voz quebrada.

El pánico le atenazó las costillas. La temperatura bajó de repente y no se sorprendió cuando su aliento formó volutas de vaho ante su cara.

—*Abominaciones* —siseó Marzenya.

Una explosión atronadora resonó por la iglesia y la sacudió hasta los cimientos. Nadya tropezó con Malachiasz y fue como chocar contra un muro de piedra. Se apartó de un empujón, aunque parecía que el chico ni se había dado cuenta.

El mago miró al techo y ladeó la cabeza. Con horror, la clériga observó cómo se le desenfocaba la mirada y la sangre empezaba a gotearle por el rabillo del ojo. Una pequeña parte de ella se había convencido de que había huido de los Buitres antes de que lo convirtieran en un monstruo, pero, aparentemente, no era el caso.

—Dijiste que no teníamos ninguna posibilidad si nos enfrentábamos a ellos —susurró.

—No tenemos elección —respondió—. Hay dos dentro: Ewa y Rafal. —Su voz sonaba diferente, más grave y más áspera. Hizo una mueca—. Hay otro en esta sala.

Casi se cae de rodillas cuando las palabras en lengua sagrada le asaltaron la parte posterior de la cabeza. Ni siquiera había tocado el collar de cuentas.

«¿Qué es eso?».

—*Lo que necesitas.*

Era una magia salvaje e informe. «Podría matarme».

—*Sí, podría.*

Dio las gracias por la extraña colección de armas esparcidas por el santuario, pues significaba que los demás se habían puesto en marcha de inmediato y sin hacer preguntas. Anna la miró aterrorizada.

Apenas procesaba lo que pasaba y que su brazo estaba a pocos centímetros del de un chico que representaba todo lo que odiaba y todo lo que la habían entrenado para destruir. Un chico que había dejado de temblar y se había sumido en una quietud absoluta, como si se hubiera convertido en piedra a su lado.

Malachiasz escudriñó el techo y su mueca se convirtió en algo más cercano a una sonrisa.

—Rozá. —La forma de pronunciar el nombre sonó como una canción, una burla y un desafío.

Algo se materializó en el techo y goteó hacia el suelo como si fuera sangre. Comprendió que lo era. Goteó más rápido hasta convertirse en un torrente.

El chico por fin se dio cuenta de que le sangraba la comisura del ojo, se estremeció y se limpió con el pulgar.

Parijahan estaba blanca como la tiza.

—Malachiasz...

«¿Qué está pasando?».

La sangre se movió como si tuviera vida propia hasta adoptar la forma de una chica que se materializó en el centro de la habitación. Unas picas de hierro le atravesaban una trenza de color caoba y un grueso libro negro colgaba de las correas de su cadera. Se cubría el rostro con una máscara carmesí hecha a mano que solo dejaba visibles los ojos, negros como el ónice. Goteaba sangre de sus hombros huesudos.

—Perfecto. Me habéis ahorrado hacer dos viajes a esta tierra yerma —dijo. Su voz sonaba extraña. Todo en ella estaba fuera de lugar y parecía de otro mundo, como si el cerebro de Nadya no procesara que era real.

La sangre volvió a brotar de los ojos de Malachiasz. Se miró las manos con un gesto similar a la resignación y tembló mientras le crecían unas garras de hierro donde tenía las uñas. La sangre goteó de sus labios hasta el dorso de su mano; carmesí sobre la piel pálida.

Seguía demasiado cerca de él y no tenía a dónde ir. La chica Buitre se acercó con movimientos extraños, demasiado rápidos y bruscos, como si los ojos de Nadya se perdieran algunos segundos al intentar seguirla.

—Mírate —dijo, y se estremeció al oír su voz. Sonaba como si la muerte y la locura chocasen en acordes discordantes cuando hablaba—. Debilitado, desenmascarado y menguado. —Sus manos parecían perversas: los dedos demasiado largos y las articulaciones finas y delgadas. Sus uñas también eran de hierro.

Una vena palpitó en el cuello de Malachiasz. Su mirada era fría como la piedra y también le goteaba sangre de la nariz, que se quedaba atrapada en su labio superior. Rozá se acercó más. El chico temblaba, aunque no por miedo. Tardó unos segundos en interpretarlo: contención.

—¿Cuánto más tengo que presionarte para que te enfrentes a mí como realmente eres? —preguntó la Buitre.

Era mucho más baja que él, probablemente de la misma altura que Nadya. Aun así, llegó hasta él y deslizó una garra de hierro por su cara. Le abrió un corte en forma de hilo del que brotó más sangre.

—No mucho más —respondió.

Dijo que había otros dos Buitres. Tres eran demasiados, lo sabía, pero al menos los superaban en número. Desenvainó los *voryen*.

Rozá ladeó la cabeza como un pájaro y se fijó en ella. No hubo ninguna advertencia antes de que atacara. Parecía estar quieta pero, al instante, desapareció. No tuvo oportunidad de defenderse y apenas le dio tiempo a darse cuenta de que la Buitre se había movido.

Entonces, el mundo cambió. Dos más se materializaron en la habitación, y luego un tercero. Se le paró el corazón al darse cuenta de que había más de los que había dicho Malachiasz.

Los demás se pusieron en movimiento. Rashid esquivó un destello de magia oscura y sacó dos espadas akolanas del estante de armas. Hizo girar una en un arco perezoso con una sonrisa en el rostro. El terror de Anna se enfrió para convertirse en una precisión mortal.

En un parpadeo, Rozá quedó empalada en las garras de hierro de Malachiasz. Apretó los dientes y Nadya sintió una punzada de pánico al distinguir el brillo del metal en su boca; sus dientes los formaban hileras de púas de hierro, unos caninos afilados como colmillos mortales. Sus ojos pálidos se oscurecieron al dilatarse las pupilas, que se expandieron para tragarse el hielo de sus iris y después el blanco de sus ojos.

—No tiene mérito si no te mato con tu verdadera forma —dijo Rozá.

No había ni rastro de dolor en su voz, nada que sugiriera que estaba herida mientras se apartaba con elegancia de las garras de Malachiasz. La miró con desdén.

El aire se agitó detrás de Nadya y se dio la vuelta como un resorte. Levantó los *voryen* a tiempo para detener las garras de un segundo Buitre. Alto, probablemente un hombre, y hábil; sería Rafał. Su máscara estaba tachonada de púas dentadas. Retrajo las garras y volvió a atacarla tan deprisa que, cuando saltó para esquivarlo, se estrelló con la espalda de Malachiasz. Su magia se esparció a su alrededor al moverse y lo rozó. Se estremeció involuntariamente. El poder que se escondía bajo la piel del chico dolía como un veneno, una oscuridad que se extendía por sus venas y carcomía su aura. No quería estar tan cerca de él, pero, si quería salir de allí con vida, necesitaba de su lado a un monstruo que supiera cómo enfrentarse a los monstruos.

Acumuló magia divina alrededor de sí misma como un escudo y la extendió hacia el chico cuando Rozá y Rafał atacaron al mismo tiempo. La magia apenas resistió.

Malachiasz movió la cabeza hacia atrás, cambió la posición de sus pies y, de pronto, estaba apoyado en ella. Nadya se tambaleó cuando un chorro de sangre casi provocó que su hechizo se rompiera en sus narices.

El chico parecía mareado cuando estaban fuera de la iglesia. Los magos de sangre solo podían presionarse hasta cierto punto antes de necesitar reponer fuentes. Sin embargo, se enderezó y se alejó de ella mientras la clériga murmuraba frenéticamente palabras en lengua sagrada y las garras de Rafał se acercaban para abrirle el pecho. Se formó una esfera de luz en la punta de su *voryen* y giró la muñeca en dirección al Buitre que tenía delante, que se estrelló contra la pared.

Rozá esquivó a Malachiasz para llegar a ella y, por una milésima de segundo, creyó que el chico se lo había permitido, pero entonces lo vio dirigirse hacia el Buitre que había acorralado a una indefensa Anna que había perdido la espada.

Desenvainó el segundo *voryen* del cinturón y fusionó la magia ardiente de Krsnik con el metal. Escupió símbolos de humo y enredó los hilos de la magia letal de Marzenya en la otra espada.

—¿Esta es la esperanza de Kalyazin? —dijo la Buitre a pocos pasos de distancia—. Patético.

—Hablas demasiado —espetó. Canalizó la esencia del poder de Bozetjeh y acortó la distancia que las separaba para clavarle el arma en llamas en el hombro.

La hoja la atravesó como si estuviera hecha solo de sangre. Las garras de Rozá se lanzaron hacia el torso de Nadya, pero esta se deslizó fuera de su alcance gracias al poder de Bozetjeh. Atravesó el estómago de la Buitre con la otra cuchilla, empapada de la esencia de la diosa de la muerte y la magia.

Se le cortó la respiración y el dolor revoloteó en sus rasgos visibles. Cerró los ojos; se sacó la espada y dio un paso atrás mientras se presionaba el abdomen con la mano y le brotaba sangre por debajo de la máscara.

Sintió un movimiento a su derecha y se volvió, pero Malachiasz ya estaba allí. Un chorro de sangre se arqueó entre sus manos y se convirtió en espadas con las que atacó a Rafal. Agarró al Buitre por la camisa y le clavó las uñas metálicas de la otra mano en la abertura de la máscara.

La magia dentro de su cabeza se volvía más insistente, deseosa por destruir. Ya había usado muchos hechizos, más de los que había usado nunca, y no sabía cuánto más soportaría su cuerpo, cuánto abuso divino podría canalizar antes de que acabase con ella.

A pesar de todo, los Buitres rechazaban sus ataques como si no fueran más que una leve molestia. Rashid aprovechó el segundo de distracción de Rozá y atacó, pero la chica lo lanzó contra la pared, donde se desplomó como un muñeco de trapo.

Nadya oyó caer la espada de Anna, un sonido claro, pero distante, como si se encontrara a kilómetros de distancia.

«Han venido a por mí». Las garras de Rozá penetraron el pecho de Malachiasz. «Y a por él». Uno de los Buitres más pequeños le desgarró el costado a Parijahan.

Malachiasz se liberó de la Buitre y retrocedió a trompicones. Miró a Nadya con sus ojos inhumados del color del ónice y la clériga experimentó un momento de claridad en el que compartió el mismo pensamiento con aquel aterrador chico al que no conocía y en el que no confiaba.

Corrió y él la siguió. Los monstruos los persiguieron.

Justo antes de salir del templo, se dio la vuelta y convocó a Marzenya y a Veceslav al mismo tiempo. A una para asegurar la destrucción y al otro para proteger a quienes no quería dañar. Después, derrumbó el santuario encima de los Buitres.

El chico tropezó y esquivó por los pelos los escombros que caían. Sus rasgos oscilaban entre lo humano y algo que no lo era, hasta asentarse en un punto a medio camino. Nadya se estremeció.

—No será suficiente —dijo con la voz estrangulada—. Tenemos que alejarnos todo lo posible.

—¿Y abandonar a los demás? —Su hechizo no aguantaría para siempre.

—Los Buitres nos perseguirán y los dejarán; no son importantes.

La clériga asintió y se preparó para echar a correr, pero Malachiasz la agarró por el brazo. Se quedó paralizada por el horror al sentir las garras a centímetros de su piel.

—Suéltame.

Lo hizo de inmediato.

—No será suficiente.

No había tiempo. Los escombros ya empezaban a moverse. Tardó un segundo en comprender a qué se refería: jamás escaparían de los Buitres a pie. Necesitaban magia, pero ninguno de sus dioses poseía un hechizo así y el chico parecía a punto de desfallecer. Se balanceaba sobre los pies y tenía la piel cenicienta.

Una mano se abrió paso entre los escombros y Malachiasz maldijo. Entonces empezó a brotar más sangre de sus ojos y su nariz. Se le abrió la piel de la muñeca y asomó una punta de hierro, como si sus huesos fueran de metal. El aguijón salió disparado de su brazo y se clavó en la mano de los escombros.

Nadya tenía ganas de vomitar.

—Podría sacarnos de aquí, pero... —Calló.

Se le veía demasiado agotado para usar la magia, pero, si se quedaban, los Buitres también, y Anna y los akolanos terminarían muertos.

Malachiasz se estremeció y se pasó una mano por el pelo, que esparció sangre por su frente. Al mirar al chico que acababa de convertirse en un ser terrorífico y que parecía intocable muerto de miedo y agotado hasta el límite, contempló la posibilidad de hacer algo impensable. Sería siempre fiel a sus creencias, pero también entendía la necesidad de sobrevivir. Tenía que seguir viva para ayudar a su país.

«Es un camino peligroso».

Pero ya no estaba en el monasterio y debía tomar sus propias decisiones.

—¿Los magos de sangre tienen que usar su propia sangre para hacer magia? —preguntó en apenas un susurro.

—Usar la magia de otros es complicado, así que preferimos evitarlo —respondió, ausente. Después, parpadeó—. ¿Por?

La chica tragó saliva y lo miró. Se le revolvió el estómago. Sus ojos negros la desconcertaban y tuvo que apartar la vista.

—Sé lo que piensas de mi magia. Es fácil hacer correr el rumor de que los magos de sangre usan sacrificios humanos —dijo, despacio; su voz sonaba casi normal—. No significa que sea cierto.

—Pero ¿es posible?

Asintió. Nadya tragó y dudó. Las manos le temblaban por el peso de la decisión. Él los sacaría de allí y así salvarían a los demás.

¿Era capaz de ignorar sus principios por una vez para salvar a su amiga, la única que le quedaba, y a dos aliados potenciales? ¿Por la posibilidad remota de que un grupo de desarrapados pusiera fin a la guerra?

Tragó de nuevo, se levantó la manga y le enseñó el antebrazo desnudo.

No le dio tiempo a que cambiara de opinión. La garra de hierro le abrió la carne y la sintió fría como el hielo. Dio un grito ahogado y rezó para no llegar a arrepentirse de aquello. Con el corazón en la garganta, observó el corte uniforme y carmesí.

La sangre no debía derramarse para obtener poder. La magia era un regalo divino, pero la magia de los dioses no les servía de nada en ese momento. Cometer un pecado indescriptible los mantendría vivos a ella y a aquellos a quienes quería proteger. Jamás tendría la oportunidad de destruir a los monstruos si moría.

Malachiasz entrecerró los ojos y tensó los dedos alrededor de su muñeca.

—¿Será nuestro secreto? —dijo.

Apartó la mano con una sacudida y dio la vuelta a las tornas para agarrar el antebrazo del chico.

—No sé lo que eres —dijo despacio—. Pero te juro por los dioses que, si usas esto contra mí, será lo último que hagas.

El silencio que siguió fue tan tenso que le palpitó bajo la piel. Tenía la sensación de que usaba todas sus fuerzas para mantener un forma que se asemejara a la humana.

¿Quién era? Mejor dicho, ¿qué era? ¿Y qué acababa de hacer?

—Lo entiendo —dijo por fin y Nadya asintió.

La atrajo a su pecho y la oleada de energía que los rodeó casi la dejó inconsciente. Sintió que resbalaba y que el chico se convertía en un chorro de sangre y magia. Entonces, desapareció y se la llevó con él.

* * *

Cuando despertó, estaba en un lecho de nieve roja. Se estremeció con violencia y se incorporó. Tras un vistazo rápido, se dio cuenta de que la sangre no era suya. Estaba en el bosque, sobre un montón de nieve, y estaba viva, pero se sentía fatal.

Una forma oscura yacía a un par de metros de distancia. Dudó antes de acercarse a Malachiasz, sin saber qué se iba a encontrar, pero lo que fuera que se había adueñado de sus rasgos había desaparecido. Solo era un chico tumbado en la nieve e inconsciente. Estaba cubierto de sangre, pero ninguno de los dos estaba herido. Se acuclilló para mirarlo de cerca. Tenía unos labios bonitos y una nariz elegante. Su rostro era agradable y todos los rasgos salvajes e inquietantes desaparecían cuando no estaba despierto. No le gustó fijarse en ello, y menos en ese momento. Sintió un ligero rubor, y se le ocurrió que no estaba segura de si respiraba, así que acercó la cabeza a su pecho; entonces él abrió los ojos, negros como pozos.

—*Mátalo*.

De pronto, yacía sobre la espalda y el cuerpo de Malachiasz aplastaba el suyo. Abrió la boca con un rugido y los dientes de hierro brillaron a plena luz; Nadya sintió el hielo de sus garras en el cuello.

—¡Malachiasz!

Se le aclararon los ojos y el negro se desvaneció para dejar paso al azul pálido. La miró y apartó las manos de su garganta con cuidado. Luego, como un animal asustado, se apartó de un salto y se tambaleó hacia atrás hasta que tropezó y aterrizó a unos metros de distancia. La observó inquieto y echó un vistazo alrededor, cada vez más preocupado.

—Nadya —dijo en voz baja, como si no hubiera esperado que fuesen a conseguir escapar con vida ni que volvería a ser él mismo.

—¿Dónde estamos? —preguntó Nadya mientras se incorporaba. Se levantó para recoger el *voryen* tirado en la nieve y lo envainó.

Malachiasz miró los árboles.

—No lo sé. —Su voz sonaba rota y antinatural.

El corazón se le aceleró.

—¿Los Buitres siguen cerca?

Él cerró los ojos y no se movió.

—Uno sí —dijo en apenas un murmullo con un amago de sonrisa, y abrió los ojos.

La clériga lo fulminó con la mirada y perdió la sonrisa. Después, se apoyó con las manos en la nieve, al parecer inmune al frío, aunque ella temblaba.

—Si no ha funcionado... Si los hemos abandonado... —Dejó de hablar, presa del pánico. Si había abandonado a Anna a instancias de un monstruo, lo mataría. Tal vez lo matase de todas maneras; no sabía qué se lo impedía.

—Nadya.

—No —espetó, sin dejarle hablar. Se levantó con el *voryen* en la mano y lo apuntó hacia él—. Dame una razón para no matarte.

—¿Que habrías muerto si no fuera por mí? —tanteó y la miró con los ojos entrecerrados por el reflejo del sol en la nieve.

—No me sirve. Tú habrías muerto si no fuera por mí.

Asintió, reconociendo que era cierto. Nadya le rozó la piel de debajo de la barbilla con la punta del cuchillo y el chico ladeó la cabeza.

—He cometido una herejía —murmuró ella.

—¿Ha valido la pena? —preguntó él con auténtica curiosidad.

«Por supuesto que no». Cada segundo que seguía vivo era un segundo durante el que desobedecía a los dioses. Se habían salvado el uno al otro, pero eso no significaba que tuviera que perdonarle la vida. Era su deber librar al mundo de los monstruos como él. Movió la hoja a su garganta para seccionarle la arteria y acabar con él. Sus manos cubrieron las de Nadya y encajó los dedos en los huecos de los de ella. La miró a los ojos; azul contra marrón. Sin embargo, no se resistió, sino que expuso el cuello más cerca de su arma.

—Podrías hacer muchas cosas con mi sangre —murmuró—. Es siempre el primer paso, ¿sabes? Derramar la sangre es lo más difícil; usarla es fácil. Usar tu sangre ha sido esclarecedor; tienes un poder muy interesante. Podría ser mayor, si le añadieras el mío.

Sintió una oleada de asco y se apartó.

—¿Qué eres?

Malachiasz se encogió de hombros. Se levantó y Nadya se inquietó porque era mucho más alto que ella. Apenas le llegaba al hombro. Le gustaba más cuando estaba de rodillas a sus pies.

El chico avanzó un paso y ella se obligó a no retroceder. La mano de Malachiasz, ya sin temblar, se situó bajo la barbilla de Nadya. Se miraron. Ella volvió a sentir el frío de las garras de hierro en la carne, aunque el roce de su mano fuera firme y caliente contra su fría piel. Estudió su rostro y la aversión que sentía desapareció al hacer lo mismo mientras trataba de comprender qué le impedía acabar con él. La maraña de pelo oscuro que se había apartado de la cara estaba cubierta de sangre y nieve y le hacía parecer aún más salvaje. La invadió una sensación de curiosidad a la que no supo dar nombre. Tenía delante lo que le habían enseñado toda su vida que era una abominación; la peor clase de abominación, pero también era solo un chico.

Un chico cuya mano seguía en su cara. Se debatió entre las ganas de apartarla y las de inclinar la cabeza para apoyarse en su palma, porque estaba caliente y tenía mucho frío.

—Nadezhda Lapteva —dijo, pensativo. Cuando le dijo su nombre, sintió como si la arrastrase a una oscura profundidad de la que nunca escaparía. En ese momento, la asaltó un sentimiento similar.

Pero no era más que un sentimiento.

—¿Qué? —dijo, irritada y molesta consigo misma por lo que fuera que sentía y con él por actuar de forma extraña después de presenciar cómo se convertía en un monstruo.

—Tal vez seas exactamente lo que se necesita para detener una guerra entre dos países —dijo. Dejó caer la mano y ella sintió frío por su ausencia—. O tal vez seas quien los reduzca a cenizas.

11

SEREFIN
MELESKI

Svoyatovi Valentin Rostov: Rostov, un clérigo de Myesta, se in-filtró en Tranavia al principio de la guerra santa, valiéndose de los poderes del engaño de su diosa. Durante años, Rostov propor-cionó información a Kalyazin, hasta que un príncipe tranaviano, que sospechaba que Rostov usaba una magia que no era la heréti-ca de sangre, lo envenenó.

Libro de los Santos de Vasiliev

Serefin detestaba darle la razón a Ostyia, pero, a la mañana siguiente, se despertó con la peor resaca que había tenido en su vida. Por hacerle un favor a la chica, le entregó sin decir nada un odre de agua cuando salieron y su sonrisa solo fue ligeramente burlona.

—¿Cuánto hice el ridículo anoche? —preguntó cuando la posada desapareció de la vista.

—Le prometiste a Felícija Krywicka todos los territorios del oeste como regalo de bodas —dijo Kacper.

Entrecerró los ojos. Tenía borrosa la noche anterior, pero estaba bastante seguro de que mentía.

—No fue para tanto —dijo Ostyia—. Fuiste un poco de-masiado Serefin, pero no hubo daños graves.

—Sangre y hueso, no me digas que fui yo mismo —se lamentó simulando horror.

—Mientras hablabas con Felícija, Krywicki mencionó que había estado en Grazyk hace un mes y que le alarmó la cantidad de Buitres que merodeaban por el palacio —dijo Kacper.

El príncipe se puso rígido en la silla de montar.

—¿Dijo algo más?

El chico asintió.

—Los Buitres reclutan a un ritmo muy rápido, como si se preparasen para algo.

—Sabemos que los Buitres son llevados a las Minas de sal cuando los reclutan —reflexionó Ostyia—. Y hemos enviado a muchos prisioneros kalyazíes allí los últimos meses.

Serefin sintió un escalofrío en la columna. Se les escapaba algo.

La luz del sol se reflejaba en el azul profundo del lago y casi lo cegaba si la miraba directamente. Grazyk era una ciudad portuaria junto al lago Hańcza, conectada con muchos canales y grandes ríos que desembocaban en el mar.

Los barcos flotaban cerca de los muelles y se preguntó si se habría hecho algo para solucionar el problema de los piratas que atacaban los barcos tranavianos en cuanto salían a mar abierto. Se había convertido en un asunto lo bastante grave como para llamar la atención de su padre, pero eso había sido antes de que se fuera. Una ciudad portuaria en el centro del reino. A veces daba la sensación de que en Tranavia había más agua que tierra.

Tendrían que pasar por un puñado de aldeas antes de llegar a la capital. Siempre olían mal y tenían peor aspecto, formadas por chozas maltrechas que apenas se mantenían en pie y rejillas de pescado secándose al sol.

Una joven cruzó la calle cargando sobre los hombros dos cubos atados a una vara. Estaban llenos de agua y peces vivos que coleaban. Vestía ropas desgastadas; las faldas desgarradas y sucias en el dobladillo. Un niño pequeño corrió hacia ella desde donde estaba sentado a la puerta de una casa con postigos que colgaban de bisagras simples. Tiró de uno de los cubos y la desequilibró. La mujer se rio mientras los dejaba en el suelo para meter la mano dentro, sacar un pez y enseñárselo al niño.

La guerra había llevado a Tranavia a la ruina. Las aldeas kalyazíes estaban en un estado similar, pero no le importaba matar de hambre a los aldeanos de Kalyazin; le importaba matar de hambre a los tranavianos.

Cuando ya se acercaban a la ciudad, Ostyia espoleó al caballo al galope para alcanzar las puertas y avisar a los guardias de que se preparasen para la llegada del Gran Príncipe.

—Así comienza —murmuró Serefin.

—Anímate —dijo Kacper—. No será para tanto. Solo tienes que adular y mentir una temporada; luego podrás apuñalar a tu viejo por la espalda y sanseacabó.

Serefin aplacó la paranoia. La apartó de sus pensamientos y guardó el libro de hechizos vacío dentro de la mochila para que nadie lo viera, porque que un príncipe llevase un libro vacío se consideraba una vergüenza, y se preparó para enfrentarse a su destino.

* * *

Grazyk era la ciudad más opulenta de Tranavia. Se había construido mucho antes de la guerra, cuando el país estaba en su apogeo y el color, la luz y el oro estaban a la orden del día. No creía que el oro hubiera pasado de moda, pero sin duda ahora sería demasiado caro revestir puertas y molduras con ladrillos dorados y la madera con incrustaciones de oro. Algunos de aquellos edificios seguían en pie para dar testimonio de una época en la que Tranavia no era tan pobre, pero la mayoría habían sido destruidos hacía tiempo para extraer de sus cimientos toda la riqueza posible.

Una nube de niebla se cernía sobre la ciudad y todos habían aprendido a ignorarla. Provenía de experimentos mágicos fallidos y se filtraba desde el suelo donde antes había habido minas cercanas, no muy distintas a las Minas de sal. Aunque los experimentos se habían trasladado a Kyętri, la niebla nunca se despejó. Mantenía el aire negro, un recordatorio de lo que sucedía cuando los magos intentaban ir demasiado lejos, aunque ningún mago de Tranavia hacía caso de la advertencia. Solía causar que toda la ciudad oliera a ceniza y los nobles trataban de contrarrestarlo usando bolsas de hierbas y especias caras o empapándose de aceites fragantes importados de Akola. Nada funcionaba, pero eso no impediría a los *slavhki* seguir buscando soluciones extravagantes.

Ostyia hizo que enviaran un mensajero a palacio, la primera de una serie de formalidades innecesarias. Serefin trató de recuperar los sentimientos de nostalgia que había experimentado en el frente, pero se dio cuenta de que no habían sido más que una ilusión melancólica.

Si la ciudad era lujosa, el palacio era majestuoso. Brillaba desde la distancia; una promesa de belleza que custodiaba la ciudad y su vergonzosa niebla. Los torreones se alzaban hacia el cielo y los cientos de ventanas reflejaban tal resplandor que tuvo que bajar la mirada.

Los guardias abrieron las grandes puertas de madera cuando se acercaron; incluso esas se habían ornamentado con oro. Un sirviente los esperaba en el patio para llevarse los caballos.

El patio estaba pavimentado en granito liso, que se convertía en hierba exuberante al otro lado de la fachada del palacio. El lugar zumbaba de actividad. Le llegaba el sonido del choque de las espadas desde el lado norte del terreno. Se preparó para la inevitable llamada de su padre, que llegó inmediatamente por medio de un sirviente con una máscara marrón lisa que solo dejaba los ojos a la vista. Uno de los criados personales de su padre. Se inclinó ante Serefin, que habló antes de darle tiempo a entregar su mensaje.

—Sí, lo sé, mi padre quiere verme.

El sirviente asintió. Le desconcertaba no verle la cara. No le gustaban las máscaras que se habían puesto de moda en la corte en los últimos años. El estilo trataba de imitar las que llevaban los Buitres. Por lo general, las únicas personas que no usaban máscaras en la corte eran la familia real: Serefin odiaba usar cualquier cosa que empeorase su visión, su madre nunca pasaba en Grazyk el tiempo suficiente para que importara y el rey trascendía las tendencias de la corte.

Se pasó una mano por el pelo y se dirigió otra vez al sirviente.

—Pues llévame con él. No hagamos esperar a su majestad.

12

NADEZHDA LAPTEVA

Se sabe muy poco de la diosa del sol. Silenciosa y eterna, nunca ha concedido su poder a un mortal; nadie sabe qué pasaría si lo hiciera.

Códice de las Divinidades, 3:15

Nadya y Malachiasz estaban perdidos. Al parecer, la orientación no era uno de los talentos del mago de sangre.

La chica se abrazó, temblando con violencia. Él la miró y se quitó la ensangrentada chaqueta militar. Nadya vaciló y frunció el ceño ante el símbolo de todo contra lo que se había pasado la vida luchando, pero su abrigo había quedado reducido a un montón de jirones inútiles y el tranaviano no parecía notar el frío, así que aceptó la oferta. La chaqueta todavía mantenía el calor de su cuerpo; se bajó las mangas para cubrirse las manos.

La miró unos segundos antes de volver la vista hacia el bosque.

—*Deberías rajarle la garganta. Me inquieta que hayas elegido perdonarle la vida otra vez* —dijo Marzenya. El pensamiento se deslizó en la mente de Nadya como una sugerencia.

Había notado un claro incremento de la presencia de la diosa, de sus atenciones y su cercanía. Descubrió que le gustaba y le reconfortaba saber que su protectora estaba cerca y la observaba, pero a una pequeña parte de ella le incomodaba la presión que aquello suponía. Ese tipo de pensamientos no eran dignos de una elegida de los dioses. Una de las lecciones más importantes que el padre Alexei le había enseñado era cómo mantener la mente en el lugar correcto y alejar las dudas. Aunque dudar era perfectamente humano, ella no se lo podía permitir.

Por mucho que Marzenya lo deseara, Nadya no quería más muerte. Había una posibilidad de que cuando volvieran a la iglesia, si es que volvían, no quedase nada, pero ninguno de los dos estaba dispuesto a admitirlo.

Sería su límite. Le daba igual si esperar que su huida hubiera salvado a los demás fuera ingenuo, porque no soportaba la idea de haber perdido a la última amiga que le quedaba en el mundo y que su único compañero fuera una abominación tranaviana. Anna tenía que estar viva.

Sin embargo, la asaltaba continuamente la sensación de que había abandonado a la sacerdotisa de la misma manera en que había abandonado a Kostya. Huir para salvarse y cumplir así un propósito más importante era una supervivencia amarga cuando implicaba perder todo y a todos con cada paso que daba.

—No sobreviviremos a una noche a la intemperie —dijo cuando se detuvieron en un claro a descansar.

Malachiasz miraba entre los árboles con intriga.

—¿Qué crees que nos matará antes: el frío o lo que sea que acecha en las montañas?

—No me gustaría descubrir la respuesta a esa pregunta.

Sonrió y se volvió a mirarla, sentada en un tronco caído.

—Además, serán los de tu clase. Es cuestión de tiempo que nos encuentren.

—¿Kalyazin no tiene monstruos? —preguntó.

Entrecerró los ojos, desconcertada por la pregunta, pero era evidente que había sido retórica, porque él siguió hablando.

—Rozá es arrogante —dijo—. Dejó a Aleks, el mejor rastreador de los Buitres, en Tranavia. No nos encontrará.

Nadya acarició las cuentas del collar de oración y echó un vistazo al grueso libro de hechizos que Malachiasz llevaba en la cadera. Le costaba creer que los otros Buitres no pudieran hacerse un corte en el brazo y llegar hasta ellos.

El mago siguió la dirección de su mirada y adivinó sus pensamientos.

—La mayoría de los tranavianos compran libros de hechizos que ya han sido escritos por arcanistas, incluidos los Buitres, pero yo escribo los míos.

—Pero no puedes estar seguro de que Rozá no haya hecho que le escribieran un puñado de hechizos de rastreo antes de venir.

—Claro que no, pero es muy improbable.

—No es un consuelo. Podrían seguir en la iglesia. Anna, Parijahan y Rashid podrían estar muertos y nosotros estamos perdidos en las montañas, donde moriremos congelados. —En el fondo, sabía que era el pánico el que hablaba. Todo se le escapaba de entre los dedos y se sentía impotente. Las cosas no tendrían que ser así.

Malachiasz se sentó a su lado y procuró dejar cierto espacio entre los dos, pero sintió el calor de su cuerpo de todas maneras y estuvo a punto de apoyarse en él.

Dejó caer la cabeza entre las manos. Tenía que haber una manera de solucionar la situación. Se arriesgaría a volver a la iglesia para buscar a Anna; tenía que hacerlo. Después, no sabía qué más hacer. Seguir huyendo, pues al parecer era lo único que se le daba bien.

O terminar con todo. Miró a Malachiasz, que levantó las cejas.

—¿Matar al rey de Tranavia acabaría también con los Buitres?

Él negó con la cabeza.

—Tienen a su propio rey, el Buitre Negro. —Se dio cuenta de la decepción de su cara, porque se apresuró a añadir—: Puedes perturbar a la orden, Nadya. Ya lo has hecho.

—Los Buitres destruyeron a los clérigos de Kalyazin —susurró. Y él era uno de ellos.

Sin embargo, también estaba sentado a su lado mientras buscaba la manera de recomponer los pedazos de su vida destrozada. No tenía que confiar en él, ni siquiera tenía que gustarle, pero debía reconocer que había ignorado las múltiples oportunidades que había tenido de matarla, igual que ella seguía perdonándole la vida. Tendría que confirmarse con eso por el momento. No le importaba soportar una incómoda tregua a regañadientes, aunque recordase los ojos de ónice y los dientes de hierro cada vez que lo miraba. Solo que ahora sus uñas eran las de un chico normal y demasiado ansioso, irregulares y enrojecidas de morderlas.

—¿Buscas venganza por ello? —preguntó.

—No sé lo que quiero —susurró.

—Eso no tiene nada de malo.

Solo que la esperanza de toda una nación recaía en ella. Se había pasado toda la vida estudiando el Códice de las Divinidades y preparándose para un destino grandioso que cambiaría el mundo. Pero no esperaba que fuera a ser así. No sabía si lo tenía delante o si debía elegir un camino diferente.

¿La conduciría ese camino a trabajar con un tranaviano? Estaba claro que Marzenya quería verlo muerto.

—¿Por qué estás aquí? —preguntó—. ¿Por qué alientas los deseos de Parijahan y Rashid de matar a tu rey?

—No es mi rey.

Frunció el ceño. Si había sido un Buitre, entonces su rey era el Buitre Negro. ¿Se refería a eso?

—Tranavia se desmorona —explicó en voz baja—. El trono se ha corrompido, pero si apartamos a los Meleski de la corona y sustituimos al rey por alguien a quien le importe el bienestar de la nación, tal vez el país se salve. A pensar de tus prejuicios hacia mí, odio la guerra y también quiero que termine.

Como si se diera cuenta de que había hablado demasiado, se tensó y apartó la mirada. Nadya se quitó el collar y lo acarició entre los dedos hasta encontrar una cuenta que le provocaba una sensación agradable. Había tocado el poder de Alena solo una vez en su vida y la había llenado de humildad. Siempre se sentía nerviosa cuando rezaba a los dioses más antiguos, los que rara vez concedían su magia a los mortales. El Códice decía que Alena nunca lo había hecho, pero Nadya sabía que eso no era del todo verdad.

«Por favor, ayúdame a volver a tu iglesia», rezó.

La cálida presencia de la diosa la invadió y dejó de temblar. Después, algo nació en su pecho, justo sobre el corazón. Un hilo que podría seguir directamente hasta la iglesia, de vuelta al peligro y al extraño mundo de monstruos y magia negra en el que se había metido. Si era donde se suponía que debía estar, que así fuera, aunque la condujera a Tranavia y al mismo nido de los monstruos.

Se levantó con las cuentas aún en la mano.

—¿Qué haces? —preguntó Malachiasz.

—Rezar. Sé cómo volver a la iglesia. Si nos damos prisa, llegaremos antes de que anochezca.

No discernió la expresión de su cara, una mezcla de incomodidad y asombro. Por algún motivo, le reconfortaba que a él su magia le resultara tan desconcertante como a ella la de él.

No estaban tan lejos como había creído. Cuando llegaron a la iglesia, la puerta principal estaba colgando de los goznes y las paredes estaban cubiertas de sangre. Nadya se tambaleó al imaginarse lo peor, y Malachiasz extendió una mano para sujetarla. No la retiró de inmediato y ella no se apartó del calor de su piel.

—No hay Buitres —dijo con calma.

Tragó saliva y abrió la puerta con las manos temblorosas.

—¿Hola? —gritó a la oscuridad y el aire viciado del interior.

Le respondió el silencio y el corazón se le paró. Miró hacia atrás, al chico, que pasó por su lado y se adentró más en el templo.

De pronto, Anna le saltó encima y lo empujó a un lado desde un lateral del vestíbulo. Se lanzó a abrazar a Nadya y la chica se relajó por fin. Su amiga estaba bien; todavía no lo había perdido todo.

—Creía que habías muerto —susurró la sacerdotisa con rabia.

La soltó de mala gana, pero entonces su mirada se endureció y se dio la vuelta. Malachiasz abrió los ojos de par en par y dio un paso atrás, levantando las manos. Se oyó un fuerte crujido cuando Anna le dio un puñetazo en la mandíbula.

—¿Cómo te atreves? —rugió.

—Déjalo —dijo Nadya, y la agarró por el brazo, que tenía levantado para golpear de nuevo—. No teníamos otra opción.

—¿Teníamos?

Malachiasz se recolocó la mandíbula y notó un chasquido. Le saldría un hematoma.

—¿Los Buitres se fueron cuando desaparecimos? —preguntó, esperanzada.

Anna siguió fulminando al chico con la mirada hasta que él retrocedió y se esfumó en el interior del monasterio. Su amiga rechinó los dientes, pero asintió.

—Me buscaban a mí. Y a él.

—Porque es uno de ellos.

Asintió.

—Teníamos que irnos.

Su amiga negó con la cabeza.

—Voy a ir a Tranavia. Tengo que ponerle fin a la guerra.

La sacerdotisa se dio la vuelta muy despacio y la miró horrorizada.

—Nadya…

—Si el rumbo de la guerra fuera diferente y no estuviéramos perdiendo, iría a Komyazalov. Iría a la Corte de Plata y dejaría que el rey decidiera qué hacer conmigo, pero no tenemos esa suerte. Tienes que entenderlo.

—¿Y vas a tirarlo todo por la borda por un monstruo?

—Me ha salvado la vida —dijo.

—¡Solo para arruinarla después!

No respondió.

—¿Es lo que quieren los dioses?

—Es lo que yo quiero.

Anna se sentó.

—Eso no importa, y lo sabes.

—Sigue siendo mi vida, y tengo derecho a opinar sobre qué hacer con ella.

Retrocedió y se dibujó el signo contra el mal sobre el corazón. Nadya puso los ojos en blanco.

—Los dioses llevan parloteando dentro de mi cabeza toda la vida. Mi destino siempre me ha acechado y creo que lo mínimo es dejarme decidir cómo cumplirlo. Si eso significa acompañar a unos extranjeros y a un monstruo, que así sea.

—Pero ¿tú te escuchas?

No entendía por qué reaccionaba con tanta rotundidad, como si hubiera hecho pedazos la imagen de clériga santa e inocente que tenía de ella, pero la conocía mejor que eso. La

134

había elegido la diosa de la muerte; la inocencia nunca había sido una opción.

Anna le puso las manos en la cara para obligarla a mirarla.

—No quiero ver tu nombre en el libro de los santos —dijo muy despacio—. Creía... —Se le quebró la voz y tragó—. Cuando la mitad del santuario se derrumbó y no te encontrábamos, creí que...

La abrazó. Olía a incienso y era un recuerdo constante de su hogar. Los caminos que se abrían ante ella iban en direcciones contrarias, pero conducían al mismo fin. La niña que deseaba volver a ver la famosa Corte de Plata, pues la última vez que había estado allí era demasiado pequeña para recordarla. Quería ver a las *dolzena* con sus *kokoshniks* y a los *voivodes* antes de que el oro y el esplendor se desvanecieran para siempre. Pero allí sería una soldado y nada más, tal vez una reliquia sagrada o un símbolo, pero no una persona.

Amaba a su país más que a su propia vida, pero quería hacer algo importante. Así devolvería a los dioses a Tranavia. Tendrían que afinar los detalles del plan por el camino, pero sentía una confianza que nunca antes había conocido. La divina providencia había intervenido, por muy extrañas que resultasen las circunstancias, y no iba a ignorarlo por elegir la opción más segura.

Se apartó y fue a buscar a los otros. Casi choca con Malachiasz en el pasillo, que parecía alterado y sintió un temor repentino. La agarró por los hombros.

—¿Tu magia cura?

Abrió mucho los ojos y asintió.

—Parijahan estaba bien —dijo Anna.

—No está nada bien —respondió él con tensión. La piel de su mandíbula había empezado a amoratarse al asentarse la sangre en el punto donde Anna lo había golpeado.

—Cálmate —dijo Nadya, y le tocó el brazo.

Parpadeó y miró a donde sus dedos le presionaban ligeramente el antebrazo, lleno de cicatrices, y se dio cuenta de que todavía la agarraba por los hombros, así que la soltó y retrocedió un paso.

«Está preocupado de verdad», pensó, sorprendida. «Le importa».

—¿Hay incienso aquí? Lo necesito. También me vendría bien un incensario, si lo encuentras. ¿Cómo es la herida?

—Tiene el costado desgarrado. Encontraré lo que necesitas. —Salió corriendo por el pasillo.

Regresó al poco rato con un incensario abollado, una bolsa llena de incienso y unos cuantos palos que parecían desconcertarlo. Se lo entregó todo con una expresión tan seria en el rostro que el corazón de Nadya se aceleró un poco. Le entregó el incensario a Anna y siguieron a Malachiasz a una de las habitaciones laterales.

Quienquiera que hubiera vendado la herida del costado de Parijahan había hecho un buen trabajo, pero el corte dentado desprendía una oscuridad extraña que lo hacía supurar. Anna encendió el incensario y el aroma de las especias y la santidad inundó la habitación casi al segundo. Nadya se relajó y cerró los ojos. El olor era familiar y le recordaba a su hogar. Se puso una varilla de incienso de combustión lenta detrás de la oreja y oyó a la sacerdotisa soltar una risita silenciosa. Era un mal hábito que siempre había tenido y se había chamuscado el pelo en varias ocasiones, pero le gustaba sentir de cerca cómo se quemaba. Rashid daba vueltas por la habitación y Malachiasz desprendía una energía frenética, así que antes de hacer nada, suspiró.

—Chicos, fuera de aquí. Parijahan se pondrá bien. La herida ha empeorado y tiene fiebre, pero se curará. —Los echó de allí.

Se enrolló el collar en la mano para buscar la cuenta de Zbyhneuska y la presionó con los dedos. Abrió los ojos y observó la figura inconsciente de la akolana. Su aliento era muy superficial y tenía la frente perlada de sudor y su piel oscura estaba cenicienta y pálida.

La diosa de la curación no hablaba, sino que trabajaba con sentimientos y visiones. Era la más gentil del panteón, aunque los soldados solían elevar todas sus oraciones a Veceslav en lugar de a ella por la creencia de que sería más probable que un dios de la guerra los protegiera y los curase durante la batalla que una diosa. Una superstición ridícula. La mayoría sobreviviría más tiempo en combate si quemasen una vela en honor a Zbyhneuska.

El silencio de la diosa siempre hacía que sintiera que la ayudaría a resolver sus problemas.

«Marzenya está molesta porque no he matado al tranaviano todavía», dijo. «Sé que estamos en guerra y que los tranavianos son herejes, pero el asesinato me parece innecesario». Sintió que Zbyhneuska la regañaba, pero también que la comprendía; la diosa estaba de acuerdo en que la muerte era innecesaria.

Sin embargo, Zbyhneuska, diosa de la salud, no era la protectora de Nadya. Marzenya, diosa de la muerte, la magia y el invierno, sí lo era. Por lo general, no era algo que le molestase, pero la forma en que Malachiasz había entrelazado sus dedos con los suyos y la resignación con la que había esperado a que deslizase el cuchillo por su cuello la habían desestabilizado.

No lo entendía. No quería matarlo hasta estar segura de que no tenía otra opción.

Recibió el hechizo de la diosa y trató de decidir cómo canalizarlo adecuadamente. La herida de Parijahan desprendía una oscuridad que la ponía nerviosa. Tiró de la magia y sintió cómo las palabras en lengua sagrada se arremolinaban en la parte posterior de su cabeza. Se sintió purificada; con suerte, bastaría para curar el daño que habían causado los monstruos.

«¿Es algo más que magia de sangre? ¿Acaso los Buitres son otra cosa diferente?», pensó. No pretendía que fuera una oración, pero Zbyhneuska reaccionó de todos modos y su confusión la asustó.

Los dioses no eran infalibles. Los tranavianos habían descubierto formas de protegerse de ellos, aquello fue una de las razones que desencadenó la guerra. Si habían encontrado un método más oscuro de aprovechar la magia, los dioses no lo sabrían. Era aterrador.

Se concentró de nuevo en la tarea que tenía entre manos y murmuró las oraciones en voz baja. No estaba segura de que hubiera funcionado cuando finalmente levantó las manos y abrió los ojos. De lo que sí estaba segura era de que la cabeza le daba vueltas y de que no recordaba la última vez que había comido. Sintió que se iba a desmayar.

La respiración de Parijahan se normalizó y la herida se cerró, así que la dejó dormir y se abrió paso entre los escombros hasta lo que quedaba del santuario.

—Se pondrá bien —dijo, y se derrumbó al lado de Malachiasz en una pila de almohadas cubiertas de suciedad y restos de escombros—. Ahora déjame arreglarte eso mientras sigo en conexión con Zbyhneuska.

—Tu diosa no permitirá que su magia cure a alguien como...

—Cállate —espetó, cansada.

Él se tensó y no movió ni un músculo mientras ella le acariciaba el largo cabello y presionaba suavemente con los dedos el hematoma ennegrecido. Cerró los ojos y le pareció que se le aceleraba la respiración. Curar el golpe fue sencillo, pero agotó sus últimas reservas de energía y se desmayó.

13

SEREFIN
MELESKI

Svoyatova Evgenia Zotova: Zotova se escondió bajo la apariencia
de un hombre y vivió la mayor parte de su vida profetizando des-
de una cueva en la base de las montañas de Baikkle.

Libro de los Santos de Vasiliev

La sala del trono del palacio era uno de los lugares más ostentosos de Tranavia. Era un espacio inmenso recorrido por columnas de cristal con grabados florales tallados en delicadas espirales. El suelo era de mármol negro, tan pulido que casi veías tu reflejo. Una exuberante alfombra de un intenso color violeta recorría la sala desde la entrada hasta el trono de su padre. El trono era un manifestación física del poder, la sangre, la gloria y la magia. Flores de hierro con espinas afiladas se enrollaban en el respaldo y ornamentos de metal muy complejos y retorcidos formaban los brazos y las patas. Llamaba la atención.

Serefin nunca se había imagina allí sentado. Siempre había sido un arma, no un príncipe.

Izak Meleski estaba sentado en el trono, muy erguido, vestido con un abrigo militar de marfil blasonado con medallones y charreteras negras. Tenía un rostro severo, que su hijo detestaba reconocer que se parecía al suyo, una barba bien recortada y el pelo castaño oscuro bien cuidado. La corona era una simple pieza de hierro que de alguna manera resultaba igual de imponente que el trono, aunque menos dramática.

«Es la forma de llevarlos, no los símbolos en sí», pensó.

Entrecerró los ojos cuando vio al consejero más cercano del rey, Przemysław, rondando cerca del trono. Ese viejo escurridizo había sido el mayor adversario de Serefin en la corte desde que tenía memoria. Cada vez que volvía a casa, le hacía dar la vuelta y lo enviaba de nuevo al frente.

—Te has tomado tu tiempo para volver —dijo Izak cuando Serefin se acercó al trono e inclinó la cabeza ante su padre.

—Gracias, padre, sí que ha pasado mucho tiempo. ¿Cuánto ha sido? Unos ocho meses desde la última vez que estuve en Tranavia. Sí, es mucho tiempo en el frente, pero, como verás, he vuelto casi indemne. —Se tocó la sien—. Algunas cicatrices son poco o nada visibles.

A su padre no le hizo gracia el comentario y, aunque era cierto que nunca había apreciado el ingenio de su hijo, al menos podría fingir una media sonrisa. Serefin se serenó. No era un buen comienzo.

—He tardado el tiempo exacto que requería el viaje —dijo—. La misiva me llegó cuando me encontraba en pleno corazón de Kalyazin.

—Lo sé, el teniente Kijek me informó de la debacle.

—Lo tenía todo bajo control y habría terminado la misión de no haberme convocado. De hecho… —Se detuvo y se tragó la ansiedad que amenazaba con ahogarlo. De pronto, sentía un nerviosismo inexplicable—. Siento curiosidad por la celebración de un *Rawalyk*. Ha sido muy repentino.

—Es una tradición. ¿Piensas oponerte? —Izak levantó la voz y a Serefin el miedo le caló los huesos.

140

—Me opongo a que se me haga abandonar la guerra por un capricho —respondió con tono neutro. Se movía en un territorio peligroso, y lo sabía. Sin embargo, si solo estaba siendo paranoico, su padre ignoraría su sarcasmo, como solía hacer, y todo terminaría de forma civilizada—. No tenemos necesidad de forjar alianzas. Voldoga fue un punto de inflexión y Kalyazin no aguantará mucho más tiempo, por lo que no nos hace falta arrastrarnos ante nuestros vecinos. Es una tradición que no se ha seguido en años.

—Pero ahora sí —dijo el rey con frialdad.

Serefin miró a su padre a los ojos y se encogió de hombros.

—Es un desperdicio de recursos innecesario.

—Tomo nota de tu preocupación. Sin embargo, has venido.

Porque no tenía elección. Hacía lo que se le ordenaba, cuando se le ordenaba; era agotador. Rechazó la idea de sacar a relucir los libros de hechizos que había encontrado de camino a casa. Si el rey no le preguntaba, ¿por qué decírselo? Antes, le habría informado de inmediato, desesperado por su aprobación, pero ahora era dolorosamente evidente que a su padre no le importaba. Todavía no estaba seguro de que sus sospechas estuvieran justificadas, pero aquel no era el padre que conocía. Siempre había sido severo y serio, pero nunca frío.

Hubo un movimiento entre las sombras detrás del trono. Una figura extraña se apoyaba en los escalones que rodeaban la tarima. El estómago le dio un vuelco. Un Buitre, enmascarado y atento a lo que sucedía en el salón del trono.

Estaba mal. Las cosas no funcionaban así en Tranavia. Apretó los puños en la espalda.

—¿Los Buitres han atrapado a la clériga? —preguntó, y apartó la vista del que estaba en la esquina.

Izak frunció el ceño y tensó la mandíbula de manera casi imperceptible. ¿Se debía a que hubiera mencionado a los Buitres o había otra razón?

—¿No lo han hecho? —preguntó Serefin con inocencia.

—Al parecer, hubo algunas complicaciones —dijo el rey, y se levantó. Era un hombre alto, y Serefin solo lo superaba por un par de centímetros. Juntó las manos en la espalda y bajó de la tarima—. Me informaron de que la clériga iba acompañada de un grupo de renegados notablemente hábiles.

¿Los Buitres habían fallado? Menuda sorpresa. Le costó controlar la sonrisa que amenazaba por romper su máscara de seriedad.

—¿Unos renegados kalyazíes capaces de presentar batalla a los Buitres?

—Había un Buitre desertor en el grupo.

Se le escapó una risotada incrédula.

—¿Un traidor? ¿Sabemos quién es?

Izak negó con la cabeza y Serefin miró a Przemysław.

—Los Buitres han actuado como siempre —dijo el consejero—. Se muestran reacios a compartir sus asuntos. Nos informaron de que uno de ellos había huido. El chico tuvo una adaptación complicada al llegar a la orden y su adoctrinamiento fue un desastre. Su familia pertenece a la corte, por lo que hubo que tomar precauciones extraordinarias para asegurar que no existieran vínculos residuales ni ninguna posibilidad de reconocimiento. Por lo que tengo entendido, se usaron nuevos métodos para doblegarlo. Métodos dolorosos.

—¡Así que no tenemos nada! —exclamó con alegría.

—¡Serefin! —gritó el rey, y lo fulminó con la mirada. Le dieron ganas de salir corriendo de la habitación.

«Es peor de lo que pensaba».

—Los Buitres que enviaron eran jóvenes —explicó despacio Przemysław—. No esperaban encontrar a uno de los suyos con la chusma enemiga, aunque eso provoca serias dudas sobre su adiestramiento...

—Estaban muy bien adiestrados... —intervino una nueva voz. El Buitre se deslizó hacia delante. Su máscara era especialmente macabra; los bordes dentados del cuero hacían que pareciera que goteaba sangre.

—Si es así, ¿dónde está la clériga? —preguntó el príncipe.

El Buitre se le acercó.

—No respondemos ante ti —siseó.

—No —contestó Serefin—, por supuesto que no. Pero tampoco me ofreces ninguna explicación de qué hacía uno de los tuyos con una clériga kalyazí.

—Cuando nuestro rey supo que la misión de extracción había salido mal, los hizo volver para decidir mejor cómo lidiar con la chica —dijo el Buitre. Se apartó de él para dirigirse al rey—. Os aseguro que todo se manejará con diligencia.

—Más vale que así sea —dijo Izak—. No me apetece volver a visitar las Minas de sal tan pronto.

Serefin se tensó. «¿Por qué había ido a las Minas de sal?».

—Debería haber ido tras ella —murmuró.

El Buitre lo miró, pero el rey habló primero.

—Harás lo que se te ordene. —De nuevo, un tono envenenado que oscilaba entre la frialdad y la rabia.

—¿Padre? —Algo lo asaltó y perdió la compostura que tanto le había costado mantener. El mago de sangre, el general del ejército, parecía de pronto un chiquillo que no entendía lo que pasaba y que, después de tantos años, no comprendía por qué había sido apartado de su hogar para luchar en una guerra en la que apenas creía. Fue un momento de debilidad del que se arrepintió inmediatamente.

No sabía qué esperaba de su padre. ¿Un poco de comprensión? ¿Algo que disipara sus miedos?

Pero solo recibió una mirada fría y despectiva. El rey continuó hablando como si nada.

—Esperaremos tres semanas antes de comenzar el *Rawalyk* para que lleguen los delegados correspondientes.

Asintió.

—Gracias.

«¿Qué voy a hacer durante esas tres semanas? Y más con todo el palacio vigilándome». Comprendió que la conversación había terminado y se dispuso a marcharse.

—Serefin —lo llamó su padre. Se volvió y una parte de él sintió una brizna de esperanza de que le sonriera y le diera la bienvenida a casa como a un hijo y no como a un intruso. Sin embargo, lo único que dijo fue—: Tu madre está en Grazyk, deberías hablar con ella.

Su tono le heló la sangre, y el pánico creció en su pecho.

—Por supuesto, padre, enseguida.

Ahí tenía su bienvenida. Había llegado el momento de trazar una estrategia. Cuando salió del salón del trono, Kacper lo esperaba en la puerta, apoyado en la pared, mordiéndose las uñas e ignorando a los guardias, que a su vez lo ignoraban deliberadamente.

—¿Cómo ha ido?

Echó un vistazo a los guardias y agachó la cabeza mientras se marchaba por el pasillo. Su amigo lo siguió. ¿Dónde podrían hablar con libertad?

«No hay ningún lugar seguro en el palacio», pensó.

—Estoy preocupado —respondió por fin, se detuvo y miró por una ventana.

Kacper palideció.

Pensó en el regreso de su madre a Grazyk. No creía que hubiera venido solo por el *Rawalyk*. Le gustaría hablar con ella de su padre, pero Izak Meleski lo sabría. La reina no se lo contaría, pero lo sabría. Se acarició la cicatriz de la cara con el pulgar. Si su madre había vuelto, se habría traído a su bruja con ella. La torre de la bruja tal vez estaría a salvo de los informantes de su padre, pero allí debería hablar con Pelageya Borisovna.

Su padre le daba a Pelageya mucha libertad. La mujer kalyazí había dejado su propio país después de rechazar a sus dioses y, aunque no poseía magia propia, sí era... algo. Una vidente. Una loca.

—¿Sabes si Pelageya está en la torre? —preguntó en voz baja, y Kacper abrió mucho los ojos.

—¿Para qué la quieres?

—Quiero un lugar donde a mi padre no se le ocurra mirar. —Levantó la mano hacia el libro de hechizos, olvidando que se lo había quitado, y suspiró—. Quedan tres semanas para el *Rawalyk*.

El chico asintió. Serefin esperaba que fuera tiempo suficiente para comprender lo que pasaba. Si el *Rawalyk* tan solo era lo que parecía o si había algo más.

Se volvió hacia su amigo, abrió la boca y la cerró de nuevo. Echó un vistazo al pasillo.

—Ven conmigo —dijo.

Recorrió los laberínticos pasillos del palacio y se cruzó con varios sirvientes con máscaras grises, consciente de sus miradas curiosas. Llegaron a una de las tres torres. Abrió la puerta y se agachó para entrar.

Una voz compuesta de antiguas promesas y muerte lo llamó:

—Su alteza ha decidido agraciarme con su presencia. Vivimos tiempos difíciles.

Serefin le sonrió a Kacper, que parecía angustiado.

Era imposible ver la cima de la torre, pero sabía que Pelageya estaba arriba, con la cabeza asomada a la barandilla con el aspecto de una *dolzena* de dieciséis años cuando en realidad tenía casi noventa. Se preguntó qué aspecto tendría cuando llegasen hasta ella, si verían a la joven o a la vieja. Lá verdad, la joven lo aterrorizaba más.

—Serefin... —gimió Kacper cuando comenzó a subir las escaleras de caracol de dos en dos—. Es una locura. La odias.

—Me aterroriza. Igual que aterroriza a todo el mundo. —Se detuvo y se apoyó en la barandilla para inclinarse hacia atrás—. Igual que aterroriza a mi padre.

El chico frunció el ceño.

—Es kalyazí. Lo más seguro es que el rey haya puesto cientos de hechizos en la torre para tenerla vigilada.

Si tuviera su libro de hechizos, lanzaría uno de percepción. De todas maneras, se cortó un dedo con la navaja de la manga y lo presionó en la ventana.

—¡Apartad esas manos sangrientas de mis cristales! —gritó Pelageya.

El hechizo no era tan fuerte como lo habría sido si tuviera un libro de hechizos, pero fue suficiente. La torre de la bruja estaba libre de la magia del rey, aunque la recubría algo antiguo y terrible.

—No hay rastro de mi padre.

—Sangre y hueso, por supuesto que no. Vuestra madre se aseguró de ello, principito.

Llegó a la cima de la torre casi sin resuello y pensó que volver a palacio ya empezaba a afectarle; había subido todas aquellas ridículas escaleras en Kalyazin sin problema. Arriba, encontró a la Pelageya joven. Esperaba en la puerta de su habitación con las manos en las caderas. Su pelo negro era salvaje y se enredaba alrededor de su piel pálida y sus afilados ojos oscuros. Fuera la que fuera la magia que poseía, esa que le permitía cambiar de joven a vieja a su antojo, se reflejaba en su mirada.

—¿Mi madre? —preguntó. Por supuesto. Izak y Klarysa solo se toleraban en público. Traer a la bruja a Grazyk era otra forma de molestar al rey.

—Sí. Entrad, principito, veo que buscáis un lugar donde hablar sin que os escuchen las ratas fisgonas de vuestro padre.

—Se dio la vuelta y entró en la habitación.

Kacper lo miró con desesperación.

—Por favor, hay sitios mejores —murmuró—. Lugares sin una bruja kalyazí chiflada.

—No seas adulador, Zyweci.

Serefin entró en la habitación de Pelageya. Alfombras negras cubrían el suelo y cráneos de ciervos colgaban de las paredes, atados por la cornamenta. La bruja se sentó en una lujosa silla de marfil, con las piernas cruzadas, y jugueteó con un mechón de pelo negro mientras lo miraba con la cabeza inclinada hacia un lado.

—¿Os habéis dado cuenta de que vuestro padre no es muy buen padre? —preguntó.

—¿Qué planea?

—Solo él lo sabe. Klarysa tiene sus sospechas, pero no podía descubrir nada desde la región de los lagos. Ahora que está en Grazyk, tiene más oportunidades, pero aun así... —Le indicó con un gesto la silla andrajosa que tenía enfrente y Serefin se sentó con cautela—. Vuestras gentes no le dan mucha importancia a las profecías y las predicciones —dijo la bruja con la mirada perdida—. Extraño, para un pueblo consagrado en la magia de sangre, que los kalyazíes sean un grupo más supersticioso. Tranavia tiene sus monstruos; ellos, sus demonios.

Se quedó en silencio.

—¿Pero? —apremió.

—Vuestro padre se ha interesado mucho por las profecías de un mago tranaviano llamado Piotr. Dicen que se suicidó justo después de la predicción. Se arrojó a un lago con una piedra atada al cuello. Es una muerte digna de entrar en el libro de los mártires de Kalyazin.

—¿Qué tipo de predicción?

—Que me caiga un rayo si lo sé. —Sonrió.

Kacper la miró, suspicaz, y Serefin recostó la cabeza en el respaldo de la silla.

—Pero —continuó— a Piotr le fascinaba una historia apócrifa de Kalyazin sobre una mujer llamada Alyona Vyacheslavovna. Era otra mártir kalyazí más, sin embargo la historia dice que ascendió a la divinidad. Menudo destino, ¿verdad?

El príncipe levantó una ceja. Las historias apócrifas de Kalyazin no le iban a servir de nada en ese momento.

Todavía no se sentía preparado para hablar de lo que le ocupaba la mente en voz alta, la sospecha de que su padre pretendía matarlo en medio del *Rawalyk*. No tenía pruebas, solo un presagio que ensombrecía sus pensamientos.

—Creo que mi padre quiere sentar a la ganadora del *Rawalyk* en el trono —dijo.

—Por supuesto que sí. Es una competición para encontrar a la próxima consorte real, ¿no es así? —dijo Pelageya, pero sus ojos negros lo miraron fijamente. Sabía lo que estaba sugiriendo.

—Creo que quiere librarse de mí.

Kacper negó con la cabeza.

—El pueblo se amotinaría. Los príncipes menores…

—Lo considerarían una muerte desafortunada, pero darían las gracias porque el *Rawalyk* hubiera establecido una nueva línea de sucesión justo cuando el Gran Príncipe ya no está —interrumpió.

El chico parpadeó.

—Sigue sin tener sentido. Eres su único heredero.

Levantó las cejas. Era el único heredero, sí, pero también el mago más fuerte, el que había cambiado el curso de la guerra y a quien la historia recordaría. La expresión de Kacper se ensombreció, y Pelageya asintió.

—Sangre, sangre y hueso. Magia y monstruos y un poder trágico.

Su amigo bufó con irritación y le dedicó una mirada de advertencia.

—El mundo se ha vuelto loco —dijo la bruja—. La guerra nos está devorando a todos. ¿Puede continuar? ¿Para siempre? ¿Alguien romperá por fin el ciclo o nos veremos arrastrados a otro siglo de muerte? Los kalyazíes tienen su esperanza; ¿qué tiene Tranavia? A su rey. A su príncipe. La certeza de que ambos son innegablemente mortales. ¿A los Buitres? Una secta despreciable.

Serefin entrecerró los ojos y Kacper se tensó.

—¿Y si el príncipe fuera más difícil de matar? Sangre, sangre y hueso. ¿Y si los dioses que adoran en Kalyazin no fueran dioses? Demonios de la superstición, monstruos y magia.

—Esto es absurdo —refunfuñó Kacper. Le puso una mano en el hombro al príncipe para apremiarlo a que se fueran.

Pelageya miró al infinito.

—Clavarles una daga en el cuello. Esperar a que cesen los lamentos y dar un trago de sangre. ¡Beber! Beberlo todo, no importa de quién sea, porque estarás muerto en.... tres, dos, uno. Otra vez. Una vez más. Esta ha fallado. Esa no funcionó. Los mortales son muy frágiles, se rompen con facilidad, pero la sangre... Sangre y hueso. En las Minas de sal trabajan duro y los Buitres son muy meticulosos en la tortura. La respuesta está ahí. Siempre ha estado ahí. Destripar las iglesias de Kalyazin, fundir su oro, moler sus huesos. Divinidad y sangre, sangre y hueso.

La mano de su amigo le apretó el hombro. Serefin sentía que se le aceleraba el pulso en la punta de los dedos.

Pelageya se estremeció. Levantó la mano y extendió sus largos dedos en el aire.

—La chica. La chica, el monstruo, el príncipe y... —Se estremeció otra vez y agitó la mano junto a la oreja para espantar una molestia imaginaria—. ¿Y la reina? No una reina cualquiera. La reina de los espectros o de la oscuridad. Pero no. El poder y la sangre y este espectáculo solo son una fachada; hay más, mucho más. Las señales llegarán y serán ignoradas o escuchadas, pero solo son señales.

—¡Serefin! —Kacper le tiró del brazo.

—¡Aún hay tiempo! El tiempo corre, pero sigue ahí, espera ser capturado. Tomadlo, sostenedlo. La chica, el monstruo, el príncipe y la última está mal, se esconde en la oscuridad, en las sombras. Tal vez el chico de oro y el chico de oscuridad son espejos. Tal vez todo sea devorado por las cosas de las que te escondes; tal vez te consuman. —Calló abruptamente.

Un silencio espeso llenó la habitación y el único sonido era el que provenía del crepitar del fuego. Serefin miró a Kacper, que miraba a la bruja con un horror no disimulado.

—Gracias, Pelageya —murmuró el príncipe con la voz ahogada mientras se levantaba.

—Siempre sois bienvenido aquí, principito —dijo con dulzura—. Pero os advierto de que vuestro padre se daría cuenta si venís mucho, y no queréis eso.

Se quitó una polilla del hombro. El insecto gris se alejó revoloteando y aterrizó en el brazo de la silla de Pelageya. La bruja lo miró con interés mientras salían de la habitación.

14

NADEZHDA
LAPTEVA

Zbyhneuska ha curado a hombres moribundos en los campos de batalla, erradicado enfermedades mortales y devuelto la visión a los ciegos. Cuando le cortaron la cabeza a Svoyatova Stefania Belomestnova en batalla, la bendición de Zbyhneuska la curó por completo. Sin embargo, la diosa nunca ha hablado; su voz nunca ha sido escuchada. Si alguna vez hablase, todo el bien que ha hecho se desvanecerá.

Códice de las Divinidades, 12:114

La magia de Zbyhneuska devolvió a Parijahan a la normalidad. Rashid quería partir de inmediato, pero Malachiasz no quería moverse de allí. Nadya decidió que le darían a la akolana un día de descanso y después se pondrían en marcha. La chica, haciendo honor a su persona, se negó a dormir mientras hacían planes, así que se sentó con cabezonería en lo que quedaba de la pila de almohadas.

—¿Cómo sabemos que los Buitres no volverán a atacar? —preguntó Anna—. Estamos en el mismo sitio.

—No lo harán —dijo Malachiasz.

—¿Cómo lo sabes?

— Porque no pueden desobedecer a su líder. Hui de la orden, pero sigo siendo uno de ellos y sé exactamente lo que se les ha ordenado que hagan.

A Nadya no le gustaron las implicaciones de esa afirmación.

—¿Por qué deberíamos confiar en que no nos entregarás a los tranavianos? ¿Y si te lo ordenan? —insistió la sacerdotisa.

La miró, cansado.

—¿Porque entonces ya lo habría hecho? No estaría aquí. Los hilos se deshilachan, incluso los de la magia creada para someter.

Nadya presionó la cuenta de Vaclav. Decía la verdad.

—Pero eso te da igual —continuó—. No te importa lo que me pasará si vuelvo a Tranavia. Eres una cría que solo ha vivido en un monasterio toda su vida y que no reconoce el adoctrinamiento ni cuando lo tiene delante de las narices, seguramente porque es lo único que ha conocido.

—¿Perdón? —espetó la clériga. No iba a dejar que le hablara así a Anna.

Los ojos pálidos le brillaban.

—Me vaciarían de nuevo.

La habitación se enfrió.

—Tenía diez años cuando los Buitres me llevaron —dijo con dureza—. Es lo único que sé, porque no conservo nada más que mi nombre. Se consideran muy benévolos por ello. Les quitan a los niños todo lo que los hace humanos, pero les dejan mantener el nombre como un recordatorio de todo lo que han perdido.

El horror sustituyó a la ira en las venas de Nadya. Recordó las veces que le había oído susurrar para sí mismo unas palabras silenciosas que sonaban como su propio nombre. ¿Eran un recordatorio? ¿Tan cerca estaba de perder eso también?

El chico suspiró y se pasó una mano por el pelo.

—Si os acompaño, no puedo prometer que no destruiré todo lo que hayáis logrado. La magia que se ha deshilachado y que me permite actuar en su contra sería muy fácil de recomponer si me atrapan.

Pero no podía hacerlo sin él. Nadie más sabría enseñarle todo lo que tenía que saber de la corte. El chico se movió con pesadez y se sentó en la mesa. Malachiasz también lo entendía. Junto los dedos y se presionó los labios. Nadya se sentó delante de él.

—¿Qué tal hablas el tranaviano? —preguntó en su lengua nativa.

Nadya tardó un segundo de más en traducir las palabras en su cabeza. Malachiasz negó antes de darle tiempo a hablar.

—No pasarás de la frontera si tardas tanto en responder.

—*Nuicz zepysz kowek dzis* —masculló entre dientes, y él sonrió.

—No es el peor acento que he oído.

Tardó un instante en traducirlo y le devolvió la sonrisa.

—Pero tienes que ser más rápida —dijo—. Practicaremos hasta que lleguemos a Tranavia.

—¿Cómo vamos a solucionar el asuntillo de que todo el mundo de quien debería esconderme sabe perfectamente qué aspecto tengo? —preguntó en tranaviano con vacilación.

El chico la estudió con calma y ella apartó la mirada cuando sintió que le ardían las mejillas. Frunció el ceño, molesta por reaccionar así.

—Tu pelo llama mucho la atención; habrá que teñirlo.

—Yo me encargo de eso —dijo Parijahan, y Anna asintió, conforme.

—Lo demás será fácil —continuó Malachiasz—. Un hechizo sencillo y se acabó.

—¿Un hechizo sencillo que el Gran Príncipe no notará en cuanto se me acerque? —preguntó. Se le revolvió el estómago al pensar en pasarse semanas con su magia en la piel.

—No si lo escribo yo —respondió.

—Eso me suena a exceso de confianza —masculló.

El tranaviano esbozó una media sonrisa.

—No es la palabra correcta para este contexto, pero no vas desencaminada.

Hizo una mueca. Jamás funcionaría.

—Para entrar en palacio necesitarás documentación falsa.

Antes de que la chica tuviera tempo de preguntar de dónde pensaban sacarla, Rashid intervino.

—Dejádmelo a mí. Trabajé de escriba para la *Travasha* cuando era más joven. Hay pocas cosas que no sepa falsificar.

La clériga miró a Parijahan en busca de confirmación y la akolana le sonrió.

—Si dice que es de un pueblo fronterizo, su acento llamará menos la atención. Una explicación razonable alejará a los desconfiados —reflexionó Malachiasz.

—Pero eso la situaría demasiado cerca de la frontera de Kalyazin, y levantará sospechas —rebatió Rashid.

—Si viajo con dos akolanos, ¿no sería lógico que estuviera en algún punto cercano a las dos fronteras? —propuso Nadya.

El mago asintió pensativo, se levantó de un salto y salió de la habitación.

—¿Adónde va? —preguntó, olvidando que tenía que hablar en tranaviano.

—¡*Tekyalzaw jelesznak!* —gritó desde la otra habitación. «Idioma equivocado».

Nadya puso los ojos en blanco.

Cuando volvió, extendió un mapa sobre la mesa y usó el libro de hechizos para sujetarlo por un lado y el codo de Rashid para sostenerlo por el otro. Frunció el ceño mientras estudiaba el lado tranaviano y después señaló un punto cercano a la frontera con Akola.

—Łaszczów —dijo—. Está lo bastante lejos de Kalyazin para que no sospechen de ti nada más verte, pero lo bastante cerca para que resulte creíble que tengas un ligero acento.

—¿Hay realeza menor en la zona? —preguntó Parijahan, y Malachiasz negó con la cabeza.

—Solo nobles de bajo rango sin importancia. El príncipe más cercano está en Tanów, mucho más al norte.

—Es decir, que no será raro que Nadya no conozca todas las sutilezas de la vida en la corte —apuntó Rashid.

—Que Józefina no las conozca, dirás —confirmó.

—¿Es mi nombre? —preguntó ella—. ¿Te lo has inventado? Entrecerró los ojos.

—Józefina Zelenska. Tu padre, Luçjan, ha fallecido hace poco trágicamente, luchando por su país. Tu madre, Estera, es inválida y... —Hizo una pausa para pensar—. Tienes una hermana pequeña, Anka.

Nadya parpadeó.

—¿Se te acaba de ocurrir?

El chico levantó las cejas.

—Sí, ¿por qué?

«¿Cuántas veces se habrá construido falsas realidades para sí mismo?», se preguntó. Si su nombre y su magia eran lo único que tenía, ¿cuántas noches se habría quedado despierto preguntándose dónde estarían las personas que habían sido su familia? ¿Quiénes serían? Que le resultara tan fácil inventarse nombres y pasados quizá tenía que ver con que carecía de ambos. Tuvo que contenerse para no cruzar la escasa distancia entre sus manos en la mesa; sus dedos tenían líneas negras de tinta tatuadas. El impulso de ofrecerle una brizna de consuelo a su enemigo la asustó, y bajó la mano al regazo mientras decidía fingir que no había pasado. Malachiasz miró un segundo al lugar donde hasta hace un momento estaba su mano y la sensación de que lo que hacía era incorrecto se intensificó.

Rashid se apartó del mapa, pero el tranaviano volvió a bajarle el brazo para que el papel no se enrollase.

—¿Puedes hacer magia sin usar las cuentas? —preguntó.

Nadya se tocó el collar.

—La verdad es que no.

—Habrá que buscar una solución. —Se llevó una mano a la boca—. ¿Qué hay de los símbolos? Son demasiado llamativos y es evidente que haces magia.

—No como cuando te cortas el brazo y chorreas sangre, que es de lo más sutil.

Parijahan soltó una risita y el chico puso cara de hartazgo.

—Me has entendido.

—Hablaré con Marzenya. A lo mejor podemos llegar a un acuerdo —dijo—. Además, si Rashid y Parijahan fingirán ser parte de mi séquito...

—Soy demasiado guapo para ser un sirviente —farfulló el akolano con un suspiro.

Malachiasz lo miró divertido.

—Podrías hacer de noble...

—No —dijo la chica—. Demasiado papeleo. Ya nos la vamos a jugar con Nadya. No quiero que ningún *slavhka* que haya visitado la corte de Akola me reconozca ni que a mi *Travasha* le llegue el rumor de que he vuelto, así que ni hablar. Fingiré ser la doncella de Nadya y me ocultaré a plena vista. Soy capaz de tragarme el orgullo —respondió con ironía—. Y Rashid también.

—¿Qué pasa con Anna? —preguntó Nadya.

—No iré con vosotros —dijo en voz baja.

La clériga la miró sin palabras. Su amiga tenía que acompañarla, no lo conseguiría sin ella.

Le sonrió con melancolía; estaba claro que lo había meditado durante un tiempo. Miró a Malachiasz.

—Tranavia centrará su atención en el *Rawalyk*, ¿no es así?

—Han apartado a su mayor prodigio táctico de la guerra —respondió él—. Todas las miradas se volverán hacia Grazyk.

Es probable que estén tan seguros de que la victoria se acerca que reduzcan el control en el frente durante el tiempo necesario para llevar a cabo la ceremonia.

—Iré a Komyazalov, o a la base militar más grande que encuentre por el camino mientras os ocupáis de vuestra misión. —Señaló Tranavia con el dedo en el mapa—. Me aseguraré de que Kalyazin se prepare para lo que va a pasar. Además, el príncipe sabe que huimos juntas del monasterio. Será mejor que no esté contigo para no levantar sospechas.

Apoyó la cabeza en el hombro de su amiga e hizo un esfuerzo por contener las lágrimas. Creía que la tendría a su lado, pero el objetivo de la sacerdotisa era importante, incluso vital, y no debía discutírselo.

—No vayas sola —dijo en kalyazí, y Malachiasz no la regañó por cambiar de idioma—. Acompáñanos una parte del camino. Todavía hay presencia militar en el este, ¿verdad?

Rashid asintió.

—No cruces las montañas sola.

Anna la miró un largo rato. No quería poner las cosas más difíciles, porque aquello ya iba a destrozarlas a ambas. Era lo único que le quedaba de su hogar y también iba a perderla. Al final, Anna asintió y la clériga se relajó mientras ambas se agarraban de la mano.

—¿Cuál es el plan? —le preguntó a Malachiasz.

El chico se mordió el pulgar, enrojecido y mellado.

—Te llevaré a Grazyk y te meteré en el palacio, sea como sea. Después, ya veremos.

No serviría. Todos los detalles del plan tenían que ser impecables o los atraparían. Lo miró. Era consciente de que no debería preocuparse por el bienestar de la abominación que se sentaba delante de ella. Estaba condenado, como el resto de tranavianos, si no más, dado que era un Buitre, lo peor de lo peor.

Sin embargo, miró a ese chico extraño con el pelo enredado y la frente tatuada y una parte de ella deseaba ayudarlo. La otra parte quería destruirlo, pero esa parte se había quedado sorprendentemente callada.

* * *

Salió a sentarse bajo la fría y gris neblina de la madrugada, con el abrigo de Malachiasz sobre los hombros. Aunque solo había pasado un día desde el ataque de los Buitres, sentía como si hubiera sido hacía años. Se marcharían esa misma mañana. Anna le había teñido el pelo de rojo oscuro y los mechones se le congelaban en el cuello. Se sacó el collar por la cabeza y se lo enrolló en la mano.

Se le había ocurrido una idea, una muy mala y que requeriría un esfuerzo titánico por su parte para que el mago de sangre estuviera a salvo en el viaje a Tranavia.

—*Me pides que proteja a un hereje* —dijo Veceslav—. *No solo eso, sino a uno que ha consagrado su alma al mal.*

«Eso es un poco dramático».

—*Nadezhda.* —El tono del dios era de advertencia. Opinaba que se estaba comportando como una mortal petulante y no como la persona elegida para cumplir la voluntad de los dioses.

Se envolvió con la chaqueta de Malachiasz. No había tenido intención de quedársela, pero cuando se levantó para salir no encontró nada más.

«Sí, te pido que protejas a un tranaviano. Si queréis que la misión funcione y que el rey termine muerto, necesita tu protección».

—*No supongas que sabes lo que queremos* —respondió.

«¿Qué debo hacer, entonces? Entiendo que mis métodos no os parezcan los adecuados, pero no sé hacer milagros, solo magia. Soy humana, mortal. Hago lo que puedo. Tengo miedo, Veceslav, todo el tiempo. No sé lo que pasa ni lo que se supone que tengo que hacer. Lo hago lo mejor posible dadas las circunstancias que se me han presentado y el poder que se me ha concedido».

Se quedó callado. Le incomodaba su actitud fría hacia ella, pues era uno de los dioses que siempre le habían respondido con amabilidad.

—*¿Qué propones?* —Se alegró de sentir su voz en la parte de atrás de la cabeza.

Suspiró y observó como su aliento se difuminaba en el aire frío.

«Necesito que vuelva a Tranavia escondido a plena vista. Si yo llevaré su magia en la piel, entonces él se verá obligado a vestir la mía también». Hizo una pausa para meditarlo. «No podemos permitir que los herejes ganen la guerra y me temo que están cerca de hacerlo. Si protegemos a un solo tranaviano un tiempo, aunque sea una abominación, tal vez consigamos liberar a Kalyazin de todos los demás».

—*De acuerdo. Te concederé los hechizos y la magia para protegerlo de sus enemigos y los tuyos.*

Nadya escuchó con mucha atención sus palabras. Serviría. «Gracias, Veceslav».

—*Va a ser tremendamente peligroso, niña. Nuestra influencia en Tranavia es muy débil. Si viajas allí, te alejarás de nuestra protección. Tendrás que cumplir con tu deber cuando llegues.*

Se estremeció. «Destruir Tranavia para que los dioses puedan regresar». Arrasarla hasta los cimientos, si era necesario, y no contarle a nadie lo que pensaba hacer. La conversación ya había terminado cuando escuchó el crujido de pasos en la nieve.

—¿Por qué no haces esto dentro, donde hace calor? —Malachiasz se sentó en el banco a su lado y la miró de reojo—. Me preguntaba dónde habría ido a parar mi abrigo.

Sintió que le ardía la cara.

—No tengo nada más ahora mismo.

El chico se rio y Nadya se sonrojó más. Agachó la cabeza, confundida por la sensación extraña del pecho. Era la primera vez que le escuchaba reírse de verdad y le gustó cómo sonaba.

—¿No te molesta llevar un abrigo de hereje?

Puso los ojos en blanco, pero sus palabras le afectaron y removieron algo dentro de ella. Debería molestarle llevar el uniforme del enemigo, aunque solo fuera una pieza.

—¿Por qué tienes un abrigo de soldado? —preguntó.

—Cuando escapé, me pareció buena idea hacerlo como soldado y no como Buitre. Destacamos un poco más.

Se quedaron callados y solo sus respiraciones rompieron el silencio. Lo miró. Malachiasz observaba la estatua de Alena con expresión contemplativa. Llevaba el pelo negro atado en la nuca, pero un mechón se había soltado y levantó una mano sin pensar para colocárselo detrás de la oreja; al final, le cayó en la otra mejilla.

—Sé cómo ayudarte a cruzar la frontera —dijo, azorada por si la pillaba mirándolo. Abrió la mano y desenrolló el collar de su muñeca para extenderlo sobre el regazo. Eligió la cuenta correcta y la levantó con los dedos.

—Eso no me dice nada —señaló.

—Veceslav es el dios de la protección y la guerra.

—Una extraña combinación.

Ignoró el comentario.

—Hay muchos tipos de protección. Uno podría protegerte en Tranavia.

La miró, escéptico, y buscó las palabras adecuadas.

—Vas a lanzarme un hechizo para que todo el que me mire vea a otra persona.

—Más o menos, sí.

—Pero aunque cambies mi aspecto, sentirían mi magia a pesar de todo, ¿no es así?

Asintió.

—Veceslav te disfrazará como un mago más débil o alguien sin ninguna conexión con la magia. —Meditó sobre cómo explicarlo—. Podrías caminar entre los Buitres sin que se dieran cuenta.

Hizo una mueca y acarició con la yema del dedo la cuenta que sostenía la clériga.

—Si me atrapan —le dijo al oído—, me sacarán todo lo que sé de ti de la cabeza y me enviarán a matarte.

Tragó saliva y el miedo la invadió. Resistió las ganas de arroparse con el abrigo.

—¿No eres uno de los más fuertes? —Nunca lo había dicho, pero lo había deducido por su comportamiento. Tendría que serlo para haber sobrevivido tanto tiempo después de desertar.

—Pero no soy el más viejo. —Tenía la mirada perdida y se frotaba con la mano la otra muñeca, donde las puntas de hierro habían brotado de su piel—. En comparación, soy jovencísimo y existen en este mundo males mucho peores que yo.

Apretó el collar con los dedos.

—No hagas que me arrepienta de ayudarte —susurró—. Por favor.

Malachiasz ladeó la cabeza y ella bajó la mirada a la línea de su garganta. Después, el chico esbozó una sonrisa torcida.

—No puedo garantizarlo, *towy dżimyka*. —Se levantó—. Nos iremos pronto. Esperaremos a llegar a la frontera para lanzarnos los hechizos

—Ahora entro. A lo mejor podrías buscarme otro abrigo —dijo. No conocía el significado de las insignias del pecho izquierdo de la chaqueta, pero estaba bastante segura de que no las quería cerca.

El chico le cogió un mechón de pelo helado entre los dedos.

—No sé yo —murmuró. Se dio la vuelta y se marchó por el camino hacia la iglesia—. Me gusta el rojo —gritó mientras se iba.

Nadya se quedó en el altar con la cara del mismo color que el pelo.

—No lo habéis visto —dijo en voz alta, a cualquier dios que estuviera escuchando—. En cuanto todo termine, le clavaré un cuchillo en el corazón.

No llegó a convencerse a sí misma, pero no importaba; todavía no.

15

SEREFIN
MELESKI

Svoyatova Viktoria Kholodova: cuando Svoyatova Viktoria Kho-
lodova fue asesinada, un granado brotó en el lugar donde cayó
su cuerpo.

Libro de los Santos de Vasiliev

Kacper dejó que la puerta se cerrase dando un tremendo golpe detrás de él.

—Ha sido una de las peores ideas que has tenido.

El príncipe no dejaba de reírse. Su amigo lo miró anonadado sin verle la gracia a recibir una profecía de una bruja kalyazí chiflada. Serefin resolló, se apoyó en la pared y se deslizó hasta el suelo. Un sirviente pasó por delante de ellos y evitó deliberadamente mirar al Gran Príncipe, que tenía un ataque de histeria en mitad del pasillo.

—¿Qué significa? —preguntó Kacper.

—¿Tiene que significar algo? —respondió después de recuperar el aliento, y se limpió las lágrimas de los ojos.

El otro chico se estremeció.

Espantó una polilla de su rodilla con el ceño fruncido. ¿De dónde salían? El insecto dejó una diminuta mota de polvo en su pantalones negros al salir volando.

Después de un suspiro de exasperación, Kacper se deslizó por la pared y se sentó en el suelo, a su lado.

—¿Ahora qué? —preguntó.

El príncipe inclinó la cabeza hacia atrás. Tenía que encontrar la manera de sumergirse en las entrañas de la corte sin que nadie sospechara de sus intenciones. Tenía reputación de molestar y enfrentarse a los *slavhki*, y la mayoría no le tenían cariño. Aunque Pelageya era una rareza, lo reconfortaba saber que no todos en el castillo estaban bajo el hechizo de su padre.

—¿Cuánto se tarda en viajar a Kyętri y volver? —reflexionó.

El chico lo miró de reojo.

—¿Te vas de Grazyk?

—No puedo, pero necesito que alguien vaya a las Minas de sal.

—¿Quién?

—Pues...

—Ni hablar.

—No confío en nadie más que en Ostyia y en ti —dijo.

—Conmovedor.

—¿Vas a desafiar una orden directa de tu príncipe? —preguntó, y se llevó una mano al corazón.

—No ha sido una orden directa y no pienso dejarte solo con Ostyia mientras te convences de que hay asesinos esperándote en cada esquina. Buscaré a alguien de confianza para ir a Kyętri.

—¿Y qué voy a hacer mientras tanto?

—¿Beber mucho vino y prepararte para tu inevitable destino? —sugirió.

Lo consideró y asintió, pensativo.

—¿Qué tal conseguir otro libro de hechizos?

Eso le hizo levantarse.

—Tengo una idea. Cuanto más descubro sobre este asunto de los Buitres, más me preocupa, así que lo primero será acudir a la fuente.

—¿Pretendes apartar a los Buitres de tu padre? —preguntó.

—Para empezar, no debería tenerlos tan cerca, así que desde luego que lo intentaré.

* * *

El estatus de Serefin le consiguió una audiencia con la Buitre Carmesí, la segunda al mando. Lo sorprendió que acudiera a sus aposentos en lugar de exigirle que fuera a la catedral del palacio para verla.

La Buitre era una mujer alta y vestía una máscara de hierro que le cubría toda la cara menos sus ojos, azules como una tormenta; mechones de pelo negro caían por su espalda caóticamente. Ladeó la cabeza de una manera extrañamente aviar cuando la llevaron ante Serefin.

—Alteza —dijo con voz granulada—, bienvenido a Grazyk.

Le indicó que se sentase y agradeció que lo hiciera; su altura resultaba intimidante.

—Espero que su excelencia se encuentre bien —dijo. No se sorprendió cuando le denegaron una audiencia con el Buitre Negro. El líder de la orden era conocido por ser esquivo.

—Me aseguraré de transmitirle sus buenos deseos —respondió con aparente cortesía.

—Me extraña que no esté en Grazyk para el *Rawalyk*.

—Los temas de estado le interesan poco. Como ahora, siempre habrá guerras y siempre habrá reyes que las alimenten, así que debe ocuparse de los asuntos de la magia que vuestro rey olvida o para los que no tiene tiempo.

«O que no es lo bastante poderoso para comprender». ¿Qué se sentiría al ser el rey de una tierra que se enorgullecía de sus magos de sangre y vivir rodeado de magos mucho más poderosos que tú? Supuso que comprendía la posición de su padre, si bien no empatizaba con ella.

—¿Cuáles son tales asuntos? —preguntó.

—¿Sentís curiosidad por nuestras costumbres, alteza? Pensaba que quizá serían demasiado oscuras para alguien de vuestra sensibilidad.

—Me han concedido mucho tiempo libre recientemente. No es algo que abunde cuando se está en guerra. Y he pensado que podría invertirlo en intentar descubrir lo que ha sucedido mientras he estado fuera.

La Buitre se tensó. Fue sutil, pero se dio cuenta.

—Mi señora, habladme del Buitre que ha aparecido en Kalyazin.

Abrió los ojos unos milímetros de más.

—Supongo que es imposible ocultar todos los secretos.

—¿Es una propuesta de soborno? —preguntó con inocencia. Sería un escándalo si el pueblo se enterara de que alguien había desertado de los Buitres. Eran la élite, la autoridad más alta, los elegidos.

Al ladear la cabeza, un mechón negro le cayó sobre la frente de la máscara de plata.

—Decidme, alteza, ¿qué deseáis?

—Me hicieron volver del frente de manera muy repentina. La búsqueda de una consorte me resulta una razón poco convincente. No tengo ninguna prueba real de que esté sucediendo algo raro, sin embargo...

—Sin embargo, albergáis sospechas.

Se encogió de hombros.

—Como he dicho, no tengo ninguna prueba.

—¿Qué os hace pensar que mi orden está al corriente de las maquinaciones de los juegos políticos?

—Había un Buitre en el salón del trono de mi padre —dijo, despreocupado—. Además, los Buitres estaban muy ansiosos por perseguir a la clériga que encontré, aunque fracasaron. Lo segundo ha sido un desafortunado descuido por parte de vuestra orden; lo primero, diría que parece un modo de mezclar la magia y la política de modo indebido. No tengo intención de chantajearla, mi señora, al menos no todavía. Los mienbros de la orden siempre han ejercido el papel de consejeros y nada más, ¿sigue siendo así?

Tragó saliva.

—No del todo.

Murmuró un ruidito de comprensión y esperó a que continuara.

—Una parte de vuestra paranoia podría ser fundada.

—¿Qué paranoia? —preguntó, y se le abrieron mucho los ojos.

Inclinó la cabeza hacia atrás. Habría esperado que el miedo, el pánico y la ansiedad se apoderasen de él y le impidieran pensar; en cambio, solo se sentía tranquilo. Había un enigma que descifrar, algo que hacer, quizá luchar por sobrevivir.

—Se rumorea que vuestra posición en la corte es precaria, pero no son más que susurros.

Sonrió sin poder evitarlo. Así que a su padre le preocupaba tanto el poder de Serefin que creía que lo mejor era borrarlo del mapa por completo. Muy tranaviano.

—¿Decirme esto no es traicionar a Tranavia?

Un centelleo de diversión encendió los ojos de la Buitre.

—No sería la primera vez que la política de Tranavia se descompone mientras los Buitres siguen intactos. Tampoco os he dicho nada que no supierais ya.

Sin embargo, era la confirmación de que no se estaba volviendo loco y de que no veía cuchillos y sombras donde no había nada. Al menos era algo, y tendría que ser suficiente.

* * *

Si algo tenía, era tiempo para pensar qué hacer. De paso, también podría disfrutar de sus últimos días.

En el extremo norte de los terrenos del palacio, había una enorme arena que se había construido mucho antes de que Tranavia descubriera la magia de sangre. Cuando el poder se demostraba solo con la fuerza y la voluntad. Las tradiciones se conservaron incluso cuando el poder se convirtió en un concepto mucho más amplio y la arena todavía se usaba para duelos de magos, para resolver los agravios en la corte y, lo más importante, para juicios y ejecuciones.

Era un edificio gigantesco, construido para albergar a una buena parte de la ciudad si fuera necesario. Puntas de hierro sobresalían de la circunferencia y tallas de guerras se alineaban en el exterior. La entrada estaba decorada con símbolos mágicos y rozó uno con la mano al pasar.

El interior de la arena era un círculo de tierra compacta cavado a seis metros del nivel del suelo. Las magas podrían manipular el terreno durante la competición, pero, por lo general, se usaba como campo de entrenamiento. Había algunas personas dentro cuando entró, seguido de Ostyia, pero nadie se fijó en el príncipe. Se acercó a la barandilla y saltó para sentarse encima, balanceando las piernas en el vacío. Su amiga se apoyó a su lado.

—¿Reconoces a alguien? —preguntó. Los rostros eran borrosos.

La chica asintió.

—Están la Casa Láta, la Casa Bržoska, la Casa Orzechowska y la Casa Pacholska —dijo—. Ah, y nuestra querida *lady* Żaneta. —Señaló a una joven que descansaba apoyada en la pared más alejada de la arena y observaba a las otras cuatro chicas que entrenaban.

—Están siendo muy civilizadas —comentó.

Ostyia puso los ojos en blanco.

—Cuando dejen de serlo, recuerda que lo hacen por la corona, no por ti. Que no se te suba a la cabeza, príncipe mío.

—Ni hablar, lo harán por mí —dijo con una sonrisa sardónica.

Żaneta los vio sentados en las gradas y los saludó; después, hizo una elegante reverencia, lo que llamó la atención de las otras chicas, que también se inclinaron. Serefin saludó con la mano.

—Ignoradme —dijo.

Sabía que las Casas Láta y Orzechowska eran familias prominentes de magos de sangre, pero no sabía mucho de las otras dos.

Żaneta se alejó de la pared y subió los escalones. La siguió con la mirada como si fuera magnética. Antes del anuncio de su padre, había estado bastante seguro de que sería la próxima reina de Tranavia. Ahora, tendría que luchar por el trono.

Llevaba el revoltijo de rizos de color castaño oscuro atado hacia atrás, lo que le daba a su piel leonada y a sus rasgos refinados un toque afilado. Tenía una mancha de sangre en el abrigo que llevaba sobre el vestido.

Su madre era una noble akolana y había heredado su piel oscura. La elegante forma de su nariz, que en cualquier otra recordaría al pico de un halcón, a ella le daba un aspecto regio. Retorció los labios en una sonrisa cuando se acercó.

—Alteza —dijo. Su voz le recordó ligeramente al humo, plomiza y oscura.

—*Lady* Ruminska —respondió, y se balanceó en la barandilla para ponerse en pie. Tomó su mano extendida y se la acercó a los labios.

—Vaya, usáis el nombre de mi casa y todo —dijo—. Os marcháis unos años y todo mi trabajo duro se va al garete.

—Żaneta —rectificó con una sonrisa.

—Mucho mejor. —Retrocedió y se volvió hacia los asientos de la arena, donde había un montón de cosas apartadas de las chicas. Recogió el cinturón con su libro de hechizos y se lo ató a la cadera—. ¿Has regresado esta mañana?

—Sí, y ya he recibido un sermón de mi padre y discutido asuntos delicados con una Buitre.

La chica levantó una ceja.

—Ocupado desde tan temprano y sin una copa en la mano; la guerra te ha cambiado, Serefin. —Recogió una máscara enjoyada y la dejó colgar entre sus dedos mientras se inclinaba por la barandilla—. Mucha suerte, queridas —dijo—. Sangre y hueso, la necesitarán —continuó en voz baja al darse la vuelta.

—¿La competición no cumple tus expectativas? —preguntó mientras caminaba a su lado. Trató de adelantarse a su ritmo para que no pareciera que la seguía, aunque no estaba seguro de haberlo conseguido.

—¿Alguna vez lo hace? —Jugueteó con la máscara entre los dedos antes de engancharla al cinturón—. Me alegro de verte, y en circunstancias tan ideales.

No estaba de acuerdo en lo referente a las circunstancias, pero al menos no estaba en el frente; aunque la probabilidad de morir era casi la misma que siempre.

—Cuéntame algo bueno, Żaneta —dijo mientras paseaban por los jardines—. No he recibido más que malas noticias durante años.

—Te pondré al día de los mejores chismorreos de la corte —dijo—. ¡Te has perdido mucho! ¿Sabías que pillaron a Nikodem Stachowicz en los archivos de palacio con la más joven de los Osadik?

—¿Esas familias no...?

—¿Se odian y llevan tres generaciones enfrascadas en una disputa? ¡Sí!

Serefin rio y, por primera vez en lo que le parecieron años, se relajó.

16

NADEZHDA
LAPTEVA

No existen registros antiguos de la diosa de la luz, Zvonimira.
Hay susurros, rumores, hilos de verdad o ficción que dicen que es
la más joven del panteón, pero ¿quién sabe en realidad cómo los
dioses llegan a serlo? Al igual que Alena, Zvonimira nunca le ha
otorgado sus poderes a un clérigo.

Códice de las Divinidades, 36:117

—La magia de sangre está profundamente arraigada en la vida cotidiana de Tranavia. Sin ella, todo el país se vendría abajo.

Nadya llevaba toda la mañana dejando que las palabras de Malachiasz le entraran por un oído y le salieran por el otro. No porque no le prestase atención, era muy consciente de que sería vital no dar ni un paso en falso cuando estuviera en el corazón de la corte enemiga, pero era demasiada información de una sola vez.

Las últimas palabras hicieron que reaccionara.

—¿Cómo es posible?

Se encogió de hombros y guardó las manos tatuadas en los bolsillos antes de responder.

—La magia se afianza con el tiempo, sobre todo la magia de sangre. Es muy accesible. No se necesita una afinidad genuina para usarla en pequeños hechizos, solo hay que saber

canalizar la sangre a través de los conductos escritos. Después de unos años, se convierte en rutina: los pescadores lanzan hechizos para que las redes no se rompan, los panaderos para que el pan suba... Eliminarla destruiría los cimientos sobre los que se sostiene el país.

Frunció el ceño, y más cuando le entregó una cuchilla fina.

—Cósetela en la manga del abrigo. Cortarse la palma y los dedos duele más que hacerlo en el dorso. La cuchilla está preparada para que los cortes no dejen cicatriz.

Pensó en sus antebrazos llenos de marcas. Si no se debían a la magia, ¿de qué eran?

* * *

Había muchos santuarios dispersos a lo largo de los senderos estrechos de las montañas y en los caminos más anchos y Nadya se acercaba en silencio cada vez que pasaban por delante de uno. Apenas tardaba unos minutos en limpiar la suciedad de las estatuas o los pilares y quitar las flores muertas antes de volver a alcanzar a los demás. Después del tercero, Malachiasz se detuvo a esperarla mientras el resto del grupo seguía avanzando. Sentía cómo la miraba mientras trabajaba. El santuario estaba dedicado a Vaclav, así que se tomó más tiempo del habitual para asegurarse de que estuviera inmaculado cuando terminara, pues era un dios oscuro, caótico y de voluntad fuerte y quería procurar agradarle.

—No lo entiendo —murmuro él con cierta agonía y confusión, como si se esforzase por comprender sus costumbres paganas y extrañas, pero le fuera imposible.

Se acuclilló y ella lo miró con el gesto torcido y una ceja levantada.

—Es un grabado a un lado de la carretera. Limpiarlo no cambiará nada —dijo.

—A los dioses les gusta que cuiden de sus altares.

La miró fijamente.

—Solo es basura.

—Es un lugar de santidad y deberías tratarlo con un mínimo de respeto —respondió, y volvió al trabajo.

—¿Así que tu poder y esto son sagrados? —se burló.

—¿Qué tiene que ver mi poder con nada?

—Si todo es sagrado... —Agitó una mano en el aire.

—No creo que estés en posición de decir lo que es o no es sagrado —replicó, alterada—. Además, no negarás que mi poder existe.

—Reconocer que te han concedido poder y que los seres poderosos existen no es lo mismo que reconocer que esos seres son benévolos o incluso conscientes.

—Pero reconoces que existen.

—No del mismo modo que tú. Dices que todas las decisiones que tomas están dictadas por estos seres. Todo lo que haces es en su nombre y por su voluntad; es decir, que no tienes ninguna libertad para decidir.

—Claro que la tengo.

—¿De verdad?

—Sigues vivo, ¿no?

Se quedó callado. Nadya medio esperaba que se fuera; estaban cerca del lugar donde planeaban acampar, así que no tenía prisa, pero en vez de irse se acercó hasta al altar y paró frente a ella, con el ceño fruncido todavía.

—Me hablan, ¿sabes? —dijo mientras limpiaba un trozo de liquen de la estatua con la manga—. Tienen sus propias peculiaridades y deseos. Algunos me hablan a menudo: Marzenya, mi protectora, Veceslav, Zvonimira. Otros solo me conceden su magia cuando se la pido y otros suelen rechazar mis peticiones. No son solo conceptos.

No parecía muy convencido y la clériga no entendía qué era lo que le costaba comprender.

—Entonces, ¿cómo explicas mi poder? —preguntó—. ¿Eh, sabelotodo?

Ignoró la pulla por completo, esa conversación ya era exasperante de por sí.

—Es el concepto de los dioses lo que no acepto —explicó. Se recogió el pelo y lo ató con la tira de cuero que llevaba en la muñeca—. Crees que se preocupan por tu bienestar, pero no creo que eso sea cierto. No... —Calló mientras buscaba las palabras adecuadas—. Creo que lo que me molesta es lo que relacionamos con la palabra «dios». La idea de que son seres muy superiores a lo que nosotros jamás llegaremos a ser y que, por tanto, merecen nuestra devoción. —Le dedicó una mirada de disculpa—. Los kalyazíes lo achacáis todo a los dioses. La creación, la moralidad, el día a día, vuestros propios pensamientos. Pero ¿quién sabe a ciencia cierta que a los dioses les importa lo que la gente piensa, siente o hace? ¿Cómo sabes que estás interactuando con «dioses» y no solo con seres que simplemente han alcanzado una posición más elevada que la de los mortales?

—¿Porque no hay pruebas de que los mortales hayan alcanzado nunca nada parecido?

Malachiasz se señaló.

—¿Dices que eres como un dios? —preguntó con sequedad.

El chico hizo una mueca.

—Claro que no. ¿Entiendes el problema?

—Creo que todo tu razonamiento se basa en la semántica.

—¿Acaso no es la base de todo? Conceptos a los que se les otorga un peso innecesario. Por lo que sabes, solo te comunicas con unos seres increíblemente poderosos, pero nada más. Quizá no tuvieron nada que ver con la creación del mundo ni determinan el curso de tu vida. Nuestros reinos se desmoronan y llevamos un siglo en guerra, todo por su culpa.

Se tensó y lo miró, incrédula. Él se encogió de hombros.

—No hay nadie más a quien culpar por una guerra santa así de larga. Considéralo un segundo dejando de lado tus prejuicios religiosos. ¿Qué pasaría si se despojase a los dioses de sus tronos?

—Impos...

Levantó la mano para callarla y enarcó una ceja. La chica rechinó los dientes.

—¿Y quién eliminaría a esos seres tan poderosos?

—Otros seres igual o más poderosos, claro.

—¿De qué serviría? Eliminar los cimientos sobre los que miles de personas estructuran sus vidas, ¿para qué? ¿Por la posibilidad de que los magos de sangre dejen de sentirse heridos cuando nos referimos a ellos como lo que son?

—Kalyazin se muere —dijo, y Nadya se estremeció cuando esa conversación hipotética se acercó demasiado a la realidad—. Tranavia también. ¿Esperas que crea que eliminar las fuerzas que han jugado con nosotros durante miles de años no nos salvará de las cenizas a las que pronto se verán reducidos nuestros reinos?

Tragó saliva.

—Es irrelevante —dijo, en apenas un murmullo, porque no quería ni siquiera considerar lo que él acababa de decir.

Malachiasz le sonrió con alegría.

—Es imposible, por supuesto. Cavilaciones, nada más. Sin embargo, tu poder es solo eso: poder. Sabemos que tu gente no ha estado siempre limitada a este tipo de magia divina.

Se refería a las brujas, que ejercían una magia apóstata sin la aprobación de los dioses, pero habían desaparecido de Kalyazin hacía décadas. Su uso de la magia se consideraba igual de herético que la magia de sangre y los antiguos clérigos las habían erradicado casi por completo durante la época de la caza de brujas. ¿Cómo lo sabía? La incomodidad se esfumó y volvió a llenarse de rabia. No dejaba de dar vueltas y rodeos y no le permitía ni un resquicio para de mostrarle que se equivocaba.

—Usas a herejes como ejemplo —dijo. Las brujas y los magos de sangre son casi lo mismo—. No es muy convincente.

—¡Son una prueba de que la magia no depende solo de una actitud de santurrona!

—No tengo esa actitud.

—No dejas de llamarme hereje.

—Porque lo eres. Acabas de exponer una herejía flagrante en mis narices. Y mi poder es divino; llamarme «santurrona» está algo trillado.

Se sentó a su lado y la chica se tensó, consciente de repente de su presencia y de la forma en la que encorvó su cuerpo enjuto para sentarse, con una rodilla rozando su pierna porque estaban muy cerca. Tragó. Malachiasz le cogió la muñeca con una suavidad insoportable y le apartó la manga para exponer el corte todavía visible que su garra le había abierto en el antebrazo. El silencio se impuso y el camino se quedó inusualmente tranquilo mientras los dos observaban la culminación de la herejía de la propia Nadya.

—En fin —murmuró él, y los labios le temblaron un segundo—, tal vez tengas razón. Quizás no seas una santa, después de todo.

No debería pasar. No debería inclinarse para acercarse a él y sentir el calor de su piel. Su mirada se fijó en la forma de su boca y su cerebro por fin procesó lo que había dicho.

Apartó el brazo de un tirón y siguió limpiando el altar mientras intentaba sin éxito no hervir de rabia. No quería pensar en cómo se sintió cuando sus dedos le rodearon la muñeca ni en que su pierna seguía tocando la de Malachiasz, pero tampoco lo consiguió.

Él se quedó callado un buen rato antes de volver a hablar.

—¿Nunca te sientes atrapada?

—¿En qué sentido?

—El camino que tienes que seguir para usar la magia. Dependes del capricho de otro ser. Tienes muy poca libertad para decidir sobre tu propia vida. ¿No es agobiante?

—Si lo pones así, sí. Pero así no es como veo mi vida, ni mi magia. —Sin embargo, por un instante pensó en el cuidado que debía tener a la hora de tratar con los dioses y en que una decisión para salvar su vida ya le había costado horas de culpabilidad. Apartó esos pensamientos.

—Pero tienes que ceñirte a cientos de reglas y directrices. ¿Qué pasa si las rompes?

—No lo hago.

Él frunció el ceño.

—¿Qué te impide ponerlas a prueba?

Nadya se recostó en las manos y sus dedos rozaron los de él; el calor le subió por el brazo. Se apartó.

—¿Qué quieres decirme, Malachiasz? —preguntó, demasiado avergonzada para mirarlo directamente.

Se llevó una rodilla al pecho y apoyó la barbilla.

—Quiero entenderlo.

—¿Por qué?

Se quedó muy confundido por la pregunta.

—¿Es que no debería interesarme?

—No debería importarte.

Abrió la boca y la volvió a cerrar, pensativo.

—Me importa —dijo con voz queda.

Nadya tragó.

—¿Por qué? —preguntó. Era tranaviano, un hereje y un Buitre, representaba todo lo contrario a sus creencias y, sin embargo...

Era algo más. No sabía qué y le molestó darse cuenta de que quería averiguarlo.

—Porque nunca he conocido nada más que los Buitres —reconoció a regañadientes—. Los dos nos hemos pasado toda la vida preparándonos para matar al otro, pero aquí estamos.

—No le hacía falta señalar la falta de espacio entre ellos.

—Los Buitres acabaron con todos los clérigos de Kalyazin —dijo.

La miró a los ojos antes de asentir. No lo hizo con vergüenza ni remordimiento.

—No le haré daño a la última —dijo.

A Nadya se le aceleró el corazón y no supo cómo detenerlo.

—No sabemos si soy la última —dijo, con la esperanza de romper el hechizo que la mantenía atrapada a su lado, aunque sabía que la magia no tenía nada que ver.

—¿No te preguntas cómo sería ser otra persona, sin expectativas ni el miedo a las consecuencias que te obliga a seguir un camino premarcado?

«No. Sí. Es más complicado de lo imagina».

—Te criaste en un monasterio. —Jugueteó con los dedos y se pellizcó una uña rota—. Otra cadena diferente de reglas rígidas, ¿no es así? Cómo vivir, a quién amar, qué puedes y qué no puedes pensar.

—Las reglas no me molestan ni haber crecido en el monasterio, pero sí reconozco que la magia, el destino y saber que la mayoría de los clérigos son asesinados jóvenes... —Dejó de hablar—. Es difícil vivir sabiendo que probablemente morirás de forma horrible. Pero es lo que soy. Es una bendición, no una maldición.

Esperaba que no sonara como si se estuviera justificando, ni ante él ni ante sí misma. ¿Qué le pasaba?

Él meditó sus palabras.

—No estás de acuerdo —dijo Nadya.

Malachiasz asintió.

—Por eso nuestros países llevan un siglo en guerra —dijo—. Ahora mismo, sí que siento unas pocas ganas de matarte, y lo comprendo.

—¿Solo unas pocas?

—No tientes a la suerte.

En un instante, la mano de Malachiasz le rozó la mandíbula con el pulgar. Le levantó la cara para que lo mirase.

—Es justo lo que planeo hacer —murmuró.

Si no hubiera estado sentada, tal vez las rodillas le habrían fallado.

Sin más, la soltó. Se levantó y asintió con la cabeza hacia el altar.

—¿Has terminado?

Había terminado hacía tiempo. Asintió y se aclaró la garganta. Él le tendió una mano y dudó antes de permitir que la ayudara a levantarse. La soltó en cuanto se puso de pie y guardó las manos en los bolsillos del abrigo mientras echaba a andar por el camino hacia donde los demás habían decidido acampar. Se quedó mirando cómo se iba. Algo había cambiado entre ellos.

* * *

Pasar días hablando solo en tranaviano había mejorado mucho la habilidad de Nadya para comprender el idioma, pero no había reducido ni un ápice su acento. Malachiasz se frustraba más a cada día que pasaba, pero ella no entendía qué era lo que hacía mal.

—Hablas muy dulcemente. Tus palabras son blandas. —Agitó una mano delante de la boca—. Suena como puré. El tranaviano es duro, rígido.

Dejó que su caballo vagase en lugar de atarlo y elevó una breve oración a Vaclav para que vigilara al animal y que no se alejara demasiado.

—Lo que dices no tiene sentido.

—Podríamos perder antes de empezar a jugar, nada más llegar a la frontera, porque es descaradamente obvio que tu lengua materna es el kalyazí.

Sacudió la mano con desgana. Estaba fuera de su control y la única manera de mejorar era seguir haciendo lo hacían. Todavía les quedaba mucho para llegar a la frontera.

—Pues mantendré la boca cerrada. Solo verán a un soldado tranaviano que se ha separado de su compañía, a dos akolanos que buscan refugio y a una campesina muda que el tranaviano se ha agenciado por placer. Porque así es como son.

Se ganó una mirada envenenada y Anna se rio entre dientes.

Llegaron al punto en que la sacerdotisa seguiría por su cuenta, un momento en el que Nadya había preferido no pensar. Entendía por qué tenía que quedarse atrás; si conseguían su objetivo, Kalyazin debería estar preparado, pero aun así lo odiaba.

Las últimas palabras que le dijo le habían calado hasta los huesos.

«No seas una mártir. No nos hace falta otra santa».

Después, entró en el campamento militar, donde no podía seguirla. La observó mientras hablaba con un soldado que vigilaba el perímetro y que escudriñó los bosques detrás de la sacerdotisa. Después, le indicó que entrase al campamento y desapareció de la vista. No era justo para Nadya tener que perderlo todo por su destino, aunque sabía que pasaría. Se había leído el Códice de las Divinidades decenas de veces; su diosa exigía sacrificios.

Parijahan la agarró del brazo.

—Volveréis a veros —dijo en voz baja.

No lo creía, pero la consoló un poco.

Las montañas dieron paso a los campos asolados por las heladas del largo invierno kalyazí. Cada día los acercaba más a la frontera y en su camino ya solo encontraban los restos quemados y ennegrecidos de lo que una vez fueron pueblos de Kalyazin, campos devastados y edificios derruidos que antes habían sido hogares. ¿Cuántas muertes tendrían que soportar ambos países antes de que alguien le pusiera fin a la guerra?

Se distanció de Malachiasz en los días de viaje. Prefería perder el tiempo estudiando sobre Tranavia que mirarlo a los ojos y fingir que no quería asesinarlo.

La presencia de Rashid fue un regalo de los dioses durante el desolador periodo que pasaron rodeados por el constante regusto de la muerte en el aire. Pasaba las tardes a su lado mientras él hilaba cuentos con una habilidad que no había esperado del llamativo akolano. Leyendas kalyazíes de príncipes, santos y magia antigua, historias tranavianas de monstruos y sombras, cuentos akolanos de arena e intriga. Cada vez que descubría algo nuevo del chico, se sorprendía; nunca hubiera imaginado que sería escriba ni orador.

Parijahan escuchaba con la cabeza apoyada en el hombro de Malachiasz o jugando distraída con su pelo y, por unos instantes, Nadya se olvidaba de lo probable que era que murieran en cuanto llegaran a la frontera.

* * *

A última hora de la tarde, el sol se arrastraba entre los huecos de los árboles y bañaba el claro de una luz cálida y ambarina.

Acordaron que el momento en que se hechizasen el uno al otro debía ser privado, así que se habían alejado de Parijahan y Rashid.

El mago de sangre se apoyó en un árbol y observó una pequeña bandada de cuervos que habían aterrizado en las ramas poco después de su llegada.

—El *tolst* es un presagio —susurró Nadya.

—¿Bueno o malo?

Negó con la cabeza.

—Quién sabe. Quizá ambas cosas.

Esbozó una sonrisa.

—Los kalyazíes sois unos supersticiosos.

—Pon a prueba mi paciencia, chico Buitre, y le pediré a Vaclav que mande un *leshy* a por ti. Nadie sabrá que has desaparecido.

—Nadie me lloraría, tampoco —dijo.

Parpadeó y vaciló por la sinceridad de sus palabras. Las manos le temblaban cuando convocó a Veceslav y sintió el hechizo en lengua sagrada entrar en su mente.

—No te muevas —ordenó, y se puso de puntillas. Apoyó una mano en su hombro para no perder el equilibrio y él se agachó un poco para que llegase más cómodamente.

Con la otra mano, le puso dos dedos en la frente justo debajo del nacimiento del pelo, donde las tres líneas negras marcaban su piel. Despacio, deslizó los dedos por su cara. Algo que no tenía nada que ver con la magia chispeó al tocarse. Malachiasz separó los labios cuando los dedos de ella los rozaron y suspiró de manera casi imperceptible. La clériga estuvo a punto de apartar la mano, asustada por la sacudida eléctrica que le subía por el brazo.

Él inclinó la cabeza hacia atrás y Nadya dejó que sus dedos le rozaran la garganta. El pulso se aceleró bajo la punta de sus dedos. Volvió a levantar la mano, tratando de ignorar el temblor, le tocó la oreja y arrastró los dedos por su cara hasta el otro lado. Sintió cómo su magia se acercaba, se detenía un momento, vacilante, y luego lo cubría y lo protegía.

Para ella, tenía el mismo aspecto. Recordó las palabras de Veceslav: enemigos. Lo protegería de sus enemigos, no de sus amigos.

«Supongo que no somos enemigos, después de todo», pensó con amargura.

Tal vez fueran algo cercano a amigos, cruzando incluso la línea hacia un punto que temía considerar.

No tendría que gustarle. No tendría que seguir vivo. Se sentía impotente, todo el control que había cultivado a lo largo de su vida se desmoronaba por culpa de un extraño y salvaje hereje al que ya debería haber matado. Si hubiera hecho lo que se suponía que debía, nada habría pasado y sus sentimientos no se habrían enredado en una complicada maraña entre quererlo lejos y sentirse atraída por él.

No se sentiría tentada por la idea de libertad que le presentaba. No podía permitirse cometer el error de dejar que se acercase más.

Él había cerrado los ojos y los abrió para mirarla.

—Me siento raro —dijo, con la voz grave. Nadya apartó la mano y la sacudió, como si eso ayudara.

Nadya se obligó a pensar en las aldeas quemadas y en todas las profanaciones que los tranavianos habían cometido en Kalyazin. Malachiasz era uno de ellos, y estaba implicado en los horrores que su pueblo había padecido. Se recordó que Tranavia había destruido su hogar y matado a Kostya, y que merecía vengarse.

Se recordó que tenía que parpadear.

—¿También usarás un nombre falso? —preguntó para distraerse.

—Jakob.

—Desde luego, es más fácil de pronunciar que Malachiasz —dijo.

Él soltó una risita. Fue tan inesperado y repentino que la sobresaltó. Le ardieron las orejas y se sonrojó. Agachó la cabeza para no mirarlo.

Escuchó cómo hojeaba las páginas del libro de hechizos y arrancaba la que contenía el hechizo adecuado. Sintió su mano caliente debajo de la barbilla cuando le levantó la cara. Arrugó el hechizo en la palma y con el pulgar sangrante le pintó la frente, la nariz, el labio inferior y la barbilla de sangre.

No dejó de mirarlo mientras fruncía el ceño, inclinaba la cabeza hacia atrás y dibujaba una línea de sangre en su garganta.

Al principio, fue como si no pasara nada. Después, el roce oscuro y venenoso de su magia le impregnó la piel. Jadeó y levantó una mano para agarrarle el antebrazo.

—No pasa nada —murmuró, y la sujetó cuando le temblaron las rodillas.

—Sí pasa, esto está mal. —Le dolía hablar. Sentía una oleada de fuego con cada respiración y cómo las lágrimas le quemaban los ojos, así que los cerró.

Entonces, todo terminó. La ausencia de dolor le resultó igual de incómoda. Abrió los ojos y se dio cuenta unos segundos demasiado tarde de que tenía la cabeza apoyada en el pecho de Malachiasz. Se obligó a apartarse sin que fuera evidente lo azorada que estaba.

El mago de sangre se agachó, mojó un trapo en la nieve y se levantó con él en el puño para calentarlo. Lo extendió hacia ella y Nadya retrocedió.

La tensión creció entre los dos. Llevaban en la piel máscaras creadas por el otro; estaban unidos por la magia.

No dijo nada, pero la miró interrogante. Levantó la mano de nuevo y, esta vez, le dejó que le limpiase la sangre de la cara con delicadeza.

—Debería haberte advertido. Era posible que rechazases mi magia de forma natural por ser quien eres.

—Ya ha pasado, no te preocupes —dijo—. ¿Ha funcionado? Para mí, estás igual que antes. ¿Qué aspecto tengo?

Había retrocedido para limpiarse la sangre de las manos y la recorrió con la mirada.

—Estás preciosa —murmuró, y Nadya deseó entender qué era lo que escuchaba en su voz.

—¿Sí?

Asintió, inexpresivo.

—Aunque no tanto como una adorable campesina kalyazí que se ha pasado la vida encerrada en un monasterio.

Parpadeó y dio un paso atrás. Entonces, se dio la vuelta y se marchó corriendo del claro.

17

SEREFIN
MELESKI

Svoyatova Violetta Zhestakova: cuando tenía trece años, Svoya-
tova Violetta Zhestakova lideró un ejército kalyazí en la Batalla
de las Reliquias de 1510. Clériga de Marzenya, Violetta fue una
asesina despiadada que finalmente murió en combate, asesinada
por la maga de sangre Apolonia Sroka.

Libro de los Santos de Vasiliev

Los jardines estaban oscuros y vacíos. No había guardias ni nadie a la vista, solo tres adolescentes tranavianos con unas jarras de *krój* y un montón de tiempo para desperdiciar. Seguían esperando noticias del chico que Kacper había enviado a husmear a las Minas de sal y Serefin ya se había puesto al día con todas las tareas que implicaba volver a casa: recoger una serie de nuevos libros de hechizos, hablar con los *slavhki* que le pidieran una audiencia y otros asuntos más aburridos.

Todavía no había visitado a su madre. No es que lo estuviera retrasando a propósito, pero no había encontrado el momento adecuado. En cuanto fuera a verla, todo escaparía de su control y la rueda empezaría a girar. No estaba seguro de que pudiera esconderle el secreto a su padre.

Por tanto, en lugar de investigar las intrigas que se arremolinaban en el aire de Grazyk, igual de pesadas que su niebla tóxica mágica, hizo lo que mejor se le daba: consumir una formidable cantidad de alcohol.

Convenientemente, los asesinos decidieron atacar esa misma noche.

Fue Ostyia quien los descubrió. Se levantó de un salto y desenvainó los finos *szitelki* de su cintura con un movimiento rápido.

El mundo giraba a su alrededor cuando Serefin se puso en pie, pero lo ignoró y se forzó a estar sobrio. En fin, lo más sobrio posible.

—¿Cómo diantres han traspasado los muros? —preguntó Kacper con incredulidad.

Los dos se acercaron al príncipe por instinto para protegerlo y una daga llegó girando por el aire en su dirección.

Vio venir la cuchilla y se agachó, mientras con los dedos ya hojeaba el libro de hechizos sin necesidad de que su mente los acompañara. Se cortó el antebrazo con la cuchilla de la manga y sangró en abundancia.

—¿Kalyazíes? —le preguntó a Ostyia. Un segundo asesino apareció por el camino del jardín. El tercero salió disparado de los arbustos y derribó a Kacper.

—No estoy segura. —Dudaba sobre a qué asesino perseguir, sin querer dejar a Serefin por su cuenta mientras Kacper luchaba con el tercero.

La empujó hacia el que venía por el camino mientras arrugaba una página del libro de hechizos. La magia se encendió y dejó que el asesino que tenía delante se acercara antes de levantar la mano y soplar en su puño ensangrentado. El papel se convirtió en polvo y lanzó una nube acre a la cara enmascarada del agresor. Cuando el polvo lo tocó, estalló en llamas.

Le dio una patada en el estómago y el hombre cayó como un fardo. Se volvió para descubrir que Kacper le había cortado la garganta a otro de los asesinos y Ostyia, casi la mitad de alta que su atacante, había lanzado un hechizo que lo había desestabilizado. Mientras intentaba recuperar el equilibrio, se lanzó sobre él, se agarró a su cintura con las piernas y le clavó los dos cuchillos en el cuello. Saltó con gracia mientras el hombre caía.

«Ha sido rápido». No estaba seguro de quién enviaría a esa panda de asesinos incompetentes tras él, pero había puesto demasiada fe en ellos.

Ostyia se dio la vuelta y abrió de par en par su único ojo.

—¡Serefin!

Algo le golpeó la cabeza. El dolor lo atravesó y tropezó hacia delante. El suelo de piedra le raspó las rodillas. Se las arregló para quedar en cuclillas. Se le nubló la visión y apenas distinguió otras tres figuras en la oscuridad.

«Por supuesto que había más». Intentó levantarse, pero entre la dificultad para ver y cómo le daba vueltas la cabeza, le fue imposible.

Kacper avanzó hacia el nuevo grupo, pero uno ya estaba al lado de Serefin y el acero destelló en sus manos. De repente, desapareció y había otra figura que no identificó de pie frente a él.

La cara de la recién llegada se agachó delante de la suya.

—Levantadlo, creo que no ve.

Reconoció la voz al instante.

—*Lady* Ruminska, no creo que... —protestó Ostyia, pero Żaneta ya se había dado la vuelta para enfrentarse al par de asesinos que quedaban.

La sangre corría por sus brazos mientras arrancaba dos páginas de su libro de hechizos. Empapó las hojas mientras esquivaba las espadas de los asesinos. Una por una, dejó que las páginas revoloteasen hasta el suelo.

Donde cayeron los papeles brotaron púas de hierro que ensartaron a los asesinos simultáneamente y los unieron entre sí. Los dos se convirtieron en amasijos sanguinolentos. El dolor de cabeza de Serefin se amplificó, se dejó caer hacia adelante y evitó por los pelos que su cara se estampase contra las piedras. Se quedó así unos tensos segundos, mientras escuchaba vagamente la voz de alguien, aunque no distinguía si era la de Żaneta o la de Ostyia, antes de que todo se volviera negro a su alrededor.

* * *

Era peor que cualquier resaca que hubiera tenido. Lo sabía porque registraba todas sus resacas y lo malas que eran. Tenía una lista.

La cabeza le palpitaba. La boca le sabía a sangre y estaba seca como un desierto. Cuando abrió los ojos, sintió una punzada de pánico. Creyó que se había quedado ciego del todo hasta que se dio cuenta de que todavía era de noche.

Algo crujió en la habitación y se encendió una vela. Żaneta la colocó en la mesita antes de sentarse en el lateral de la cama.

—Esto es escandaloso —murmuró, sin levantar la cabeza de las almohadas.

—Seguro que más escandaloso que atacar al príncipe en los jardines de su propio palacio —concedió.

Serefin levantó las manos y se presionó las sienes con los dedos.

—¿Estás segura de que no me han matado? —preguntó.

—Casi.

Sus rizos de color caoba le caían sueltos por los hombros. Empezó a rastrear las pecas que pincelaban su cálida piel marrón.

—¿Sobrevivió alguno? —preguntó.

La chica asintió.

—El de la cara quemada. ¿Obra tuya?

Trató de asentir, pero la cabeza le dolía demasiado.

—Sí.

—Un buen hechizo —dijo—. Está en las mazmorras.

—¿Sabe mi padre lo que ha pasado?

No quería saber la respuesta, pero tenía que preguntar.

—Sí.

Gimió.

—Me alegro de no haber estado cuando se lo dijeron —dijo.

Necesitaba pensar, pero las palpitaciones de la cabeza se lo complicaban. No tenía sentido volver a dormir. De todas maneras, no sabía si sería capaz. Necesitaba respuestas. Quería exigirle una explicación a su padre; seguramente era obra suya. Sin embargo, su parte racional le decía que no había sido cosa de su padre, porque habían fallado. Estrepitosamente.

—Mi padre le echará la culpa a los kalyazíes —meditó.

—¿No han sido ellos? —preguntó Żaneta, y él se levantó.

—No lo sé.

En Kalyazin sabían entrenar a asesinos incompetentes; su ojo era prueba de ello. También podría haber sido la Buitre Carmesí. A lo mejor su padre sí estaba detrás del ataque y ella había cambiado las piezas y enviado a unos asesinos ineptos para darle una oportunidad de sobrevivir. Odiaba vivir con la nube negra de una sentencia de muerte encima de la cabeza, seguro de que su futuro era sombrío, pero sin tener ninguna respuesta clara.

—¿Puedes llamar a Kacper? —preguntó.

La chica frunció el ceño. Dudó, como si quisiera discutir, pero salió. Serefin se preguntó qué se habría callado.

Ignoró esos pensamientos cuando su amigo entró con una mirada desconcertada.

—Żaneta parecía disgustada —dijo.

—No he dicho nada para molestarla.

Kacper habló sin rodeos.

—Han mandado a un Buitre a interrogar al asesino que ha sobrevivido. Supongo que al mediodía nos enteraremos de lo que haya contado. Mientras tanto…

Se esforzó para incorporarse hasta quedar sentado y miró en silencio la oscuridad del fondo de la habitación.

¿Qué era lo que sabía? Un atentado contra su vida, un plan para elegir a una reina para Tranavia y un montón de preguntas sin respuesta. ¿Por qué su padre enviaba a miles de prisioneros a las Minas de sal? ¿Por qué trabajaba codo con codo con los Buitres? ¿Con qué fin? ¿Por qué ahora?

«¿Qué es lo que pasa?».

—¿Has visto la lista de familias que participan en el *Rawalyk*? —preguntó Kacper.

—No, ¿por qué?

—No deja de fluctuar —explicó—. Los nombres de las chicas aparecen y desaparecen de repente.

—¿Qué significa?

Negó con la cabeza.

—No lo sé, pero quiero investigarlo para asegurarme de si solo se debe a que las chicas están nerviosas o si hay algo más.

Serefin se rio sin ganas.

—Somos unos paranoicos. —Se quedó unos segundos en silencio—. Tengo que hablar con mi madre —murmuró.

No estaba seguro de si podría ser de ayuda, pero era lo único que se le ocurría hacer en ese momento. Estaba atrapado en una jaula de oro y hierro sin puerta para escapar y le habían dado una daga cuando necesitaría una sierra para hacer un agujero en su prisión.

—Haré que envíen a un sirviente a sus aposentos —dijo Kacper—. ¿Es todo?

Asintió, ausente, pero después frunció el ceño y miró a su amigo.

—¿Estás bien?

El chico parpadeó con sorpresa.

—¿Yo? Pues claro, ¿por qué? No intentaban matarme a mí.

Lo miró y recorrió con la mirada su pelo y su piel oscuros, la cicatriz que le atravesaba una de las cejas y sus incisivos ojos marrones. Él no había tenido que enfrentarse a intentos de asesinato desde niño, como Serefin y Ostyia. Era de baja cuna y lo normal habría sido que solo fuera un soldado más. Sin embargo, su talento excepcional con la magia de sangre y sus notables habilidades para el espionaje lo arrastraron por diferentes puestos en el ejército hasta que lo destinaron a la compañía de Serefin. Su amistad comenzó un mes después del primer servicio del príncipe en el frente, cuando tenía solo dieciséis años. Kacper se metió en una pelea con Ostyia. Ella le rompió el brazo y él le fracturó tres costillas. Tuvo que dejarlos inconscientes a los dos para separarlos.

Nunca supo por qué se pelearon; no se lo dijeron. Tardó otra semana más en ascenderlo a su servicio personal después de que casi perdiera el otro brazo por protegerlo.

—Déjate de formalidades. Solo quería asegurarme de que no estabas conmocionado. Nunca te habías enfrentado a asesinos.

El chico sonrió y se sentó a su lado en la cama.

—Lo cierto es que me preocupaba aburrirme aquí. El ataque ha puesta las cosas interesantes.

—¿Creías que te aburrirías en Grazyk? —preguntó, incrédulo.

—Pensaba que solo habíamos venido a que tu padre te eligiera una novia guapa con la que casarte y después volveríamos al frente.

Serefin gruñó.

—No me hables de matrimonio.

—Suenas igual que Ostyia.

—Ostyia estaría en una posición mucho mejor si estuviera en mi lugar. Al último pretendiente que le mandó su padre lo tiró a una fuente. Antes de que todo esto termine, sospecho que habrá cortejado al menos a la mitad de las chicas del palacio.

—¿Solo a la mitad?

Lo consideró.

—Cierto, probablemente a más.

Ostyia era encantadora. Cuando quería.

* * *

Cuando por fin se levantó para ir a ver a su madre, las palpitaciones de la cabeza se habían reducido ligeramente. Cada paso que daba era una leve agonía, pero lo aguantó. Tenía que demostrar a Grazyk que el Gran Príncipe no se detenía ante nada, ni ante la perspectiva de un matrimonio ni ante los asesinos nocturnos.

Ostyia llamó a la puerta de los aposentos de Klarysa delante de Serefin. La sirvienta de su madre, Lena, abrió la puerta. Asintió y le indicó con un gesto que entrara. Su amiga prefirió esperar fuera.

—Llevo semanas en esta condenada ciudad y mi único hijo se ha dignado por fin a honrarme con su presencia.

La graciosa voz de su madre llegó flotando por el pasillo. Lena lo miró con compasión. Su madre siempre le había parecido un poco desconcertante. Sus dos progenitores eran demasiado ilustres y más importantes que la misma realidad. Apenas los había visto de niño.

Se pasó la infancia entre tutores y sirvientes. Sus padres eran figuras que entraban y salían de su vida sin quedarse nunca demasiado. A veces, llegaban a la hora de la cena y desaparecían otra vez al comienzo del nuevo día. Siempre había tenido a Ostyia, cuya familia vivía en palacio, y a un primo por parte de madre, pero nada más. El primo se había marchado al campo cuando aún eran muy jóvenes, por motivos de salud. Su tía y su tío todavía aparecían por el palacio, eso lo sabía, pero nunca había vuelto a ver a su primo y, con el tiempo, había dejado de preguntar.

—He estado ocupado —dijo, alzando la voz para llegar hasta su madre.

La salita era lujosa, como le correspondía a una reina. Su madre se sentaba en un sillón de terciopelo, con una máscara de tela que le cubría la nariz y la boca. Llevaba los rizos elaboradamente peinados y un libro de hechizos descansaba en una mesa cercana.

Se levantó y dejó el libro bocabajo sobre el reposabrazos del sillón.

—Serefin —dijo, y se quitó la máscara.

Ella lo abrazó y él tuvo que inclinarse para que lo besara en la mejilla.

—Madre, me alegro de que estés bien —dijo mientras la reina volvía a sentarse y le señalaba el otro sillón.

—Lo bastante para que tu padre me haya arrastrado de vuelta a esta ciudad mugrienta. —Hizo una pausa y después concedió—: Por una buena causa.

—¿Lo es?

Ella levantó una ceja.

—¿Directo al grano?

—No tengo mucho tiempo. —Cruzó las piernas y apoyó el tobillo en la otra rodilla—. He hablado con Pelageya y con la Buitre Carmesí. La verdad, me sentía más seguro en el frente.

—Y yo que pensaba preguntarte si estabas bien. Me han dicho que anoche te atacaron.

—Sigo aquí, así que supongo que estoy bien.

Klarysa sonrió con ironía.

—Me parece interesante que acudieras a Pelageya antes que a mí —dijo, y levantó una ceja. Conocía ese tono. No estaba decepcionada, más bien creía que él había tomado una decisión estúpida, pero no pensaba decírselo en voz alta.

—Las circunstancias lo requerían —respondió.

—Ya —dijo—. Seguro que sí.

«No tengo tiempo para esto», pensó. Pero sí lo tenía. Ese era el problema. Estaba allí atrapado sin hacer ni saber nada. Sentía las fauces invisibles que se cernían sobre él, pero no tenía forma de detenerlas.

—¿Crees que podría poner a la corte de mi lado? —preguntó.

Su madre parpadeó y se puso tensa.

—¿Serefin?

—Por favor, seguro que ya lo sabe —dijo, y agitó una mano—. Solo quiero saber cuántos pasos de ventaja me lleva.

—Tu padre... —Remarcó la palabra «padre», como si tuviera que significar algo para él. Tal vez antes sí. Hacía años, cuando todavía creía que podría ganarse su afecto, pero ya no.

—Encontré a una clériga en Kalyazin y a nadie más parece importarle. ¿No te parece un poco raro? Enviaron a los Buitres a cazarla y escapó.

—¿A los Buitres?

—Sí, y escapó. ¿Por qué a nadie más le perturba? ¿Qué planea mi padre para que esto no tenga importancia?

Klarysa entrecerró los ojos y el príncipe comprendió que había dado con algo que su madre no se esperaba.

—¿De qué hablaste con Pelageya? —preguntó.

Bufó.

—Me soltó un montón de verborrea que sonaba como una profecía.

—Escúchala, Serefin. Sé que no quieres y que crees que está loca, pero escúchala. Podría ser lo único que te salve.

—¿Salvarme? Es cierto que intento seguir con vida, pero no creo que la bruja vaya a ayudarme.

—No de tu padre, sino de los Buitres. De los dioses. De todo.

—¿Madre?

—Pelageya sabe lo que dice. —Hablaba deprisa y en voz baja. Sabía que todo lo que dijeran llegaría a oídos del rey. Miró con suspicacia al punto donde la pared y el techo se encontraban, el lugar más probable para un hechizo de escucha—. Sabes que no puedo ayudarte.

Serefin sintió frío.

—¿Qué ha hecho?

Su madre negó con la cabeza. Lo miró con miedo.

«No puede decírmelo», comprendió. «Si lo hace, la matará también». ¿Qué sabía que él todavía no había descubierto?

—Dame algo —suplicó.

—Tu padre siempre ha sido un monstruo —dijo—. Pero al menos pensaba por sí mismo y sus decisiones eran suyas. —Negó con la cabeza—. Me temo que ahora los Buitres le controlan.

Se quedó en silencio, pero ya no necesitaba más para unir las piezas. Los Buitres habían pasado de ocuparse de sus propios asuntos a susurrar al oído del rey. Los susurros habían pasado de ser simples sugerencia a convertirse en los hilos de una marioneta.

También era muy probable que hubiera discordia entre los Buitres y que la Buitre Carmesí actuase por su cuenta, a espaldas de su propio rey, el Buitre Negro. Pero ¿quién movía los hilos?

Seguía sin tener respuestas.

18

NADEZHDA
LAPTEVA

Rara vez se ve a Vaclav, rara vez se le escucha y rara vez se le adora. Los bosques oscuros y los monstruos más siniestros atienden sus llamadas. Sus tierras son vastas, antiguas y mortales; no es un dios amable. La verdad nunca lo es.

Códice de las Divinidades, 23:86

Nadya se sorprendió más que nadie cuando su plan para cruzar la frontera funcionó.

—¿Y tu compañía, hijo? —El tranaviano que les dio el alto parecía mayor que Malachiasz, por lo que asumió que lo superaba en rango.

El chico cuadró los hombros y su postura lo delató como alguien acostumbrado a tener autoridad. Se apartó el pelo que cubría los galones de su chaqueta. Ahora Nadya estaba más segura todavía de no querer saber lo que significaban.

—Perdí a la mayoría por culpa de los mercenarios que se esconden en las montañas —dijo—. Y al resto en algún punto del camino.

El soldado frunció el ceño, pero cuando volvió a hablar, ya no lo hizo con condescendencia.

—¿Y ellos quiénes son?

Malachiasz miró al grupo.

—Los akolanos huyen de Kalyazin, una sabia decisión. La chica... —Titubeó, muy convincente—. En fin, ya sabes.

Le guiñó un ojo al soldado y a Nadya le costó un esfuerzo titánico no reaccionar.

—Ven conmigo —dijo el soldado tras echarles un vistazo. Hizo venir a otra soldado y le ordenó que vigilase que no se movieran de allí mientras se iba con Malachiasz.

El corazón se le aceleró cuando el chico siguió al soldado tranaviano al interior de una cabaña mal construida. Miró a Parijahan, cuya expresión era tensa y cautelosa. Los minutos de espera se alargaron de forma insoportable, pero la soldado que los vigilaba solo parecía aburrida.

Por fin, salió de la cabaña muy pálido. El otro soldado lo siguió y le hizo un gesto con la mano a la chica que los custodiaba.

—Déjalos pasar —dijo.

La soldado estuvo a punto de cuestionarlo, pero Malachiasz le sonrió y le dio un golpecito a uno de los galones de su chaqueta. La superaba en rango, probablemente a todos los de la base, así que se quedó en silencio.

Agarró a Nadya por la muñeca y la arrastró fuera del campamento. Ella se lo permitió, consciente de que todo era parte del espectáculo, aunque también sospechaba que él lo estaba disfrutando.

Ninguno había mencionado lo que había pasado en el claro. No creía que lo hicieran. Trataba de ignorar cómo se le aceleraba el corazón al sentir la mano de Malachiasz alrededor de la muñeca.

Habían superado el primer peligro, ahora tenían que llegar a Grazyk para que diera comienzo la verdadera prueba.

Tranavia no era lo que Nadya esperaba. Había lagos y ríos por todas partes. Tenían que cruzar algunos en barcos timoneados por hombres y mujeres demacrados y demasiado viejos para luchar en el frente. No obstante, era hermosa. El agua, clara y brillante, tachonaba la tierra como piedras preciosas, sin contaminarse por el azote de la guerra que ardía en la campiña de Kalyazin.

En uno de los muchos barcos a los que se subieron durante el viaje, se apoyó en la barandilla para mirar el agua. Rashid estaba encaramado precariamente a su lado cuando Malachiasz se les acercó.

—Precioso, ¿verdad? —dijo

—Pues sí.

Se quedó callado, mirando a la orilla. De su mirada se desprendía un cariño que nunca le había visto antes.

—No me ha tratado muy bien —continuó—, pero Tranavia es mi hogar. Es salvaje, vibrante y tenaz. Sus gentes son testarudas e innovadoras. —La miró—. La salvaré de la destrucción.

Era algo que tenían en común, aunque Nadya sintió una punzada de culpa, porque sus acciones provocarían la caída de Tranavia. Sus dioses querían que el país fuera castigado por su herejía y ella debía encargarse. Incluso si hacerlo la enfrentaba al extraño y hermoso chico. Aunque era evidente que a Malachiasz le importaba su país tanto como Kalyazin a ella, y lo respetaba.

Sin decir nada, se desenganchó el libro de hechizos de la cadera y se lo entregó.

La clériga vaciló y recogió el grueso libro de cuero. Lo habría sostenido entre dos dedos, pero era demasiado pesado

—¿Qué haces?

—No pueden verme con él y tú tienes que parecer una maga de sangre competente.

Quería tirarlo al agua. Lo apoyó en la barandilla, lejos de su cuerpo. El chico puso los ojos en blanco, se quitó los cinturones con los que se sujetaba el libro a la cadera y también se los dio.

—Tendré que rasgarlo sin usar los hechizos —dijo Nadya. Aunque destrozar el libro de hechizos de un mago de sangre era algo que siempre había querido hacer, hubiera preferido que no fuera el suyo.

Se tocó la sien.

—Son mis hechizos. Puedo reescribirlos cuando quiera.

—¿Vendrás al palacio con nosotros? —preguntó.

Era un tema que todavía no habían abordado: cuál sería el papel de Malachiasz una vez llegaran a la capital. Había esquivado la pregunta de tal manera que Nadya sospechaba que fuera a desaparecer en cuanto pusieran un pie en Grazyk.

—Me quedaré cerca —dijo. Frunció el ceño y los tatuajes de su frente se arrugaron—. No sería raro que una *slavhka* viajara con un mago de sangre como guardia. No me dará un acceso óptimo al palacio, pero me las arreglaré.

Frunció los labios. Era un plan sensato y se dio cuenta de que no tenía argumentos.

—¿No te atraparán los Buitres? —Seguía preocupada por lo que le había dicho de no poder actuar contra las órdenes de su rey, incluso si en él la magia se había atenuado.

—He aprendido que preocuparse por él es un esfuerzo inútil —señaló Rashid, y le dio un codazo.

—¿Crees que me preocupa? —dijo Nadya con fingida frivolidad. El akolano la miró incrédulo.

Cuando miró a Malachiasz por el rabillo del ojo, este contemplaba el agua tranquilamente.

—Iré a ver si Parijahan necesita algo —dijo Rashid—. Llegaremos a la otra orilla del lago en una hora más o menos.

Quiso agarrarlo y pedirle que no la dejase a solas con el tranaviano, pero ya se había ido.

—Nadie se ha preocupado por mí jamás —musitó.

La clériga se planteó lanzarse al agua.

—No creas que yo voy a ser la primera —respondió.

Él sonrió. La brisa le revolvió el pelo y se agitó en el aire formando zarcillos de humo negro.

—El plan es lo más sensato posible dadas las circunstancias —dijo—. Los *Rawalyki* son un asunto turbio. Atraen a las magas más brillantes al corazón de la ciudad y, después de un montón de dramatismo y a veces algún que otro derramamiento de sangre, se elige a una nueva consorte. Es una de las pocas veces en las que el palacio es accesible a la nobleza que no pertenece a las más altas esferas sociales.

Tenía razón, no podían hacer nada más por el momento. Malachiasz le había hablado de los entresijos de la corte hasta que se le había derretido el cerebro. Parijahan también le había contado todo lo que sabía por haberse criado en una *Travasha*.

—Los nobles son nobles —había dicho, agitando una mano—. Da igual de donde vengan. La mezquindad de la corte trasciende todas las fronteras culturales.

A todos los efectos, estaba preparada. Ojalá se sintiera así.

—Tienes que confiar en mí —dijo Malachiasz—. Una vez dentro, se presentará el momento adecuado para acercarnos y atacar. Hemos llegado hasta aquí, entrar en Tranavia era la mitad de la batalla.

No quería confiar en él. Especialmente después de ver en qué podía convertirse.

—¿Lo controlas? —preguntó, y supo que la entendería—. ¿Nunca se activa por accidente?

—No soy un *wolivnak*, Nadya.

Los *wolivnak* eran hombres lobo cuyas transformaciones las provocaban los ciclos de la luna. Puso los ojos en blanco.

—Nosotros los llamamos *zhir'oten*.

—Pues no lo soy —dijo.

—Tengo la sensación de que lo que eres es peor.

Se rio.

—Es probable.

—Hay más de lo que vi, ¿verdad? —No estaba segura de cuán dispuesto estaría a contárselo. Sus sonrisas relajadas no significaban que fuera a responder a sus preguntas.

Asintió.

—No para todos los Buitres, pero para mí, sí.

—Está mal —dijo, y sintió un escalofrío.

Se encogió de hombros.

—Depende de a qué te refieras con mal.

—Es monstruoso.

—Soy un monstruo —dijo muy tranquilo.

Ella frunció el ceño y apoyó el codo el la barandilla y la barbilla en la mano.

Malachiasz ladeó la cabeza en la dirección del viento.

—Los tranavianos valoran el poder y el estatus por encima de todo. No importa cómo se alcance dicho poder ni qué medidas haya que tomar para obtenerlo. Los monstruos se consideran un ideal, porque son poderosos, más que los humanos. —Levantó la mano y sus uñas se alargaron hasta formar las garras de hierro—. Tu pueblo aspira a la divinidad, ¿verdad?

Nadya asintió, aunque era una simplificación excesiva.

—No es muy diferente. Se trata de aspirar a algo que va más allá de lo humano.

—Pero no a expensas de matar a otros.

—Los kalyazíes matan a tranavianos a diario y no lo consideran un problema. Ya los mataban mucho antes de que empezara la guerra y tampoco entonces les parecía mal.

Se volvió para encararlo, ardiendo de rabia. Tranavia estaba llena de herejes y asesinos y no dejaría que tergiversara sus palabras.

—No es lo mismo que torturar a prisioneros de guerra —espetó.

Él le levantó la barbilla con la mano; Nadya notó sus uñas frías y afiladas en la piel. Si presionaba un poco más, le abriría la carne de la mandíbula. Se le aceleró el corazón, pero no sabía si por miedo o por otra cosa.

—Tal vez no —susurró, y se inclinó más cerca. Su cálido aliento le empañó la cara—. Tal vez deberíamos tener esta conversación de nuevo cuando hayas probado el verdadero poder.

Su pelo le rozó la mejilla y su boca se acercó tanto a la de ella que le temblaron los labios. Le fallaban las rodillas. El chico le miró la boca. Esbozó una sonrisa casi imperceptible y se apartó.

Malachiasz dirigió su mirada hacia la ciudad que brillaba detrás de ellos.

—Bienvenida a Grazyk, Józefina —dijo—. Comienza la verdadera prueba.

* * *

No dejaban de temblarle las manos. Llevaba el collar de cuentas en el bolsillo, así que apretó el colgante que le había dado Kostya. ¿Qué diría si la viera? Metida hasta el cuello en un plan forjado por un grupo de adolescentes posiblemente chalados, con la cara tapada por una máscara de cuero pintada de blanco y estampada con impresiones de espinas.

Se burlaría, la regañaría y le diría que todo aquello la sobrepasaba. Lo echaba de menos.

Marzenya le había advertido que la presencia de los dioses en Tranavia sería limitada, pero Nadya sentía su ausencia como una herida física en el costado. Como si los dioses le hubieran sido arrancados en cuanto cruzó la frontera. Si se concentraba, llegaba a intuir el roce de la diosa en su mente, pero requería mucho esfuerzo. Le costaría hacer magia y se sentía completamente sola.

Toda la ciudad estaba envuelta en una niebla sofocante. Sentía en el aire la magia de sangre que había causado la opresiva mancha. Era difícil respirar. Sin embargo, era la razón por la que había venido, para rasgar ese velo y traer a los dioses de vuelta a un país pagano.

Cuando entraron en Grazyk, se sintió abrumada por los sonidos y las multitudes. No se separó de Parijahan y se aferró a su brazo para no separarse. A diferencia de las aldeas por las que habían pasado, donde la gente estaba demacrada y medio muerta de hambre, en la ciudad vestían con ropajes ricos y coloridos. La mayoría se cubría la cara con máscaras, adornos extravagantes que ocultaban sus identidades. Solo eran enemigos sin rostro.

Cuanto más se acercaban a los terrenos del palacio, más nervioso se ponía Malachiasz y su agitación alimentaba la de Nadya. Lo agarró por la muñeca cuando estaban a punto de llegar a las puertas.

Nadya le dirigió una mirada interrogante. La magia que se habían lanzado el uno al otro era lo único que los mantenía a salvo. Ella le había confiado su seguridad, él debería hacer lo mismo. No era difícil adivinar que no quería volver a un lugar tan cercano a los Buitres, pero tenía que confiar en que el hechizo no fallaría. Al final, respiró hondo y liberó la tensión. Nadya le soltó la muñeca.

Los guardias de las puertas del palacio revisaron los papeles de Nadya meticulosamente y ella creyó que los arrestarían en el acto. Una gota de sudor resbaló por su columna vertebral.

Rashid no parecía preocupado, pero la clériga ya había aprendido que el chico tenía un don para la calma, igual que Parijahan. Se preguntó qué sería lo que permitía a los akolanos mirar de frente a una catástrofe en potencia sin pestañear.

Después de diez minutos agonizantes, los guardias la dejaron pasar. Le dieron ganas de derrumbarse de alivio en el hombro de Parijahan, pero se limitó a recuperar los papeles y pasar por delante de los guardias.

Malachiasz se tensó cuando vieron una enorme catedral negra a un lado del recinto. Sus agujas se distinguían en la distancia, incluso más allá de las brillantes torres del imponente palacio. Nadya le dio un golpecito en el dorso de la mano para que dejase de mirar y él forzó una sonrisa.

Un cortesano salió por las puertas principales del palacio, con una gracia que Nadya envidió. De repente, se vio arrastrada al interior y cualquier posibilidad de echarse atrás desapareció.

* * *

—Habéis llegado justo a tiempo, aunque no esperábamos que participara nadie de esa parte de Tranavia. —El cortesano no había dejado de hablar desde que entraron en palacio.

Siguió al hombre parlanchín, con alguna que otra mirada de pánico en dirección a Parijahan. Un sirviente enmascarado había acompañado a Rashid al ala del servicio y Malachiasz había desaparecido cuando no miraba; le había advertido que probablemente lo trasladarían al cuartel de la guardia, así que todavía no había empezado a preocuparse.

—Es cierto que Łaszczów se encuentra algo aislado del resto de Tranavia —concedió Nadya—. Pero no iba a perderme una oportunidad así.

El cortesano sonrió.

—Por supuesto.

Llevaba una máscara con lo que parecían alas de pájaros a cada lado de la cara.

Solo había llevado máscara un día y ya fantaseaba con arrancársela. Daba calor, era incómoda y la detestaba.

El exterior del palacio era llamativo, con columnas doradas en la entrada y unas puertas de roble envejecido que conducían al enorme vestíbulo. Los suelos de mármol eran de cuadros violetas pálidos y negros y los techos abovedados estaban cubiertos por pinturas de damas con vestidos de gala y soldados con uniformes militares.

A medida que avanzaban, las imágenes se volvían más oscuras. Los pasillos se cerraban al tiempo que los colores se volvían cada vez más opresivos. Había representaciones de buitres, tanto de los pájaros como de sus homólogos humanos; sus garras y símbolos de magia de sangre garabateados por un artista cuyo frenesí era evidente.

Todo era opulento y aterrador, como si la pesadilla de un noble se hubiera abierto camino desde los sueños.

—Te sientes excluido ocurre cuando alguien se va de copas sin ti, Ostyia, no por visitar a una loca. Vaya.

La voz jocosa que resonaba en el pasillo se detuvo.

Sintió una oleada de adrenalina. Era el momento decisivo; el plan podría salir bien o hundirse del todo y dejarlos con una soga al cuello.

El Gran Príncipe presentaba una imagen muy distinta a la del día del monasterio. Llevaba el pelo castaño más corto, peinado hacia atrás con esmero. Con aquella luz, sus ojos pálidos resultaban menos espeluznantes, aunque la cicatriz que le atravesaba la cara todavía era intimidante. No obstante, en los dorados salones del palacio parecía más un príncipe que un monstruo.

Lo seguía la chica bajita de un solo ojo. Le tiraba de la manga mientras trataba de engatusarlo, cuando se detuvo de sopetón.

—¿Quién es? —le preguntó al cortesano con una sonrisa de medio lado.

La cabeza le palpitaba y sentía que le temblaba todo el cuerpo, pero se obligó a adelantarse a su acompañante.

—Józefina Zelenska, alteza —dijo con una reverencia exagerada a la que Malachiasz no habría podido ponerle ni una pega.

—Zelenska —musitó el príncipe—. ¿Conozco ese apellido? —le preguntó a la chica bajita, que negó con la cabeza despacio con perplejidad.

—No me sorprende. Łaszczów se encuentra algo alejado de la realeza —dijo Nadya.

Su expresión cambió una milésima de segundo y dio un paso adelante. Entrecerró los ojos para mirarla y a ella se le aceleró el pulso.

—Quitaos la máscara —dijo, y añadió—, por favor.

«Se va a dar cuenta del hechizo de Malachiasz», pensó, horrorizada, mientras desataba los enganches y se la quitaba muy despacio.

A cada latido de su corazón se sentía más cerca de la muerte. El príncipe le levantó la barbilla para mirarla.

—He estado en Łaszczów —dijo en voz baja—. Recordaría una cara como la vuestra.

Contuvo las ganas de tragar.

—Paso la mayor parte del tiempo viajando —dijo—. He estado en Akola los últimos años, tal vez vuestra visita coincidiera con mi ausencia.

El príncipe miró a Parijahan, lo que le bastó como confirmación de que Nadya decía la verdad, porque la soltó y sonrió casi a modo de disculpa.

—Tal vez. Una pena que nunca nos hayamos cruzado. Mucha suerte, Józefina.

Volvió a ponerse la máscara, azorada.

—Gracias, alteza.

No volvió a respirar hasta que la dejaron en sus aposentos.

Se arrancó la máscara de la cara y la tiró a una silla. Al entrar en la habitación, se encontró con el mismo nivel de esplendor e intimidación que presenció en los salones del palacio. Había un exuberante sillón y un juego de sillas en la salita, junto con una mesa y un escritorio de caoba a un lado. Había estanterías que parecía que nadie hubiera tocado nunca, salvo para limpiarlas, y pinturas al óleo colgaban de las paredes, retratos de *slavhki* tranavianos, probablemente.

Miró hacia el techo y se quedó congelada. Estaba completamente cubierto por un mural de pájaros, entre los que destacaban los buitres, rodeados de flores ácidas que goteaban. Sintió una puñalada de desdén que supo que procedía de los dioses. Distantes, pero todavía presentes.

Parijahan revisó la habitación y abrió el cajón del escritorio para sacar una libreta de papel y un lápiz donde garabateó un mensaje rápido.

«La habitación estará llena de hechizos», escribió.

Nadya asintió y se llevó la mano al cuello en busca de las cuentas de oración antes de recordar que las llevaba en el bolsillo. Había pasado la mayor parte del viaje tallando los símbolos de los dioses en unos finos círculos de madera que pegó en la portada del libro de hechizos de Malachiasz. Funcionaría, de un modo indirecto, y haría pasar su magia por la de una maga de sangre.

«¿Puedes eliminar los hechizos de la habitación?», le rezó a Veceslav, pero fue Marzenya quien respondió.

—*¿Lo sientes?*

No contestó. Se sentó en la silla y cerró los ojos para percibir el muro invisible que separaba a los dioses de las personas. Lo había sentido nada más poner un pie en Tranavia y el peso del velo la aplastaba y ahogaba su acceso a lo divino.

Era lo bastante fuerte para resistirlo, pero quedó impresionada por ese velo mágico creado por el ser humano para combatir a los dioses. Era más poderoso que nada que hubiera imaginado y complicaría mucho su misión.

«Lo siento».

—Has venido a matar a un rey, pero me pregunto si no te aguardará un destino incluso más terrible.

Nadya se estremeció.

«¿Alguna advertencia de qué podría ser?».

—Apenas veo a través de la niebla que cubre el país, niña. Te has sumergido en la oscuridad, donde habitan los monstruos, y tendrás que luchar para que no te consuman.

Recibió las palabras sagradas en un susurro y recorrió la habitación para desmontar los hechizos que se tejían por las paredes. No los eliminaría del todo, o alguien se daría cuenta; era mejor ser precavida, solo los emborronaría y debilitaría para que así la información que le dieran a los magos que los habían creado pareciera mundana e inofensiva.

Le gustó desarmar los hechizos y usar una magia que no fuera llamativa ni peligrosa. La habían entrenado para la magia destructiva y para lanzar hechizos que cambiarían el curso de una batalla, pero lo que más le gustaban eran las cosas pequeñas.

Miró al techo.

—No sabía cuánto idolatraban a los Buitres.

«No comprendía de lo que había huido Malachiasz».

Parijahan se sentó en el sillón; su tranquilidad flotó por la habitación y desgastó el nerviosismo cansado de Nadya. La akolana tenía un don para llamar la atención y después escabullirse sin ser vista. Era taimada y cuidadosa, incluso en la forma en que se recogía el pelo en una trenza apretada y en cómo llevaba las mangas siempre cubriéndole las muñecas y los dobladillos de la falda rozando el suelo. Se preguntó si siempre habría sido así, o si sería el resultado de perder a su hermana y abandonar su hogar.

Dejó el libro de hechizos de Malachiasz en la mesa y se sentó junto a ella.

—¿Ahora qué?

Se quitó la tira de cuero que le ataba la trenza y pasó los dedos entre los mechones.

—Nos hemos colado justo en el último segundo. Mañana empieza todo.

—No me gusta que nos hayamos separado de los chicos.

La akolana le dio un codazo en el hombro.

—Nos las arreglaremos solas.

—Claro que sí. —Se quedó callada; seguía mirando el techo—. ¿Te arrepientes de haber dejado tu país? El tiempo que pasaste en Kalyazin no habrá sido agradable.

—No me arrepiento. La compañía de Rashid ayudó. Lo conozco de toda la vida. Luego nos cruzamos con Malachiasz hace unos seis meses. Tenía problemas con unos soldados kalyazíes que no estaban de servicio. Rashid acabó inconsciente en una zanja y a Malachiasz casi le trasquilan el pelo. Se pasó todo el día siguiente, cuando llegamos a un lugar seguro, alterado por ello.

Se rio y la chica la volteó con delicadeza para deshacerle también la trenza, que nacía en espiral en la parte posterior de su cabeza, como una corona. Nadya se relajó mientras le peinaba el pelo con los dedos.

—¿Crees que lo conseguiremos?

Dejó de mover las manos y sintió cómo le apretaba los hombros.

—Tenemos que hacerlo.

Se tensó por su tono. «Está aquí por algo que va más allá de lo que me ha contado», pensó. Algo más que la venganza.

—Pues lo haremos.

19

NADEZHDA
LAPTEVA

Myesta, la diosa de la luna, es puro engaño, una ilusión de luz
que cambia constantemente en una oscuridad eterna.

Códice de las Divinidades, 15:29

Abrazó el libro de hechizos de Malachiasz en el pecho y lamentó todas y cada una de las decisiones que había tomado y que la habían llevado hasta ese punto.

—Relájate —dijo Parijahan—. Solo son vestidos.

Soltó un quejido lastimero como respuesta. Cualquiera de los vestidos que tenía delante valía más de lo que costaría alimentar al monasterio durante cinco años. Ricas telas de colores vibrantes, con perlas y piedras preciosas que cubrían los corpiños y las faldas. Destacaban algunos estampados indefinidos de flores entre las brillantes galas. Le dolía el cuello con solo mirar los tocados. Algunos eran altos, otros parecían coronas de flores, aunque estaban hechos de tela, encaje y cuentas, y otros le recordaban vagamente a los *kokoshniks* que sabía que llevaban las nobles de Kalyazin.

—¿De dónde han salido? —preguntó.

—¿Oficialmente? Tienes un benefactor muy rico de Akola.

Miró a Parijahan y la chica sonrió.

—Extraoficialmente, lo mismo.

Al final, se engalanó con un vestido del color de la medianoche, cercano al negro, pero de un azul profundo que destellaba a la luz. Daba la impresión de que la oscuridad se deslizara sobre su piel, con la luz justa para evitar que la consumiera. A continuación, eligió un tocado ornamentado con hilos de perlas negras y se puso una delgada máscara que solo le cubría una franja de la cara.

La akolana retrocedió y asintió, satisfecha.

Nadya buscó un cinturón delicado para llevar el libro de hechizos antes de cambiar de opinión y ponerse el de Malachiasz. En lugar de desentonar, el cuero gastado encajó a la perfección con el elegante vestido.

Parecía un maga de sangre. Tragó saliva y buscó a tientas el collar de Kostya. Lo ocultó en el corpiño del vestido, fuera de la vista, pero lo bastante cerca como para resultar reconfortante. Era lo único que le quedaba de su hogar.

—Intenta ser discreta —apuntó Parijahan—. Es mejor que no llames la atención todavía o las demás participantes tratarán librarse de ti lo antes posible. Tenemos que averiguar qué protección tiene el rey.

—¿Y cuando lo hagamos?

—Ya he escuchado a más de un *slavhka* comentar que el rey es débil y poco hábil con la magia de sangre.

—Un blanco fácil —dijo en voz baja.

—De quien debes preocuparte es del príncipe —continuó—. Va siempre acompañado de sus tenientes, los dos magos de sangre, y, por lo que he averiguado, es lo contrario a su padre en casi todos los sentidos.

No pensaba preocuparse por el príncipe todavía. Había venido a derribar al rey.

—Sin embargo —dijo Parijahan, pensativa—, si te acercas al príncipe, conseguirás un asiento cerca del rey y eso te dará tu oportunidad.

—O sea, ¿pasar desapercibida, pero llamar la atención del príncipe?

—Exacto. Puedes hacerlo, Nadya —dijo.

Podía y lo haría. Kalyazin ganaría la guerra y los dioses reclamarían su poder en Tranavia. Se había preparado toda la vida para esto.

* * *

Tardó treinta minutos en cometer un error grave que la puso en una situación terriblemente incómoda. La llevaron a un salón con las otras participantes y, en la mayoría de los casos, sus acompañantes. Sabía lo que era; un juego de sutilezas, como había dicho Malachiasz. La primera prueba.

Allí se forjarían las alianzas y se marcaría a las rivales. También sería la primera vez que algunas participantes verían al Gran Príncipe. Si se equivocaba, lo perdería todo antes de que el juego empezara.

Lo único que notó en un principio de la *slavhka* que pasó a su lado fue que sus grandes ojos violetas eran extrañamente desagradables. Su cerebro tardó unos segundos en traducir el comentario que la chica le hizo a su acompañante cuando todavía estaba al alcance de su oído. Y otro segundo en comprender que era un desaire sobre su apariencia: que tenía la nariz torcida y el pelo lacio.

«Ni siquiera se me ve el pelo», pensó, irritada y perpleja. Se había visto en el espejo, Malachiasz había hecho un gran trabajo con su nariz.

—¿*Porodiec ze błowisz?* —dijo con mucha simpatía—. Creía que las personas con dinero pagarían para aprender a relacionarse correctamente con los demás.

213

La chica se quedó de piedra y la charla se detuvo repentinamente en la mitad de la sala. Se volvió despacio para mirarla.

«Debería haberlo dejado correr».

Levantó las cejas cuando la chica se le acercó y sonrió. Si iba a salir de allí de una sola pieza, tenía que actuar como si estuviera habituada a situaciones así. Estaba acostumbrada a los comentarios sarcásticos y sabía devolverlos.

—¿Perdona?

—Ya me has oído —respondió.

—¿Cómo te atreves a hablarme así? ¿Sabes quién soy?

—¿Debería?

La chica abrió su libro de hechizos, arrancó una página en blanco y la arrugó en el puño. La arrojó al suelo y la pisó con el tacón del zapato.

—¿Puedes respaldar tus palabras con poder? —preguntó.

Nadya no tenía ni idea de lo que pasaba. Nadie le había explicado lo que eso significaba. La confusión debió de notársele en la cara, porque otra chica alta y con la piel luminosa como el ónice enhebrado con oro se le acercó.

—Te ha retado a un duelo, querida —dijo con amabilidad.

Miró a la segunda chica, que le sonrió con ánimo. Contuvo el impulso de mirar a Parijahan, que se apoyaba en la pared del fondo.

Imitó a la otra joven y hojeó los hechizos de Malachiasz hasta encontrar una página en blanco. La arrugó y la pisó como había hecho ella. Le dedicó una sonrisa maliciosa antes de alejarse.

—Qué inesperado. ¡Y solo acabamos de empezar!

Todavía aturdida, se volvió hacia la chica alta. No llevaba tocado y los rizos se arremolinaban alrededor de su cabeza como un halo.

—Me llamo Żaneta —dijo—. Has tenido la desgracia de convertirte en el objetivo de una competidora muy ambiciosa.

—¿Qué acaba de pasar?

Żaneta rio.

—Ponte cómoda y espera, querida. Los cortesanos irán a preparar la arena para el duelo. Felicidades. Si sobrevives, mejorarán significativamente tus posibilidades.

Las puertas se abrieron y entró el Gran Príncipe. Żaneta sonrió a Nadya una vez más antes de cruzar la sala en dirección al chico que había destruido todo lo que le era preciado.

SEREFIN
MELESKI

—¡Serefin! —saludó Żaneta en cuanto entró en el salón, consolidando su posición como la única de las candidatas del *Rawalyk* que se sentía lo bastante cómoda con el Gran Príncipe como para saltarse las formalidades.

Ya estaba cansado y la ceremonia apenas había empezado. No estaba listo para hablar con ninguna de las nobles, así que se apartó a un lado vacío de la sala. Kacper se alejó cuando un cortesano lo llamó.

—No vas a creerte lo que acaba de pasar —dijo Żaneta cuando el chico volvió.

—Están preparando la arena para un duelo —dijo Kacper antes de que la noble continuara; había vuelto visiblemente perplejo.

Żaneta hizo un mohín.

—Iba a decírselo yo.

—Perdona —dijo Serefin—. ¿Has dicho que va a celebrarse un duelo?

Kacper asintió.

—El *Rawalyk* ha empezado esta mañana —dijo, categórico.

Asintió con más énfasis.

—¿Es cosa tuya? —le preguntó a Żaneta.

La chica levantó las cejas.

—No te haces idea de cuánto me decepciona no haber tenido nada que ver.

El príncipe se derrumbó en el sillón.

—Un comienzo dramático.

Ostyia se encaramó en el brazo de otra silla cercana y se ganó una mirada envenenada de una carabina de mediana edad. Le guiñó un ojo a la mujer, que la fulminó con la mirada.

—No adivinarás quiénes se van a enfrentar.

—Señálamelas.

Kacper le entregó una copa de vino antes de sentarse a su lado. No deberían tomarse tantas libertades en la presente compañía, pero les daba igual. Su amigo señaló a la hija de Krywicki.

—No. —Ni siquiera tuvo que fingir escandalizarse.

Żaneta soltó una risotada.

—La otra es una rezagada —dijo—. Esa de ahí.

Recordó el nombre de inmediato. Józefina. Se había quitado la máscara y jugueteaba con ella entre los dedos mientras observaba el salón. La agudeza de su mirada le resultó fascinante. Apoyaba la otra mano en el libro de hechizos de su cadera. Desvió la vista justo a tiempo de pillarlo mirándola.

Abrió mucho los ojos, pero no apartó la mirada como habría esperado que hiciera.

Le sonrió y se levantó, ignorando la protesta de Żaneta. Debería observar, no participar, pero ya estaba aburrido y quería descubrir más información del duelo directamente de la fuente.

—*Lady* Zelenska —dijo cuando llegó hasta ella.

Nadya se levantó despacio y él observó con atención sus movimientos. Inclinó la cabeza e hizo una reverencia.

—Alteza.

—¿No deberíais prepararos para el duelo? —preguntó—. *Lady* Krywicka no está por aquí.

Los dedos de Józefina apretaron el libro de hechizos. Era pesado, signo de una maga habilidosa, pero sus nudillos estaban blancos y delataban su tensión.

—Estoy preparada —dijo.

Parecía que intentara convencerse a sí misma más que a él.

—Contadme —dijo—, ¿qué habéis hecho para provocar este alboroto?

Se apoyó en la pared, lo que la obligó a moverse también. Ahora le daba la espalda a la habitación y los ojos que los miraban eran menos evidentes.

—¿Asumís que ha sido culpa mía?

Su tono era demasiado frívolo. No estaba acostumbrada a moverse en la corte. Cada interacción era parte del *Rawalyk* y ella era completamente inexperta.

Serefin sonrió y ella se sorprendió cuando le devolvió la sonrisa. Agitó una mano.

—Dudo que os resulte interesante, alteza. Solo un comentario malicioso que ha ido demasiado lejos.

Serefin se le acercó.

—No sabéis lo malicioso que puedo llegar a ser.

Retrocedió. Sus atenciones le dibujarían una diana en la espalda y lo sabía.

—¿Puedo preguntaros algo? —dijo, y el príncipe levantó una ceja.

—¿Qué queréis saber?

—Sonará ridículo, pero espero que lo entendáis. Mi padre murió en el frente y mi madre está inválida, así que nadie me ha explicado nunca los entresijos de todo esto.

«¿Y es lo bastante valiente para confesar su ignorancia ante el Gran Príncipe?», pensó. No sabría decir si era increíblemente inteligente o terriblemente estúpida. La realidad era que el *Rawalyk* favorecía a las nobles que vivían cerca de Grazyk;

era lógico que quienes provenían de los límites de Tranavia pasaran apuros. Todo el juego se basaba en sutilezas.

Lo que era probable que la chica no comprendiera era que el duelo sería a muerte y que, si sobrevivía, le supondría una ventaja a ojos de su padre, que era lo único que una persona necesitaba para salir elegida.

«¿Será quien consiga el trono cuando se hayan librado de mí?», pensó, distraído.

—Es un juego —dijo—. Y lo que se dice, con quién se habla y cómo se actúa son parte de él.

Nadya palideció.

—Pensadlo de esta manera —dijo. Acarició el borde de la copa de vino con el pulgar y una nota cristalina sonó estruendosa por encima de la silenciosa charla del salón—. Mi esposa... —Hizo una mueca. Se había esforzado mucho para distanciarse de todo aquello—. Deberá ser alguien que demuestre que se mantendrá firme ante todo lo que Tranavia le presente. A veces, será solo un desaire velado en un salón de baile. Con el mundo tal como está, sobre todo tendrá que ser alguien que me ayude a ganar la guerra.

Frunció el ceño y se dio cuenta de que ya no se la veía nerviosa.

—Perdonad mi sinceridad, alteza, pero no parecéis muy interesado.

No entendía cómo lo había notado. Hacía lo posible para esconder las ganas que tenía de irse a dormir hasta que todo terminara. Esbozó una sonrisa de medio lado.

—No me agradan las circunstancias que lo rodean, pero no es culpa de las participantes.

—Aun así, tiene que ser duro no tener elección —dijo Nadya en voz baja. Levantó una mano y luego la bajó—. Es así, ¿verdad? ¿La elección será del rey?

Sería inexperta, pero inteligente. Muy inteligente.

—Estoy acostumbrado.

—Ya —dijo—. Yo también.

Acarició con el pulgar el lomo de su libro de hechizos.

Quería preguntarle a qué se refería. Se sentía fascinado por aquella *slavhka* de tierras lejanas y sus extrañas y dulces palabras, pero una majestuosa chica akolana se acercó y le susurró algo al oído.

Józefina levantó la cabeza y su sonrisa le recordó al filo de un cuchillo.

—Tengo un duelo al que ir.

—Buena suerte —dijo—. Estaré vigilando.

Se marchó y Serefin regresó con sus amigos. Żaneta se enderezó cuando se sentó a su lado.

—¿Y bien?

—Tienes competencia.

Arrugó la nariz.

—¿En serio? Si parece muy... blanda.

—No la menosprecies por ser de Łaszczów —reprendió.

Puso los ojos en blanco.

—En fin, si muere en una hora, dará igual, ¿no crees?

NADEZHDA
LAPTEVA

Malachiasz las encontró en el patio, en el exterior de la arena. Parecía cansado. Se identificaba con el sentimiento.

—Esto no era parte del plan —dijo con sarcasmo.

—Déjame en paz —masculló Nadya. Ya había tenido que soportar a Parijahan. «Pues sí que se me ha dado bien lo de aparentar mediocridad».

Ignoró el ruido de la multitud en la arena mientras se concentraba en el cinturón de su cadera, que sostenía el libro de hechizos. Se le hacía muy raro. Tanto tiempo y energía invertidos en una trivialidad cuando estaban en mitad de una guerra y la gente se moría de hambre. Solo era un juego para ellos.

Volvía a llevar la máscara de cuero blanco y, aunque resultaba asfixiante, el anonimato la consolaba. Solo era un nombre; una noble menor de una ciudad olvidada de Tranavia.

Escuchó a la multitud pronunciar su nombre falso: Józefina Zelenska de Łaszczów, una maga de sangre sin rango militar. Intrascendente. Insignificante a todos los niveles. «Me llamo Nadezhda Lapteva», pensó. «Vengo del monasterio de las montañas de Baikkle. Soy una clériga de los dioses y he venido a matar al rey y ponerle fin a la guerra».

Doblegaría al país.

Rozó con los dedos la navaja cosida en la manga de su camisa. Llevaba unos pantalones negros ajustados, unas botas altas hasta las rodillas y una blusa blanca holgada cuyas mangas se estrechaban en los antebrazos.

Los dioses estaban distantes y tendría la dificultad añadida de verse obligada a fingir que usaba la magia como una maga de sangre. La semilla de miedo que había ignorado hasta ese momento finalmente creció hasta el punto en que amenazaba con derribarla. Apenas sentía a los dioses. ¿Qué se suponía que iba a hacer sin tenerlos a su alcance? ¿Qué era sin ellos? Solo una campesina que se había criado en un monasterio. Una chica que moriría por creerse más de lo que era.

20

NADEZHDA
LAPTEVA

La diosa de la caza, Devonya, es conocida por su benevolencia con los mortales y su interés en sus extrañas costumbres. Le encanta concederles talentos inusuales.

Códice de las Divinidades, 17:24

«Le pasa algo a mi magia». Fue lo primero que pensó cuando la chica al otro lado de la arena se cortó el brazo y su poder atravesó el aire como las flechas de una ballesta. En comparación, el poder de Nadya era débil, como si vadease a través del barro para alcanzar unos hilos lejanos. Sus oraciones eran respondidas solo con magia, sin palabras ni la presencia de los dioses. Solo hechizos puros y un poder frío, nada más. Deslizó el dorso de la mano por la cuchilla de la manga e hizo un gesto de dolor al cortarse, olvidando que no debía reaccionar. Los magos de sangre no reaccionaban.

La chica, Felícija, lanzó una botella de cristal al suelo de la arena y el veneno se esparció formando un arco hacia Nadya.

Le cayó en la ropa y la tela chisporroteó al quemarse. Luchó contra el impulso de barrer las gotas con la mano.

Dejó que se formara hielo en la punta de sus dedos, rozando el poder de Marzenya, porque era el más fácil de moldear para que se pareciera a la magia de sangre. La diosa estaba

distante y su presencia parecía muy lejana. Sus oraciones eran como súplicas al aire vacío.

Pero el poder llegó. Las garras de hielo de sus dedos salieron disparadas de sus manos. No le dio tiempo a ver si habían acertado mientras arrancaba páginas del libro de hechizos y las arrugaba en un puño sangriento.

Tiró las páginas al suelo y dibujó un círculo de fuego en la tierra. Las llamas chispearon bajo sus botas y rodearon a Felícija, que se tambaleó hacia atrás cuando le alcanzaron la falda. Gruñó y arrancó más páginas de su libro de hechizos.

Un rayó de magia sacudió a Nadya y la envió tambaleándose al borde de la arena.

«No funciona». Usar el libro de hechizos y aferrarse a los hilos de poder al mismo tiempo la ralentizaba. Tendría que terminar deprisa o todo se desmoronaría.

Arañó con garras de hielo ensangrentadas una página del libro de hechizos y se dio cuenta unos segundos demasiado tarde de que no estaba en blanco. Entró en pánico.

El flujo de energía que canalizaba cambió y se convirtió en algo oscuro. Ese poder no le correspondía. No le pertenecía. No sabía cómo describirlo, pero estaba mal. Era la única palabra que se le pasaba por la cabeza. «Mal, mal, mal, mal».

Efervescente, negra y poderosa, muy poderosa de una manera diferente a la suya, porque donde su magia daba claridad, esta era pura locura.

También había algo más. Un pinchazo que comprendió que era un hechizo que Felícija intentaba lanzarle, pero resultaba muy débil en comparación y apenas lo notó. La chica volvió a intentarlo una y otra vez, arrancando una página detrás de otra, pero sus hechizos no eran más que destellos, pinceladas de magia que casi no llegaban a rozar el poder que la atravesaba y amenazaba con hacerla pedazos.

Sangraba por la nariz. Tenía que librarse de la magia. La boca le sabía a cobre. Escupió y se llevó una mano al pecho; su ritmo cardiaco era errático.

Exhaló y soltó la magia, que salió disparada de las puntas de sus dedos como rayos. Uno golpeó a Felícija y el estallido del trueno resonó en la arena. La chica cayó.

Durante un tenso segundo, Nadya creyó que la había matado. Al instante. Pero volvió a levantarse con una *szitelka* en la mano y la expresión deformada de rabia. La sangre goteaba de una herida en su costado y le manchaba la cara.

«Dioses, por favor, que no se levante». Hizo una mueca. Ecos de la oscuridad retumbaban en su cabeza. Desenvainó las espadas.

Bloqueó el primer golpe. Enganchó con la hoja la empuñadura de la *szitelka* de la otra chica y la usó de palanca para acercarla. Atacó con la segunda hoja, pero Felícija la esquivó.

Tras recuperarse, Nadya retorció la empuñadura de la espada y tiró hacia abajo. La chica perdió la *szitelka* y se tambaleó hacia delante. Le levantó la barbilla con el pie para que alzara la cabeza y la derribó.

Cuando trató de levantarse, le clavó la *szitelka* en la mano, dejándola clavada al suelo.

Había demasiado silencio. Consciente de la audiencia, Nadya dudó con la otra arma en la mano.

«No quiero matarla».

La única razón por la que el resultado de la pelea le había sido favorable había sido usar una magia que no le pertenecía. Podría haber sido ella la que hubiera terminado en el suelo y Felícija la que contemplase asestar el golpe mortal.

Se incorporó para mirarla. No merecía morir allí, con público, como un animal. No quería ser ella la responsable de su muerte. No quería perpetuar la sed de sangre tranaviana.

Sin embargo, sería fácil y ayudaría a su misión. Solo necesitaba atravesar con otra garra helada el corazón de la chica, o un rayo más potente. Pero la oscuridad no la abandonaba y temía lo que pasaría si se aferraba a ella.

—No voy a matarte —dijo.

Esperaba alivio, pero lo que recibió fue un escupitajo en la máscara.

—Patético —espetó, arrastrando las palabras por el dolor.

Nadya se enderezó. Un guardia de Felícija y una figura con una máscara escalofriante que solo podía ser un Buitre se acercaban. Debieron de darse cuenta de que retrocedía.

Una mano le rozó el brazo. El eco de la oscuridad reaccionó al tacto de Malachiasz y se le hundieron las rodillas. Cayó hacia delante y se arrodilló ante la chica.

La sangre goteaba de su boca y la miraba con unos ojos que ya empezaban a apagarse. Una punta de hierro se clavó en su pecho. Al mirarla, la espiga se transformó en una *szitelka* y la chica se derrumbó hacia adelante, muerta.

A Nadya se le revolvió el estómago y se le nubló la vista. No. Quería haberle ofrecido misericordia.

Le costó un gran esfuerzo no mirar a Malachiasz. El guardia de la chica llegó a su lado junto con el Buitre. Ninguno dijo nada. El torbellino de actividad habría enmascarado lo que había sucedido. Lo que el chico había hecho en su lugar.

Por fin, lo miró con desprecio y él levantó una ceja. Tenía sangre en la punta de los dedos. A Nadya le sangraba la nariz. Solo llevaba un día en aquella ciudad maldita y ya estaba harta de ver sangre.

Le ardían las venas. ¿Qué sentido había tenido matarla? Bajó la mirada antes de que alguien se diera cuenta, pero primero negó con la cabeza.

«Idiota».

—*¿Esperabas más de una abominación tranaviana?* —La voz de Marzenya era débil, como si le llegase a través de la niebla. Habló con cierta socarronería, pero también había algo en su voz que nunca había oído antes: rabia—. *Deberías haberla matado tú misma.*

Era una advertencia. El intento de perdonar otra vida tranaviana y el uso del poder oscuro, aunque no fuera intencionado, había despertado la ira de la diosa. Antes de que los sirvientes vinieran a recoger el cuerpo, salió de la arena.

SEREFIN
MELESKI

—¿Qué acaba de pasar? —preguntó Ostyia con el ojo muy abierto.

Serefin negó con la cabeza. Había sido despiadado, justo lo que esperaba la corte tranaviana. Pero también interesante. La elegancia de sus movimientos, la innovación de su magia.

La chica estaba encaramada al brazo de su asiento.

—Nadie usa la magia elemental así.

¿Cómo es que no la habían reclutado en el ejército? ¿Por qué no se había alistado por voluntad propia?

Era rápida e implacable, tenía talento y un arsenal de hechizos que jamás había visto. Los hechizos elementales eran posibles con la magia de sangre, pero nadie los usaba porque eran demasiado difíciles. Había que manipular la magia cambiando el elemento básico de su poder. La magia de sangre se extraía de la habilidad innata de una persona y se manifestaba de la forma que fuera necesaria, pero modificarla para usar los elementos, una base de creación diferente, era extremadamente difícil.

¿Dónde se había escondido esa chica?

—A Żaneta no le hará gracia —comentó Ostyia.

—Le encantará tener competencia de verdad.

Había mucha actividad en la arena y se inclinó sobre la barandilla. Dos Buitres enmascarados sacaban el cuerpo de Felícija.

Se sintió horrorizado e intercambió una mirada con su amiga. ¿Qué estaban haciendo?

Sintió vagamente que le tocaba el brazo. No debería quedarse mirando; no debería resultarle una visión incómoda. Pero era otra pieza del rompecabezas, otro paso adelante. Esperaba que no fuera demasiado tarde.

21

NADEZHDA
LAPTEVA

Silencio y miedo; los que adoran al dios Zlatek los conocen bien,
son dos elementos primordiales.

Códice de las Divinidades, 55:19

Una sanadora corrió hacia Nadya, preocupada por sus heridas. Sentía todo el cuerpo en llamas y la nariz no dejaba de sangrarle, pero la rechazó. Ya se ocuparía ella de curarse y quería salir de la arena.

No soportaría el hedor de la muerte ni un segundo más.

Malachiasz la siguió en silencio. Si abría la boca, lo mataría, y parecía ser consciente de ello.

Llegaron al pasillo que conducía a sus aposentos. Estaba desierto, sin sirvientes ni otras participantes que se alojaran en esa ala del palacio. No pensaba esperar más.

Se movió sin previo aviso y lo estampó contra la pared. Le clavó el antebrazo en la garganta y acercó la *szitelka* a su costado.

Él levantó ambas manos en señal de rendición y se acercó una a la cara para quitarse la máscara. Estaba hecha de hierro, le cubría la boca y terminaba justo donde comenzaban sus tatuajes, en el puente de la nariz.

—No tenías por qué intervenir —gruñó.

Él tragó y la miró con frialdad.

—¿Ibas a matarla?

Le presionó la tráquea.

—Me las arreglo sola —respondió con los dientes apretados—. ¿Entendido?

—Perfectamente —resopló.

Liberó la presión en su garganta, pero no se apartó ni envainó la *szitelka*.

—Si alguien te hubiera visto...

La interrumpió en voz baja.

—Vayamos a un lugar un poco más privado para hablar, ¿de acuerdo?

Procuraba mantenerse inexpresivo. ¿Se había enfadado por su arrebato? Bien. Se lo merecía. No podía depositar todo el peso del plan en ella y después no confiar en que haría lo necesario.

Cerró la puerta de su habitación de una patada cuando entraron. A regañadientes, envainó la *szitelka*.

—La has asesinado.

Era desesperante lo tranquilo que estaba.

—Dudaste. Era un duelo a muerte, no había más opciones.

—Es verdad, qué tonta soy, olvidaba que los tranavianos sois unos sanguinarios que no comprenden el concepto de la misericordia, gracias por recordármelo.

Malachiasz parpadeó. Por un segundo, el dolor se reflejó en su expresión y se dio la vuelta. Creyó que se sentiría mejor porque una de sus pullas lo afectara, pero solo se frustró más. ¿Cómo se atrevía a hacerse la víctima?

Lo agarró por el brazo y lo obligó a mirarla.

—No tendrías que haber intervenido. Si alguien te hubiera visto…

228

—Pero nadie me vio. Aquí estamos, y esta noche cenarás junto al Gran Príncipe.

—No te vas a librar con palabrería. Su sangre mancha tus manos, no las mías. —Se le acercó más.

—Viviré con ello. Intentas convertirlo en algo que no es.

—Fue un asesinato.

—Era una *slavhka*, criada desde la cuna para masacrar kalyazíes y, de ser necesario, a otros tranavianos.

—¡Eso no la convierte en un monstruo!

—Todos somos monstruos, Nadya —dijo, y en su voz se enredaron algunos acordes de caos—. Pero algunos lo escondemos mejor.

Fue consciente de pronto de lo cerca que estaban y de que su mano seguía en su brazo. Malachiasz le miró los labios. Se las arregló para no sonrojarse, lo soltó y se apartó. No quería darle la satisfacción de saber que la ponía nerviosa incluso cuando estaba enfadada.

Cerró los ojos y lo oyó alejarse. Cuando los abrió, estaba en el sillón, con el codo apoyado en el reposabrazos y la barbilla en la mano.

—El rey estará en la cena, a dos asientos de distancia —dijo.

Respiró hondo para aplastar el miedo repentino y paralizante que la asaltó.

—¿Dices que será mi oportunidad?

Negó con la cabeza, despacio.

—No, pero ya estás cerca. El momento llegará antes de lo esperado. Tienes que estar lista.

Rechinó los dientes. La puerta se abrió y se dio la vuelta en tensión, pero se relajó al ver a Rashid, que le sonrió.

—Ha sido divertido. —Cambió la cara tras captar el ambiente de la habitación—. ¿O no?

Suspiró y se derrumbó en una silla. Malachiasz la miraba con cautela, como a un perro que acabara de morderlo. ¿Había asumido que era inofensiva? ¿Que aceptaría sin más cualquier decisión que él tomara? En el fondo, todavía eran enemigos en esta guerra. No lo había olvidado, ni siquiera cuando se preocupaba por su seguridad y lo quería a su lado.

Le pasó un pañuelo sin decir nada. Todavía tenía sangre en la cara y se sentía débil. La desesperaba y la reminiscencia que todavía sentía de su poder le preocupaba, pero era amable. Ansioso y extraño, era un chico atrapado en un mundo que lo había roto y que intentaba hacer algo bueno por una vez. Se preguntó si había desatado su ira tan rápido para resistirse a la atracción que sentía. ¿Su fascinación se debía a que había vivido aislada toda la vida y nunca había conocido a alguien tan drásticamente diferente a ella? ¿O había algo más? ¿Se debía a que era peligroso y excitante, a la vez que exasperante y reflexivo?

Se limpió la sangre con diligencia y, vacilante, trató de acercarse a los dioses. Sospechaba que se había metido en un buen lío, pero solo encontró la extraña niebla. Se sentiría más preocupada si Marzenya no le hubiera hablado en la arena. Estaban allí y la observaban, pero desde la distancia.

—¿Ahora qué? —preguntó.

—La cena —dijo Rashid. Llevaba un atuendo humilde de sirviente que no le pegaba nada. Echaba de menos las extravagantes cadenas de oro que solían enhebrar sus rizos negros.

—Ya he fallado en la primera prueba de etiqueta —dijo Nadya—. Un buen augurio para la siguiente.

Malachiasz estiró la mano hacia ella, pero se lo pensó mejor y la dejó en el reposabrazos. Se sintió atraída por los tatuajes de sus dedos largos y elegantes. Eran simples, dos líneas rectas a cada lado de cada dedo y una en el dorso que comenzaba en los lechos de las uñas y terminaba en la muñeca en una única raya negra.

—Todo es un juego —dijo—. Una competición por el poder. No es lo que queríamos, pero has atraído la atención de la élite, así que ahora es mejor que la conserves.

Tragó saliva.

—Me las arreglaré.

—Lo sé.

Siguió frotándose la cara con violencia mientras el chico le preguntaba a Rashid si había descubierto algo importante.

—Un palacio no sería nada sin los cotilleos de los sirvientes —dijo—. Apenas se ha visto al rey en meses y la reina está en Grazyk, lo cual no pasa a menudo debido a su salud. La tensión entre el rey y el príncipe ha alcanzado niveles astronómicos, pero nadie del servicio parece saber por qué. Era evidente que el príncipe no quería que se celebrara el *Rawalyk*. Además, lo vieron en la torre de la bruja.

Malachiasz levantó la cabeza.

—¿Pelageya?

Nadya se quedó de piedra. «¿Una bruja en Tranavia?».

—¿Qué? —preguntó al mismo tiempo.

—No —dijo el akolano—. Calmaos los dos, que no se os ocurra ninguna tontería. Así solo conseguiremos que nos maten.

Los otros dos se miraron, olvidando la pelea por un momento.

—Magos —protestó con disgusto—. Parj y yo deberíamos haber venido sin vosotros.

Malachiasz esbozó la media sonrisa salvaje que conocía desde el primer día en que se vieron.

—Sea como sea —continuó Rashid—, se sabe que la bruja es la consejera personal de la reina.

—Pero ¿es kalyazí? —preguntó Nadya.

—La mayoría lo considera un claro insulto al rey y al país —dijo el mago—. La familia real no se lleva bien.

—Ya se ve.

—El príncipe también se reunió con la Buitre Carmesí —explicó Rashid—. El rey ha visitado las Minas de sal y Serefin también ha mandado a alguien allí que ha regresado hace poco.

Malachiasz se tensó. De pronto, se cerró en banda y se frotó distraído las cicatrices del brazo.

—No pinta bien —murmuró.

—¿Cuál es el carmesí? —preguntó Nadya. No entendía la jerarquía de la orden.

—Żywia es la segunda al mando —dijo Rashid.

A Malachiasz no le gustaba que supiera y usara sus nombres cuando nadie más lo hacía. No quería que le recordara constantemente lo que era.

—¿Por qué el príncipe no se reuniría con su rey? —preguntó.

—¿Es posible que las visitas del rey a las Minas de sal signifiquen que está trabajando con el Buitre Negro y el príncipe intenta impedirlo? —aventuró Rashid.

—Siempre había creído que una escisión entre los Buitres era imposible —dijo Malachiasz—. Pero me parece que nos hemos metido en algo mucho más gordo que una competición absurda para elegir a una reina. Si las Minas de sal están involucradas, sin duda así será.

—Si conseguimos nuestro objetivo, ¿qué pasará con los Buitres?

—En teoría, nada. Retrocederían mientras Tranavia se hunde en el caos. Sin embargo...

—Sin embargo —continúa Rashid—, el rey ha cambiado su guardia habitual por Buitres.

—No son guardias.

—¿Qué son, entonces? —preguntó Nadya. Malachiasz se estaba alterando cada vez más, pero Nadya no iba a ignorar las dudas que la asaltaban.

A Malachiasz le temblaba la mano.

—Imagina que el *tzar* de Kalyazin tuviera clérigos como guardias. No es su propósito y se supone que no deberían tener una posición tan cercana a un trono supuestamente laico.

Suspiró.

—Excepto que la religión es una parte intrínseca de nuestro gobierno. No se la puede apartar. —No le gustaba comparar a los monstruos con su religión, pero era un ejemplo bastante adecuado—. Volviendo al tema, ¿tendremos que eludir a los Buitres para llegar al rey?

Rashid miró a Malachiasz de reojo, pero asintió. El tranaviano se recostó en la silla y se mordió el labio inferior.

—Eso complica las cosas —dijo la clériga—. No bastará con esperar al momento oportuno. Tengo que saber lo que pasa si queremos que salga bien.

Malachiasz asintió.

—Irás a la cena y vigilarás al rey. Encandila al príncipe. Será la mejor manera de llegar al monarca. Luego, cuéntame exactamente cómo son las máscaras de los Buitres que estén a su lado.

Él se encargaría de los Buitres. Bien, porque Nadya no sabía cómo actuar cuando estaban involucrados. Eran una variable que temía y no comprendía.

Rashid se levantó.

—Voy a buscar a Parijahan. No te queda mucho tiempo antes de la cena.

Se marchó y los dejó solos.

—También deberías irte —dijo.

Sentía cómo su mirada le quemaba la piel de la cara, pero se negó a mirarlo. Él se levantó y caminó hasta la puerta, pero cambió de opinión. Volvió, se arrodilló frente a la silla de Nadya, y la miró.

—Actué sin confiar en tu juicio, y lo siento —dijo.

«No es una disculpa por haber matado a la chica», pensó, pero era un comienzo. Era mejor que nada, viniendo de alguien que carecía de moral y consideración por nada que no sirviera a sus propios intereses. Le encantaría entender cuáles eran esos intereses.

—Nadya —dijo, pero no continuó y suspiró, frustrado.

Inexplicablemente, se ablandó. Extendió las manos y enhebró los dedos en su pelo negro mientras apoyaba las palmas a los lados de su cabeza.

¿Por qué se sentía desesperada por besarlo cuando hacía un segundo estaba furiosa con él? Todavía sentía el calor de la rabia en las venas y, sin embargo, fue incapaz de contenerse y no mirar el arco de sus labios.

Sentía demasiadas cosas a la vez. Quería que todo se detuviera. Quería que lo que fuera que sentía por él desapareciera.

Si Malachiasz se sorprendió por sus acciones, no lo demostró. Dejó que el tiempo pasara, acompañado de una tensión todavía muy reciente para ella, antes de hablar.

—Tienes que confiar en mí —susurró—. Sé que te han enseñado a odiar todo lo que soy y que he hecho cosas terribles. Si te doy asco, lo entiendo, pero...

—Tenemos que trabajar juntos —murmuró ella—. Los cuatro, o nuestra locura de plan nos explotará en la cara y nos colgarán a todos.

Inclinó la cabeza hacia su mano y Nadya sintió calor. Que otra persona reaccionase porque la tocara era una sensación peculiar, una conexión que nunca había tenido con nadie. El monasterio no fomentaba las relaciones; la devoción a los dioses era más importante.

Era un desastre. Cualquiera menos él. Cualquiera menos el chico que era su enemigo, el monstruo que había atormentado a su gente y carecía de fe y de dioses. Si se arrancaba el corazón, ¿lo detendría? Si era lo que la traicionaba, se desharía de él. Lo que fuera para impedir sentirse atraída por un monstruo.

—Podría ser peor que la horca —reflexionó él.

Se le escapó una risa tirante.

—Lo sabes bien.

—Tenemos que llegar a un acuerdo —dijo—. Podríamos ser enemigos cuando todo termine.

Estaba bastante claro que hasta ahora no lo habían sido, y ese acuerdo no era lo que ninguno de los dos quería.

A lo mejor se había golpeado la cabeza durante el duelo, pero deslizó la otra mano por su cuello para rozarle la mejilla. Se quedó muy quieto, como si creyera de verdad que era un pajarillo y que los movimientos repentinos la asustarían.

—¿Y si no quiero ser tu enemiga cuando todo termine? —preguntó despacio, y le tembló la voz. El corazón le latía con fuerza en la garganta.

Su expresión no vaciló.

—Entonces pensaremos en un acuerdo diferente.

—Será lo mejor.

Para igualar la situación, puso las manos a sus costados y una le rozó el muslo. Se tensó, así que Malachiasz empezó a retroceder, pero antes de que el momento se esfumase, lo acercó y lo besó.

Algo se liberó en su pecho, algo que siempre había guardado. La presión de sus labios contra los de ella y el calor que inundó sus venas eran una herejía.

Y quería más. Lo agarró del pelo con la mano y él la agarró por la cintura. Tenía los labios suaves y le devolvió el beso con indecisión.

Suspiró y se apartó. Un mínimo rubor le teñía la pálida piel y la mano de su cintura se tensó una milésima de segundo. Apoyó la frente en la de ella.

—El acuerdo en el que había pensado era uno que te mantuviera a salvo, *towy dźimyka* —dijo con voz triste.

—Qué aburrido. Me crie en un monasterio, he estado a salvo toda la vida —respondió.

Una media sonrisa lúgubre asomó a sus labios y tuvo que resistirse para no volver a besarlo, mientras él se contenía con el mismo esfuerzo. Levantó una mano y le colocó un mechón de pelo detrás de la oreja; el contacto le quemó la mejilla. La miró a la cara, buscando algo, pero no estaba segura de qué.

«Cualquiera menos él», pensó de nuevo, desesperada, aunque seguía acalorada por el encuentro de sus labios.

Pensó en los ecos del poder que había recibido durante el duelo. La expresión le cambió y Malachiasz entrecerró los ojos.

—¿Qué pasa?

Todavía llevaba el libro de hechizos en la cintura y levantó la mano para ponérselo en el regazo. Acarició la cubierta con los dedos. ¿Cómo explicarle que había experimentado la oscuridad que él controlaba y que la aterraba? ¿Cuál era la mejor manera de hacerle entender que todavía había una parte de él que le resultaba terriblemente perturbadora? Abrió el libro de golpe y aterrizó en una página garabateada con un hechizo.

—¿Lo sentiste? —preguntó.

Malachiasz palideció y retrocedió sobre los talones. Tragó saliva y asintió.

—Sabías que podía pasar.

—No. Pensé que sería imposible que pasara si no había…

—Sangre —terminó él—. Solo que todo esto es una gran actuación. Así que, por supuesto que la hubo.

La miró preocupado durante exactamente siete segundos antes de que el brillo salvaje volviera a sus ojos.

—¿Cómo fue?

—Horrible.

Dudó, luego levantó la mano y apoyó los dedos en los de ella. Nadya quería apartarse y acercarlo a la vez.

Se miraron y él sonrió.

—Funcionó, ¿verdad? No habrías sobrevivido al duelo si no hubiera sido por mi magia.

La tensión se rompió y lo golpeó en el hombro. Se rio.

—Tengo que irme —dijo, y se levantó. Era muy alto—. ¿Lo hablamos más tarde? La verdad, no tengo ni idea de lo que significa.

—Si es que seguimos aquí más tarde —murmuró.

Le acarició el pelo.

—Como sea. Deslumbra a los monstruos, Nadya. Ya has conquistado al peor de todos; el resto será fácil.

Lo miró, sorprendida, y le guiñó un ojo.

—Sigo enfadada contigo —dijo, pero las palabras las sintió vacías.

—Lo sé.

Sonrió mientras se ponía la máscara y se marchó antes darle tiempo a decir nada más.

Se llevó la mano a los labios y cerró los ojos. Tendría que pagar por aquello.

22

SEREFIN
MELESKI

Svoyatovi Leonid Barentsev: un clérigo de Horz que vivió en Komyazalov como un académico que enseñaba el Códice de las Divinidades. Se cree que los asesinos tranavianos lo envenenaron, pero su cuerpo nunca se encontró.

Libro de los Santos de Vasiliev

El estómago le dio un vuelco cuando abrió la puerta y Kacper entró tambaleándose. Estaba demacrado, como si no hubiera dormido en días. Serefin lo ayudó a estabilizarse, lo acompañó al interior de sus aposentos y cerró la puerta.

No era seguro hablar allí y tenía que presentarse en la cena en una hora.

—¿Estás bien? —preguntó.

El chico se recostó en la puerta y se deslizó lentamente hasta el suelo.

—Me ha interceptado en el pasillo uno de los Buitres que vigilan a tu padre.

Se mareó de repente, aunque no había bebido desde hacía horas. Miró con cautela al punto donde la pared y el techo se encontraban.

—¿Y?

Su amigo negó con la cabeza.

—Nada. ¿Una advertencia? No lo sé. —Suspiró—. Tengo que atenderte esta noche —dijo con los ojos cerrados.

—Ostyia se las arreglará.

Kacper levantó una ceja y abrió los ojos.

—De acuerdo con la profecía, varias personas morirán esta noche.

—De acuerdo con la profecía, es probable que yo no sea una de ellas. Además, estás horrible.

Se puso el abrigo, negro con las charreteras rojas y unos botones dorados por delante. Se aseguró de que las cuchillas siguieran cosidas en las mangas.

—De acuerdo, cuéntame qué has encontrado.

—¿Recuerdas que te dije que quería echar un vistazo a la lista de participantes?

Serefin asintió.

—Algunas no se han echado atrás por los nervios, sino que han desaparecido por completo. —Se metió la mano en el bolsillo y le entregó un montón de papeles arrugados—. También ha vuelto el informante que envié a las Minas de sal. No pinta bien.

—¿Alguna vez lo hace? —preguntó mientras desplegaba los papeles.

Se dio cuenta de que las manos le temblaban. Leyó el informe y se le paró el corazón.

—¿Es real? —preguntó con un hilo de voz.

Kacper asintió.

Los Buitres y el rey estaban trabajando juntos, aunque eso no era del todo cierto. Alguien movía los hilos. Según los papeles, casi habían logrado su objetivo con un nuevo experimento. Sin embargo, el último sujeto era demasiado fuerte y difícil de controlar. Habían dado un nuevo paso en el espantoso proceso y colocado a su padre en el centro del mismo.

Parecía una broma de mal gusto. Lo había tenido delante de las narices todo el tiempo, pero se había centrado demasiado en otras cosas para verlo. Los tranavianos habían repudiado a los dioses, pero hacer algo así no era algo tan sencillo como abrazar el ateísmo sin más y cultivar una magia distinta.

—Mi padre es un mago débil —dijo con la voz estrangulada.

Kacper asintió.

Si lo había entendido bien, de lo cual no estaba seguro, los Buitres habían descubierto una forma de conseguir más poder del que cualquier mortal debería poseer y se lo iban a entregar a Izak Meleski. Por un precio. Un sacrificio. La anécdota de Pelageya sobre un mortal que se convierte en un dios ahora le resultaba asquerosamente irónica. Al rey solo le costaría su hijo, un coste insignificante en perspectiva. ¿Qué valía la vida de Serefin en comparación con un poder ilimitado?

Era la oportunidad de su padre de demostrarle por fin al reino y al pueblo que no era solo un rey débil y un mago de sangre mediocre. Sería más, mucho más grande. Se convertiría en un dios.

—Se ha vuelto loco —dijo.

Era la única explicación. Los Buitres, la actitud de su madre, las advertencias de Pelageya. Su padre había perdido la cabeza. Y él pagaría el precio.

Kacper miró al techo. Serefin gruñó, desenvainó su daga y se cortó la mano. La estampó en la mesa cercana y el olor a humo llenó la habitación mientras rompía todos los hechizos de su padre. A la mierda las consecuencias.

—¿Sabes quién es el «sujeto anterior»? —Señaló una línea del informe.

—Es probable que el Buitre Negro, pero no tengo ni idea.

Se frotó la frente. El Buitre Negro no le importaba en ese momento.

¿Cuándo había perdido la cordura su padre? Trató de pensar en el pasado, pero había estado muy desconectado de lo que ocurría en Tranavia mientras estaba en el frente; ¿había habido señales? Pensó en las aldeas por las que habían pasado, desamparadas y a punto de desaparecer por completo. Su padre se había mostrado indiferente ante la situación del país, empeorada por la guerra. No siempre había sido así. Recordaba cuando se preocupaba, aunque hubiera sido hacía años.

Tal vez nunca supiera cuándo había empezado a cambiar.

Se recostó en la mesa, repentinamente cansado.

—¿Cuánta sangre se necesitaría para ponerlo en marcha?

Kacper no respondió.

Las piezas comenzaban a encajar y la imagen que formaban era demasiado espantosa para procesarla.

—Tal vez la sangre de las mejores magas de Tranavia, atraídas con la mentira de un *Rawalyk* —dijo—. La sangre común no serviría, tiene que ser sangre poderosa. Las chicas que desaparecen, ¿alguna pertenecía a familias que no usan magia?

Su amigo negó con la cabeza.

—Todas eran magas de sangre. ¿Y si...? —Hizo una pausa, sin estar seguro de lo que decía—. Si nunca se ha hecho antes, no sabemos lo que realmente le pasará a tu padre.

—Estaré muerto, así que no me importa mucho lo que le suceda —respondió. Pero ¿qué pasa si ya se ha hecho antes? —murmuró, pensando deprisa—. La respuesta está ahí.

Kacper levantó la cabeza.

—¿Qué?

—La bruja. Las palabras de la bruja: sangre y hueso. «Destripar las iglesias de Kalyazin, fundir su oro, moler sus huesos». ¿Qué más dijo?

—¿Y si los dioses que adoran en Kalyazin no fueran tales? —preguntó Kacper, horrorizado.

Asintió, despacio. Le daban igual los dioses kalyazíes, pero, si fueran otra cosa, ¿qué implicaría para Tranavia?

—¿Qué hacemos?

Trató de pensar, pero se quedó en blanco. ¿Qué iban a hacer? ¿Qué harían mientras el loco de su padre avanzaba hacia unos poderes divinos? ¿Qué opciones tenía cuando la única chica que se comunicaba con esas criaturas se les había escapado de las manos y era libre para causar estragos?

—¿No hay forma de encontrar a la clériga?

Los ojos oscuros de Kacper se enfrentaron a los pálidos iris de Serefin.

—¿Es prudente volver a hablar con la bruja? Tu padre sospechará que tramas algo.

Señaló a la sangre esparcida por la mesa. Su padre ya sospechaba.

—Estoy tramando algo.

Llamaron a la puerta y se sobresaltaron. Se envolvió la mano que todavía sangraba con un paño mientras el otro chico abría. Ostyia parpadeó al verlos a ambos.

—¿Estáis bien?

—No, para nada, pero ahora da igual —respondió Serefin mientras Kacper se sentaba.

Extendió una mano y le dio el informe. La chica leyó con el ceño fruncido.

—Ya veo —fue lo único que dijo—. Queda poco para la cena.

El príncipe asintió.

—Voy a quemarlo —dijo Ostyia con el informe en la mano—. Pinta mal, Serefin.

—Soy consciente.

—No solo tú estás en peligro, sino todos los magos de sangre que hay en palacio. Todos los nobles, toda la clase alta de Tranavia.

—Solo soy el que peor lo tiene —dijo con una amago de sonrisa.

La chica se cortó un dedo con la cuchilla de la manga y el informe ardió. Frunció más el ceño por el esfuerzo de lanzar un hechizo elemental, pero se relajó cuando se sacudió la ceniza de las manos.

—Ahora tienes que ir a cenar. Más tarde pensaremos qué hacer —dijo.

Kacper se levantó. Serefin quería decirle que se quedara, pero sabía que Ostyia, como *slavhka*, tendría que asistir al banquete como miembro de la nobleza y no como su guardaespaldas.

—Tienes una pinta horrible —dijo. Se acercó e intentó cepillarle el pelo con la mano para que pareciera un poco más limpio. Le estiró la chaqueta arrugada, pero no consiguió alisar ni una sola arruga.

Su amigo esbozó una sonrisa torcida.

—No todos los días tengo la oportunidad de contar que el rey pretende convertirse en un dios.

Serefin hizo una mueca. Un dios. Escucharlo en voz alta lo convirtió en realidad y lo volvió más aterrador. Tranavia se había alejado del control de los dioses por una razón. Tenían motivos para haber rechazado las reglas y las costumbres, la constante opresión de que un ser superior te gobernase según su propia idea de moralidad. Lo que su padre quería hacer no cambiaría nada; iría en contra de la esencia de la misma Tranavia.

Si tenía que acabar con él para restaurar el trono, así sería. Su padre había perdido su derecho a reinar al tratar de alcanzar un poder así. Buscar más poder era admirable, pero aquello suponía ir demasiado lejos. Haría saltar por los aires el ya delicado gobierno de Tranavia.

Sin embargo, no tenía tiempo para dejarse llevar por el pánico. Tenía que fingir que era un príncipe petulante que había vuelto de la guerra, y nada más que eso. Solía dársele bien fingir.

* * *

El salón del banquete estaba iluminado con candelabros de cristal que parpadeaban con una luz dorada encima de la larga mesa. Su asiento se encontraba al lado de Józefina y frente a Żaneta. Era inusual; estaba acostumbrado a sentarse en la parte alta de la mesa, pero al parecer el protocolo había cambiado.

Żaneta le sonrió con afecto cuando se sentó y Ostyia se acomodó a su lado.

—¿No deberían anunciar tu llegada? —preguntó la primera.

Miró hacia el asiento vacío de su padre en el otro extremo de la mesa. No, solo se anunciaría la llegada del rey.

—Lo dudo —dijo, animado, y llamó a un sirviente—. Pero lo prefiero así.

Sonrió a Józefina mientras le hacía un gesto al sirviente para que llenara el vaso que tenía delante.

—¿Qué es? —preguntó—. Por favor, dime que me ayudará a soportar esta noche.

—*Krój*, alteza —respondió el sirviente.

La hidromiel serviría, esperaba.

—Perdonad, seguro que la compañía presente será lo suficientemente encantadora.

Żaneta puso los ojos en blanco con cariño. Józefina parecía insegura, pero sonrió.

Iba a costarle mucho fingir así toda la noche. Intercambió una mirada con Ostyia y la chica comenzó a coquetear con Żaneta, dejando que él se concentrase en Józefina.

La chica se desenganchó la máscara de cuero blanco y el alivio de su cara fue innegable cuando por fin se la quitó.

—¿La máscara no os agrada? —preguntó.

244

—No estoy acostumbrada a llevarla —admitió—. Son mucho más incómodas de lo que esperaba.

Sin la máscara, pudo contemplar sus suaves rasgos. Tenía algunas pecas en la piel y los ojos brillantes y oscuros.

—Podríais optar por no llevarla, pero las otras chicas...

—Las otras chicas te devorarían viva —intervino Żaneta, distraída un segundo de la conversación con Ostyia. Sonrió—. El duelo fue excelente. Aunque, la próxima vez, te recomiendo que levantes una barrera nada más comenzar el combate para que no te pille desprevenida un hechizo que afecta a la sangre.

Józefina se quedó desconcertada por una fracción de segundo, pero la expresión desapareció tan rápido que Serefin se preguntó si se la había imaginado. ¿No había percibido el hechizo de Felícija? Era improbable.

—Ni siquiera se me ocurrió.

—En la tensión del momento, es normal —dijo Żaneta mientras partía un panecillo con los dedos—. Muchos magos usan hechizos internos porque son una forma rápida y sucia de eliminar a un oponente.

—Se escribieron para la tortura —musitó el príncipe.

—Tan encantador como siempre —dijo ella.

Las puertas del fondo del salón se abrieron y el silencio lo cubrió todo como una manta asfixiante. Serefin sintió frío. Todo lo que Kacper y él habían descubierto le golpeó cuando su padre entró en la habitación. Sus miradas se cruzaron. Los ojos del rey destellaron de rabia y lo invadió el miedo.

«Lo sabe. Lo sabe. Lo sabe». Un Buitre lo seguía de cerca. No reconoció la máscara. Habían llegado demasiado tarde. Habían perdido el control demasiado rápido, aunque, en realidad, nunca lo habían tenido, y ahora su padre sabía que Serefin sospechaba y que no sería complaciente.

Iba a morir.

Apartó la mirada y se fijó en que Józefina apretaba los puños en el regazo hasta que los nudillos se le pusieron blancos como el hueso. Miraba al rey con un odio evidente.

Se dio cuenta de que la miraba y se sonrojó. Agachó la cabeza y murmuró una disculpa.

Entrecerró los ojos. No tenía que disculparse. ¿Por qué una chica de una ciudad fronteriza de Tranavia miraba así al rey? A lo mejor no importaba.

O a lo mejor acababa de encontrar una aliada.

23

NADEZHDA
LAPTEVA

Svoyatovi Yakov Luzhkov: el fundador del monasterio de Selor-
tevnsky en Ghelovkhin, un lugar donde los clérigos entrenaban
en secreto para luchar en la guerra santa. Cuando el monasterio
fue destruido en 1520, Yakov ardió con él.

Libro de los Santos de Vasiliev

El Gran Príncipe de Tranavia era un muchacho encantador al que le gustaba reírse de sí mismo... y quejarse. Para su asombro, Nadya se rio más de una vez por sus bromas y le respondió con amabilidad a lo largo de la noche. Żaneta era igual de cautivadora y tenía un ingenio mordaz y una inteligencia aguda que no había esperado de una de las magas de sangre más impresionantes de la corte.

«Es una pesadilla», pensó mientras removía con la cuchara un tazón de *borscht*. Sonaba música suave de fondo, fresca y ligera, y el ambiente de la sala ya no le resultaba tan opresivo como cuando entró el rey.

—*Una pesadilla en la que has entrado por tu propio pie.* —Casi se le cae la cuchara cuando la voz de Marzenya resonó en su cabeza.

«Ahora no», rogó. No sería capaz de seguir con la farsa mientras una diosa la fustigaba por sus actos. «Amonéstame todo lo que quieras después, pero aquí no».

—*Sigues un camino peligroso, niña.*

Un camino peligroso que no dejaba de empeorar. Marzenya exigía devoción absoluta. Jamás se le ocurrió que le supondría un problema. Sin embargo, tras solo unos pocos días en Tranavia, se encontraba hasta arriba de conflictos internos.

Hubo cierta agitación en la cabecera de la mesa donde se sentaba el rey. Una copa de cristal salió volando, se estrelló contra la pared y se rompió en miles de pedazos brillantes; el vino salpicó la piedra como la sangre. Nadya no consiguió discernir las palabras en tranaviano que el monarca le gritó al sirviente que huía de la sala.

Sintió un escalofrío en los huesos cuando uno de los Buitres salió tras el sirviente.

Serefin enrojeció y apartó la mirada.

—Va a peor —le murmuró Ostyia al oído.

El príncipe tragó y asintió. Fue a coger su copa, pero la encontró vacía y agitó una mano en el aire, alterado. Después de un incómodo silencio, sonrió de oreja a oreja, sin rastro de la tensión anterior.

Nadya observó al rey, pero no encontró ninguna razón evidente para que hubiera lanzado la copa.

—¿Józefina?

Se sobresaltó.

—Disculpad, alteza, estaba distraída.

El príncipe se le acercó.

—Por favor, llámame Serefin, estoy harto de formalidades.

Levantó una ceja. Todo era un juego.

—Claro.

—Cámbiate conmigo —le dijo la chica de un solo ojo al príncipe.

—No puedes ligar con todas las chicas del palacio, Ostyia —espetó.

—Puedo y lo haré —respondió con solemnidad.

Puso los ojos en blanco, lazó otra mirada ansiosa en dirección a su padre y se levantó para cambiarse de sitio.

La chica llevaba un parche brillante para cubrirse el ojo derecho en lugar de una máscara. Tenía una sonrisa electrizante, y se la dedicó a Nadya.

—La pelea de hoy ha sido lo más interesante que he visto en años —dijo mientras se colocaba un mechón de pelo negro detrás de la oreja. Lo llevaba a la altura de la barbilla, a diferencia de todas las modas que había visto en Grazyk—. O sea —susurró—, ya he visto luchar a Żaneta.

La aludida agitó una mano.

—Adula a la chica nueva, no me importa.

—Alteza. —El chico sentado a su lado llamó la atención de Serefin—. Si me permite la pregunta, ¿son ciertos los rumores que llegan del frente? ¿Por fin empezamos a derrotar a Kalyazin?

Nadya no escuchó la respuesta porque Ostyia se inclinó más hacia ella.

—Tu libro de hechizos es distinto a los que encuadernan aquí, ¿quién te lo hizo? —preguntó.

Se quedó en blanco. La atención de Żaneta también se desvió del príncipe hacia ella. Bajó la mano al libro y acarició los relieves del diseño del cuero, los iconos de los dioses que había colocado en la cubierta.

—Lo cierto es que tengo un amigo que encuaderna libros de hechizos —dijo con una sonrisa—. Su trabajo es excelente. —Se desenganchó el libro de la cadera—. Aunque está un poco obsesionado con los Buitres y se nota. —Sonrió avergonzada y rezó desesperadamente para que una noble tranaviana no reconociera los símbolos de los dioses kalyazíes.

Le ofreció el libro para que lo viera, con el corazón en la garganta. La chica lo aceptó y acarició la cubierta con la mano.

Żaneta entrecerró los ojos. Se dio cuenta antes de que la *slavhka* disimulase la expresión.

La apuesta de Nadya se basaba en algo que le había dicho Malachiasz: ningún mago de sangre se atrevería a abrir el libro de hechizos de otro. Si Ostyia se aventuraba más allá de la cubierta, tendría problemas.

Los segundos le parecieron siglos, pero al final le devolvió el libro y Nadya se lo volvió a colocar en la cadera con manos temblorosas.

La comida estaba deliciosa, pero apenas la saboreó. Estaba demasiado preocupada por no cometer errores.

No sabía cómo, pero lo consiguió. Al menos, eso creía. El príncipe la había pillado mirando al rey. Fue un descuido, pero trataba de convencerse de que tanto el rey como el príncipe tenían que morir. Al ver a Izak Meleski en persona, no le costó recordar los horrores que los tranavianos habían perpetrado contra el pueblo de Kalyazin a lo largo de los años. Sin embargo, con el príncipe era más fácil olvidarse. Debería ser menos influenciable.

«Kostya. Lo haces por Kostya», se recordó. «Seguiría vivo de no ser por él».

Justo antes de que la cena terminara, el rey se levantó y se acercó a su hijo. El príncipe se tensó y su mano acudió en busca de su libro de hechizos antes de forzarse a apartarla. No se levantó, aunque tampoco parecía que el rey esperase que lo hiciera, y se inclinó para susurrarle al oído. El parecido era notable, pero Nadya se dio cuenta de que Izak procuraba mantenerse lo más alejado posible de Serefin, que palideció y cerró los ojos mientras hablaba, antes de que sus rasgos se convirtieran en una máscara de piedra. Sus ojos pálidos se habían oscurecido cuando los volvió a abrir.

—Por supuesto —murmuró, sin volverse para mirar al rey.

El monarca se marchó seguido de una ráfaga de sirvientes, guardias blasonados y Buitres enmascarados.

El príncipe se ofreció a acompañarla de vuelta a sus aposentos; obvió lo que había ocurrido con su padre.

—Te pondrá una diana en la espalda: se supone que Serefin no debería favorecer a ninguna candidata —dijo Żaneta antes de dirigirse a él—. No la metas en problemas mientras te involucras en disputas fútiles con tu padre.

Nadya se tensó y él miró a la noble con exasperación.

—No hay razón para asustarla —se defendió Serefin.

—Hay muchas razones —respondió ella. Se levantó e inclinó la cabeza—. Que tengas una buena noche. ¿Józefina?

—¿Sí? —dijo demasiado deprisa.

—Buena suerte. Lo digo en serio.

—Gracias —respondió—. A ti también.

La chica se rio y echó la cabeza hacia atrás.

—No la necesito, pero gracias.

El príncipe le tendió el brazo mientras miraba sin disimulo a quienes los observaban abiertamente. Dudó antes de aceptarlo. Cruzó una mirada con Parijahan cuando pasó junto a donde esperaban los sirvientes. Un amago de sonrisa asomó a sus labios cuando se levantó para seguirlos.

—Cuéntame —dijo Serefin en un susurro—: ¿qué hizo mi padre en Łaszczów para que lo mires con ese nivel de odio?

Nadya tropezó. Estaba bastante segura de que se le había parado el corazón unos segundos. ¿Lo sabía? Imposible. Trató de sonreír, aunque no consiguió parecer sincera. Él se rio.

—He sido un poco cruel. Perdóname, pero tienes un encanto muy provinciano.

Hizo una mueca.

—Lo siento —dijo con el ceño ligeramente fruncido. Se pasó una mano por el pelo—. Era un cumplido. No ha sido uno bueno.

—No.

Se rio con timidez.

—Llevo muchos años en el frente y me temo que he perdido por completo mis habilidades sociales. Tampoco es que nunca haya tenido muchas.

—No lo haces mal —dijo—. Aunque no soy la mejor para juzgarlo.

—Es refrescante —dijo—. Eres sincera y odias a mi padre; ambas son cualidades que aprecio.

La forma en que habló de su padre, la tensión en sus ojos, la tirantez de sus hombros y cómo había reaccionado solo porque el rey le hablara, le hizo sospechar que Malachiasz tenía razón: se habían metido en algo mucho más gordo que un jueguecito entre nobles.

Desearía tener más tiempo para evaluar si Serefin sería un mejor monarca. Lo que había visto esa noche le daba esperanzas, pero no bastaba para detener la guerra. Tenía que seguir adelante.

—Estos son mis aposentos —dijo, y se detuvo. Parijahan los rodeó para abrir la puerta.

Se alejó del príncipe, pero él la agarró de la mano y se acercó para besarla con delicadeza.

Nadya se sonrojó al instante.

—Buena suerte, Józefina. No quisiera que perdieras la vida por una ridiculez como el *Rawalyk*.

—Gracias, Serefin.

Esbozó una sonrisa de medio lado y le soltó la mano.

—Buenas noches.

—Buenas noches.

Ladeó la cabeza y se marchó a zancadas por el pasillo. La chica entró corriendo en la habitación y cerró de un portazo. Se apoyó en la puerta y se deslizó hasta quedar sentada; sus faldas de color verde pálido se extendieron por el suelo.

Parijahan sonreía.

—Has encandilado al príncipe.

—Eso parece.

—¿Te ha costado mucho?

—He tenido ganas de vomitar todo el tiempo.

La akolana se rio y Nadya enterró la cara en las manos.

—No es como esperaba.

Había esperado que fuera alguien parecido a Malachiasz la primera vez que lo vio: intimidante y poderoso. No sabía cómo reaccionar ante aquel chico rarito y encantador. Saber que era uno de los magos más poderosos de Tranavia, además de un hereje, hacía que le entraran ganas de blandir la *szitelka* que llevaba escondida en la manga. Ya había vacilado demasiado; no podía permitirse más sentimientos.

Se había pasado buena parte de la tarde siguiendo los movimientos del rey, tratando de descifrar cuántos guardias tenía a su alrededor en todo momento y cuán difícil sería quedarse a solas con él para matarlo.

Las probabilidades jugaban en su contra.

—¿Crees que tendré que ganar el *Rawalyk,* sea lo que sea, para acercarnos lo suficiente?

Parijahan lo consideró mientras contemplaba las pinturas del techo.

—No sé si tenemos tanto tiempo. Ten cuidado con los Buitres que acechan por el palacio.

Se sacó el collar de Kostya del corpiño del vestido y le dio vueltas entre los dedos. No necesitaba advertencias en lo relativo a los Buitres.

—¿Cómo es tu hogar, Akola? —preguntó. No quería hablar más de ellos mientras sus imágenes las vigilaban desde el techo.

Parijahan sonrió y cerró los ojos con aire soñador.

—Cálido. Incluso en invierno, nunca hace tanto frío como en Kalyazin. La arena refleja el sol y todo es de color dorado.

—¿Cuánto tiempo llevas fuera?

—Mucho. Demasiado y, a la vez, no lo suficiente.

—¿Crees que volverás?

Se rio.

—No lo sé. —Se levantó—. Se cometieron errores y murieron personas. Rashid y yo comprendimos que desaparecer es a veces la única opción. —Le tendió las manos a Nadya para ayudarla a ponerse de pie.

Nadya aceptó. La akolana era más alta que ella y apoyó las manos morenas en sus hombros.

—Te pedimos demasiado, lo sé. Te pedimos que confíes en nosotros, unos extranjeros, y en Malachiasz, un monstruo, y que te lo juegues todo por algo que podría ser imposible. —Apoyó la frente en la de Nadya—. Por favor, no creas que solo porque llegaste a nuestras vidas en un momento oportuno no nos preocupamos por ti. A los tres nos importas.

—Estoy acostumbrada a que me utilicen por mi poder —dijo—. Vosotros sois mis amigos. Solo estoy cansada de secretos.

La chica asintió.

—Lo entiendo.

No estaba acostumbrada a ver este lado de Parijahan. La alivió la cálida suavidad de su mirada.

—En fin, he sobrevivido a la corte de los monstruos hasta el momento —dijo con alegría—. Ahora solo es cuestión de encontrar algún punto débil.

* * *

Se guardó las cuentas de oración en el bolsillo del vestido. Era tarde, pero no tanto como para que fuera raro que la encontraran en los salones del palacio. Además, estaba demasiado nerviosa para dormir y odiaba sentirse sola en Tranavia. Necesitaba recuperar a los dioses. Tenía que haber alguna manera de burlar el velo que le bloqueaba el acceso a ellos.

—¿Adónde vas? —preguntó Parijahan tras asomarse a la habitación.

—A encontrar respuestas, o eso espero. Quédate aquí por si aparecen los chicos. No quiero que sus cabecitas se preocupen por nosotras.

La chica frunció el ceño.

—Estaré bien, Parj —dijo, y se ató el libro de hechizos al cinturón—. El príncipe se ha fijado en mí. Malachiasz se encargará de los Buitres que rodean al rey y yo usaré a Serefin para acercarme lo suficiente y atacar.

La dejó marchar de mala gana.

El palacio estaba misteriosamente tranquilo mientras vagaba por los pasillos. Como si todo el mundo contuviese la respiración antes de una zambullida. La luz parpadeante de las velas proyectaba sombras extrañas en las pinturas de los techos.

El ala real estaba en el lado opuesto del palacio y vigilada por un puñado de guardias del rey. No había Buitres a la vista.

Uno la llamó para preguntarle qué hacía allí y la creyó cuando le dijo que se había perdido de camino la biblioteca. Una *slavhka* aburrida que se acostaba tarde y solo buscaba unos inocentes libros no llamaba la atención. Le indicó la dirección correcta y después la ignoró.

No esperaba encontrar nada sobre su magia en la biblioteca, pero sin duda alguien habría documentado la magia de sangre que causó la escisión entre la tierra y los cielos. Después de todo, los tranavianos se sentían muy orgullosos de ello.

Había unas cuantas personas entre los estantes cuando entró, pero ya era casi noche cerrada y no le prestaron atención.

No tenía una idea clara de lo que buscaba, pero si crecer en un monasterio le había enseñado algo, era a encontrar exactamente lo que necesitaba en una biblioteca.

Metió la mano en el bolsillo mientras paseaba entre los estantes. La biblioteca era grande y las escaleras subían en espiral hasta varios pisos repletos de libros. Frotó con los dedos las cuentas de oración. Los dioses todavía seguían demasiado distantes, pero sintió un leve pinchazo en la parte de atrás de la cabeza que la empujó hacia el fondo de la biblioteca.

Siempre había creído que leía el tranaviano mucho mejor de lo que lo hablaba. Rozó los lomos de libros viejos y polvorientos, desgastados por el tiempo y la negligencia. No estaba del todo segura de lo que veía y los títulos que tenía delante no significaban nada para ella.

«¿Se supone que tendría que ver algo?».

No hubo respuesta. Suspiró y retorció las cuentas de oración. Era probablemente un esfuerzo inútil. No iba a encontrar nada que le sirviera en una biblioteca de Tranavia.

Sintió otro pinchazo más agudo al pasar la mano ante un delgado volumen encajado entre dos libros, empujado tan atrás que ni siquiera se veía. Lo sacó con cuidado. La cubierta estaba en blanco, sin título ni ninguna indicación de lo que trataba el libro. La encuadernación de tela estaba rasgada en los bordes y, cuando la abrió, las páginas de dentro estaban amarillentas; la mano que había escrito el texto era enrevesada y fina.

Se acercó a una mesa y abrió el libro del todo con delicadeza, con miedo de que fuera a desmoronarse al más mínimo roce. El símbolo de la primera página le era familiar. Incómodamente familiar. Soltó las cuentas de oración y las dejó caer en el fondo del bolsillo para tocarse el collar que llevaba en el cuello.

La misma espiral estaba grabada en el colgante redondo.

Solo le dio tiempo a pasar a la primera página. El tiempo justo para leer la palabra «dios» garabateada en aquella compleja caligrafía. El tiempo justo para darse cuenta de que había dejado de oír los sonidos silenciosos de las otras personas de la sala y de que alguien la observaba.

24

SEREFIN
MELESKI

Svoyatova Małgorzata Dana: una tranaviana que huyó de su familia de herejes para vivir en un monasterio en Tobalsk. Su coraje y la muerte a manos de su hermano la canonizaron como santa.

Libro de los Santos de Vasiliev

Serefin sintió que todos sus sentidos se desconectaban. Escuchó el golpe de la carne contra la carne y sintió cómo su cabeza salía disparada hacia un lado con fuerza, tanta que creyó que se le partiría el cuello, pero el dolor tardó unos segundos en alcanzarle la mejilla.

El anillo de Izak le desgarró la piel y la sangre le goteó despacio por la cara.

A pesar de lo distante que se había vuelto su padre y lo tensa que era su relación, nunca le había pegado.

—¿Qué he hecho para merecer eso? —preguntó, y se frotó la sangre de la cara con el pulgar. Cuando su padre le había ordenado en persona que acudiera a su estudio después de la cena, supo que no sería bonito, pero provocarle era parte del plan y sobreviviría a los cardenales. Además, si algo salía mal, estaría muerto en pocos días, así que, después de todo, ¿qué más daba?

—Te pido muy poco, Serefin —dijo—. Un mínimo respeto por las tradiciones de tu país. No es mucho.

No se trataba de eso, pero le seguiría el juego si así evitaba que saliera a relucir lo que ocurría de verdad.

—Ya he expresado lo que siento por esta tradición. Me parece innecesaria en este momento. Estamos en guerra, padre.

—No te atrevas a recordármelo.

Le abofeteó una segunda vez y una tercera. Le costó un poco recuperar los sentidos. Se reajustó la mandíbula, que chasqueó.

—¿Has terminado? ¿Quieres probar otra vez? Adelante, me encanta ser tu saco de arena.

—Serefin —le advirtió su padre.

Izak cruzó la habitación y se sentó detrás del gran escritorio de roble. La habitación estaba casi vacía; muy pocos elementos sugerían que se hubiera usado alguna vez.

Parecía que los abusos que sufriría ese día habían terminado por el momento.

Miró a su padre mientras revolvía los pocos papeles que había en la mesa. ¿Qué le impedía atravesarle el ojo con una daga en ese mismo momento? ¿O abrir el libro de hechizos y quemarlo desde dentro hacia afuera?

«La política». Si lo hiciera, su propia gente le ejecutaría después. Tenía que ser más sutil.

«La respuesta siempre ha estado ahí». Pero ¿la respuesta a qué?

¿Por qué la guerra seguía? ¿Por qué su padre, que negaba con vehemencia la existencia de los dioses, deseaba convertirse en uno? Aunque el ego del monarca era una explicación sencilla, no era la verdadera razón. Serefin nunca había negado la existencia de los dioses kalyazíes, simplemente no entendía su propósito.

Se preguntaba si ya habría comenzado el proceso. La forma en que llevaba la corona ligeramente torcida y cómo las manos le temblaban eran indicadores significativos. Sin embargo, fue cuando se le levantó la manga y vio docenas de cortes frescos en el antebrazo de su padre cuando lo supo. Se le revolvió el estómago ante la confirmación de que todo era real.

—Creo que desperdiciamos recursos en trivialidades en nombre de la tradición cuando estamos en guerra y la mitad del reino se muere de hambre —dijo con sequedad mientras se esforzaba por seguir fingiendo que era solo una conversación normal.

—Cuando gobiernes, podrás renunciar a la tradición y enfrentarte a los disturbios —respondió Izak sin levantar la vista. A Serefin se le heló la sangre.

Nada en la voz de su padre había sonado ni remotamente sincero. Ignoró la oleada de pánico que le oprimía el pecho. Tenía que cambiar de tema. Pensó en una conversación que tuvo con Józefina durante la cena; su séquito era tan reducido porque se habían topado con kalyazíes dentro de Tranavia.

—Una de las chicas que vive cerca de la frontera me dijo que Kalyazin se había abierto paso.

Su padre levantó la mirada.

—¿Qué?

Se encogió de hombros.

—No lo he confirmado, pero por lo que vi en el frente, no es inverosímil. Estamos ganando, pero no hemos ganado todavía.

Su padre cerró la mano para formar un puño y arrugó el papel que sujetaba. Se sintió como si acabara de ganar una pequeña e insignificante victoria.

Un escalofrío helado se asentó en los hombros de Izak.

—Las fuerzas de Kalyazin han avanzado hasta Rosni-Ovorisk —dijo.

Frunció el ceño, no muy seguro de por qué se lo contaba. Era extraño que el ejército kalyazí se acercase tanto a la frontera, sí, pero cuando Serefin estaba en Grazyk era un príncipe, no un general, y su padre solía esforzarse por dejárselo muy claro.

—Es como si supieran algo que nosotros no sabemos —continuó—. Como si se preparasen para algo grande. —Izak sonrió de pronto y a Serefin el miedo le recorrió la columna—. Por supuesto, no sobrevivirán a lo que sea que estén planeando. Tranavia está a punto de mostrarles el verdadero significado del poder.

—Ah, ¿sí? —preguntó Serefin, tenso. La cabeza le daba vueltas. Si Kalyazin preparaba un ataque en la frontera, Tranavia podría no ser capaz de defenderla. ¿Qué era lo que sabían que él desconocía?

Izak no respondió. Solo le hizo señas para que se fuera.

—Caminas sobre hielo muy fino, Serefin. Aléjate de la bruja charlatana de tu madre.

¿De eso se trataba? Casi se relajó. Había considerado hacerle una visita a Pelageya por la mañana. Ahora, lo haría seguro.

—Soy muy consciente, padre. Menos mal que sé nadar y el tiempo en Kalyazin me ha enseñado lo que es el frío de verdad, porque sin duda el hielo está a punto de romperse.

El rey lo miró en silencio. Serefin hizo una reverencia y sonrió, antes de darse la vuelta para marcharse a toda prisa.

En el pasillo, fuera de los aposentos de su padre, se apoyó en la pared con las manos temblándole. Kacper se acercó y le apretó el hombro.

Se derrumbó abrazado a su amigo. Tenía que actuar rápido. Si Kalyazin se estaba preparando y su padre planeaba aniquilar a sus fuerzas con el poder de un dios, se quedaba sin tiempo.

—¿Estás bien? —preguntó Kacper.

Dejó caer la cabeza en su hombro.

—No —murmuró.

El chico vaciló un segundo antes de moverse. Empujó la cabeza de Serefin para que su frente se apoyara en su sien.

—Te sacaremos de esta —dijo—. ¿Sabes que tienes la huella de una mano bastante espectacular en la cara?

Se rio sin ganas y se enderezó. Era tarde y estaba cansado. No había nada más que hacer esa noche.

De camino a los aposentos del príncipe, un tremendo estruendo resonó por el pasillo desde la biblioteca.

—Eso no suena bien —murmuró Kacper mientras Serefin salía disparado.

NADEZHDA
LAPTEVA

Nadya se movió para que la *szitelka* de la manga se deslizara hasta su mano.

«Por favor, que sea una participante molesta por el comportamiento del príncipe conmigo», rezó.

Apretó la empuñadura y tiró la silla al suelo al levantarse y darse la vuelta. Se encontró cara a cara con una máscara de metal blanco. Dio un grito, saltó hacia atrás y chocó con la mesa. El Buitre no se movió, solo inclinó la cabeza de un lado a otro.

El pelo rubio y rizado le caía por la espalda. La luz de las velas se reflejaba en sus garras de hierro.

El pánico le oprimía el pecho y le dificultaba la respiración. No podía enfrentarse a un Buitre. Sola, no. Allí, no.

No tuvo oportunidad de comunicarse con los dioses. La atacó con un movimiento rápido que Nadya apenas lo vio. Las chispas volaron cuando las garras de hierro chocaron con su *szitelka*.

«¿Saben quién soy?».

¿Y si habían encontrado a Malachiasz y lo habían convertido de nuevo en un monstruo? ¿Así la habían encontrado?

Empujó al Buitre y saltó por encima de la mesa. Las garras del Buitre se clavaron en la madera. Falló por poco.

No tenía magia. No tenía nada. No tenía esperanza sin sus dioses.

25

NADEZHDA
LAPTEVA

Svoyatovi Vlastimil Zykin: un clérigo del dios Zlatek. La mente de Vlastimil era débil e incapaz de manejar los rigores del silencio que su dios le exigía. En lugar de borrarlo de la memoria, su fracaso se recuerda como una lección para los elegidos por los dioses de que son mortales y no se debe subestimar a la divinidad.

Libro de los Santos de Vasiliev

Nadya corrió. El Buitre la siguió; se movía tan deprisa que apenas era un borrón en la luz tenue.

Ni siquiera llegó a salir de la biblioteca. Sintió una pincelada de magia de sangre y el sabor a cobre en la boca. Algo la golpeó y la lanzó contra un estante de libros, que se derrumbó con un estruendo ensordecedor. Su quedó sin aliento y jadeó en busca de aire en el suelo, demasiado consciente de que el Buitre se le acercaba, ahora más despacio.

—¿Qué tenemos aquí? Una ratoncita asustada —dijo, y deslizó una garra de hierro por una fila de libros; los lomos se deshilacharon a su paso.

La desesperación la empujó buscar cualquier cosa a la que aferrarse que detuviera al monstruo. Con cada paso que avanzaba hacia ella, Nadya retrocedía, hasta que chocó contra la pared y ya no le quedó ningún sitio a donde ir. Allí terminaría todo. En la oscuridad. Sola. En el hogar de sus enemigos.

El Buitre estaba a pocos centímetros de distancia y se agachó a su altura. La máscara era completamente blanca, salvo por las aberturas de los ojos.

—Basta de correr, bichito.

Rechinó los dientes. «Sin dioses, no hay esperanza».

El Buitre atacó y no le quedaba nada que perder ni nada que fuera a salvarla, pero se negaba a morir allí.

La primera vez que usó ese poder, lo sintió como un pozo al que Marzenya le había quitado la tapa. Ahora era un río cuya presa había explotado. La frustración y el miedo se convirtieron en magia que le pertenecía solo a ella. El Buitre salió volando y aterrizó encima de una mesa, que se partió como si fuera de papel.

Se miró las manos con horror. ¿Qué había sido eso? Angustiada, buscó las cuentas de oración. «A lo mejor el velo se ha roto y ha sido cosa de Marzenya».

Pero la diosa estaba muy lejos. Sin duda, había sido algo muy distinto.

De pronto, el príncipe entró en la biblioteca con una mano goteando sangre.

«¿Qué hace aquí?», pensó con desesperación. La situación no dejaba de empeorar.

—¿Józefina? —dijo sorprendido.

El Buitre se puso en pie tambaleante detrás de Serefin y Nadya se levantó también con una mano extendida. Fragmentos de hielo salieron disparados de su palma y tiraron al Buitre de nuevo sobre una pila de libros.

El príncipe se dio la vuelta. Aprovechó que el Buitre estaba distraído para hacerse un corte en el dorso de la mano. Y, a continuación, Serefin se acercó al Buitre.

—Márchate —dijo. Una orden simple con tal autoridad que Nadya se lo imaginó sin dificultad como rey de Tranavia.

—Esto no es asunto tuyo, principito —siseó.

Serefin arrancó una página del libro de hechizos y, cuando la arrugó en su puño, el Buitre cayó, inmóvil como una piedra.

—¿Lo has matado? —susurró Nadya.

Negó con la cabeza.

—Hace falta mucho más para matarlos. No sé si podría aunque lo intentara. No estará mucho tiempo inconsciente. Unos minutos, como mucho.

Le ofreció la mano y la ayudó a levantarse antes del volverse hacia el Buitre desmayado. Se agachó a su lado y cogió uno de sus mechones de pelo entre los dedos. Creyó que iba a quitarle la máscara, pero se levantó.

—Regresa a tu habitación —dijo—. Cierra la puerta, aunque no creo que vuelvan a intentarlo.

—¿Qué?

—Vete —apremió.

Kacper, su teniente, entró corriendo.

—Sangre y hueso, Serefin —dijo sin aliento cuando vio al Buitre en el suelo.

—No pienso irme hasta que me cuentes qué pasa —exigió Nadya. Si existía alguna posibilidad de que no tuviera que ver con Malachiasz, necesitaba saberlo.

Serefin miró al otro chico, que se encogió de hombros. Se pasó la mano por el pelo y, cuando la miró, entrecerró los ojos.

—Las participantes de este grandioso juego están en peligro. Por favor, vuelve a tus aposentos.

Abrió la boca para protestar, pero él levantó una mano. Su expresión era de súplica. Nadya suspiró. Se le acababa la adrenalina y meterse en la cama le parecía una idea fabulosa. Solo quería olvidarlo todo. Volvió a la mesa para recoger el libro que había encontrado y le dio las buenas noches al príncipe.

—Gracias por salvarme la vida y eso —dijo.

—Diría que te las apañabas bien sola.

Abrió el libro con cuidado de camino a sus aposentos. No quería hojearlo por miedo a que se desencuadernara, pero aterrizó en una página con una línea remarcada en el centro.

«Algunos dioses exigen sangre».

Se detuvo. Todos los miedos que habían ido creciendo en su interior se consolidaron con la forma de algo que no entendía. Un sentimiento demasiado certero de que había descubierto una verdad, una a la que no se atrevía a enfrentarse.

Cerró el libro y corrió a su habitación.

Y a las garras de otro Buitre. Le dio un puñetazo en la cara y Nadya se desmayó.

* * *

Se despertó en un gran charco de sangre. Tenía unas puntas afiladas clavas en la parte posterior del cuerpo y le ardían las venas. Sentía las lágrimas brotar de sus ojos y resbalar por sus mejillas.

Intentó contactar con su diosa, pero se encontró con una puerta cerrada.

El pánico le oprimió el pecho. Se le bloquearon todas las articulaciones y le temblaron las extremidades. No podía estar pasando. «No, no, no».

«No es real».

¿Le habían hecho algo los Buitres? ¿La castigaban por el poder que había usado para tratar de escapar? Era un silencio distinto al de antes. Era peor que el velo. Era el vacío absoluto.

«Cálmate», se dijo. «Averigua dónde estás». Un dolor punzante la atravesó en el persistente silencio; los dioses no solo estaban fuera de su alcance, sino que se habían marchado por completo.

Tal vez no volviera a oír otra ocurrencia después de una larga jornada de oración. Se estremeció. Imposible. Los dioses no la abandonarían. No por unas pocas dudas, ni siquiera por besar a un hereje.

Deslizó los dedos por la losa sobre la que estaba tumbada e hizo una mueca de dolor cuando las partes blandas de sus manos se encontraron con clavos y fragmentos de cristal roto. Trató de incorporarse y los filos dentados se clavaron aún más en la parte posterior de sus muslos. Tenía el fino vestido hecho jirones y la tela se pegaba dolorosamente a sus heridas.

Se le escapó un gemido lastimero cuando intentó separarse de la losa. La cabeza le daba vueltas; había perdido demasiada sangre.

Se levantó con mucho cuidado y con un gesto de dolor, pues cada movimiento le producía un corte en las piernas. Apoyó los pies en la piedra fría, pero las rodillas se le doblaron en cuanto intentó que sostuvieran su peso. Se tragó un grito y se mordió el puño, desgarrándose la piel. El sabor metálico y caliente le llenó la boca, y tosió para escupir sangre.

Se levantó del suelo y tanteó la oscuridad en busca de una salida, una puerta, cualquier cosa. Aunque estuviera cerrada con llave, al menos no se sentiría como si hubiera dejado de existir. Sentía que no quedaba de ella nada más que la sangre que corría por el suelo y un dolor cegador.

Gimió de alivio sin poder evitarlo cuando tocó el pomo de una puerta. Lo sacudió, sin éxito. Estaba cerrado. La invadió otra oleada de pánico. Empezaba a ver cosas acechando en la oscuridad, con dientes afilados y sonrisas como navajas.

Les dio la espalda y apoyó la frente en la puerta. La madera estaba fría y la ayudó a centrarse antes de intentar contactar con los dioses de nuevo.

La puerta a los cielos permaneció cerrada.

La angustia y la rabia la atravesaban, y quiso gritar. Buscó las cuentas de oración que no llevaba y solo encontró el collar de

Kostya. Se lo sacó por la cabeza y lo tiró al otro lado de la habitación. Golpeó la pared con un débil ruido metálico.

—¡No es justo! —gritó, a nadie y a la nada, porque estaba sola. Completamente sola en el reino de sus enemigos. Sus esfuerzos no habían servido de nada.

—Solo he hecho lo que se me ha pedido —dijo con la voz débil y rota.

Se recostó en la puerta y se deslizó hasta el suelo, ignorando la desgarradora agonía que sintió y la sangre que todavía goteaba por la parte posterior de sus piernas.

El velo había sido incómodo y sofocante, pero siempre había oído la voz de Marzenya si lo intentaba. Aquello era diferente. Era un silencio deliberado que no tenía nada que ver con las maquinaciones de Tranavia.

Una línea en un libro de historia mencionaba sin muchos detalles a una clériga que había intentado salvar Kalyazin, pero solo había logrado que los dioses la abandonasen. No habría canonización tras la muerte de Nadya, solo el fallecimiento silencioso de la clériga que había fracasado.

Apretó el puño, ignorando el dolor, y solo consiguió que más sangre le cayera por el brazo desde el corte en la palma.

«No puede terminar así». ¿Si gritaba con todas las fuerzas que le quedaban, le responderían? ¿O no encontraría más que las cenizas de lo único que había hecho que su vida valiera la pena? *«Zhalyusta, Marzenya, eya kalyecti, eya otrecyalli, holen milena».*

La plegaria no recibió respuesta. Empezaba a hundirse en la desesperación cuando vio algo parpadear por el rabillo del ojo; lo achacó a que su mente confusa la engañaba. Pero la luz se intensificó. Frunció el ceño y se arrastró despacio hasta el otro lado de la habitación, con dos dedos extendidos a ciegas hasta que atraparon el collar de Kostya. La espiral del centro emitía una luz tenue.

«Algunos dioses exigen sangre».

Tragó saliva. Apretó el collar en el puño y dejó que la sangre que le empapaba la mano gotease por los bordes.

Se lo acercó a la cara para mirar aquella luz suave y ligeramente espeluznante.

—*Mereces saber la verdad sobre los seres que te eligieron.*

Se sorprendió cuando una voz desconocida resonó dentro de su cabeza. Hablaba en la lengua sagrada que normalmente no entendía sin la bendición de los dioses.

Inhaló con brusquedad al recibir un repentino aluvión de imágenes. La oleada de dolor casi la dejó inconsciente.

Criaturas con las articulaciones nudosas como las raíces de un árbol, rostros envueltos en niebla, con cuatro, seis, diez ojos. Seres con ojos en las puntas de los dedos y bocas en las articulaciones. Dientes de hierro, garras de hierro, ojos de hierro. Uno tras otro. Alas sinuosas, alas emplumadas, negras como el alquitrán. Ojos de luz y de oscuridad. Y sangre. Muchísima sangre.

«Porque eso es todo. Siempre ha sido la sangre».

Sintió náuseas y soltó el collar. Las imágenes pararon y jadeó para respirar.

Con indecisión, trató de volver a captar la voz, pero solo recibió silencio. No estaba acostumbrada al silencio en su mente. Recogió el collar con cuidado de no tocar las espirales grabadas, pero por lo visto cualquier contacto era suficiente. En cuanto la plata fría le tocó la piel, todos sus sentidos fueron asaltados por una luz blanca. Una pureza nívea atravesada por riachuelos de sangre lo cubrió todo. Caía en pequeñas gotas de las puntas de sus dedos y por sus brazos. Todo era blanco cegador y sangre.

«¿Qué es esto? ¿Qué eres?».

—*¿Importa eso?*

Se sorprendió cuando la voz, inusualmente aguda como una flauta de pan, respondió.

«¿Eres un dios?». Había dioses con los que nunca había hablado, ¿sería uno de ellos?

Hubo un largo silencio que la dejó suspendida en el espacio blanco empapado de sangre. Era vagamente consciente de que el dolor ya era apenas un débil zumbido. La rodeaba como una niebla casi imperceptible. Entonces:

—*Hace tiempo, lo era.*

Tiempo atrás, esa respuesta la habría asustado. Hacía apenas unas semanas, la chica del monasterio que creía con vehemencia en sus dioses y su causa habría reaccionado con horror e incredulidad. Lo habría achacado a alucinaciones causadas por magia herética. Pero ahora…

Ahora se permitía dudar y estaba cansada; la habían abandonado. Se sentó con las piernas cruzadas, consciente de que el suelo estaba empapado de sangre. Ya no le quedaba más que hacer salvo esperar respuestas.

«¿Cómo te conviertes en algo que ya no es un dios?».

—*¿Cómo se convierte una humana en algo divino y temido por los dioses que le otorgaron el poder que domina?*

Frunció el ceño, confundida.

«Creo que te equivocas».

—*No suelo hacerlo* —respondió la voz.

«¿Dónde estoy? ¿Qué quieres?».

El ser no había respondido a la primera pregunta, pero se contuvo de repetirla con la esperanza de recibir al menos alguna respuesta.

—*Donde estés es tan irrelevante como inmaterial. Lo que yo quiero se responde con lo que quieres tú.*

«¿Me dejas verte?».

—*No quieres hacerlo.*

Le dio vueltas al colgante entre los dedos. Había venido con ella. ¿Había llevado a aquel ser colgado del cuello todo el tiempo? ¿Dónde lo había encontrado Kostya? ¿Por qué se lo había dado?

¿Qué quería?

—*Ya lo tienes* —dijo detrás de ella, pero cuando se dio la vuelta, no había más que blanco y sangre—. *Pero todavía no te has dado cuenta. Has pasado tanto tiempo oprimida bajo el puño del panteón que tu comprensión se ha corrompido.*

«¿Corrompido?», preguntó con ganas de vomitar. Fuera lo que fuera y quisiera lo que quisiera aquel ser, solo la conduciría al peligro. Pero ¿qué opciones tenía?

—*¿Crees que pueden despojarte de tu poder?*

Nadya se quedó fría.

«Sí. Ellos me lo han dado y pueden quitármelo a voluntad».

—*Te equivocas.* —La voz parecía divertirse.

Tembló. Se le nubló la vista y la oscuridad regresó antes de que el blanco volviera a inundarlo todo.

—*Nuestro tiempo juntos termina. Debes elegir, pajarillo. ¿Quieres seguir con las alas atadas o quieres volar?*

La oscuridad la rodeó de pronto, cuando el collar se le cayó de las manos y el dolor la embistió.

26

NADEZHDA
LAPTEVA

*Velyos es un dios, pero no es un dios. Fue y es, pero nunca
más será.*

Códice de las Divinidades, 50:118

Cuando recuperó la consciencia, sintió un picor en las venas
que nunca había sentido. Se guardó el collar en el bolsillo
con cuidado de que no le tocase la piel, aunque ya no brillaba.
Si la sangre era lo que provocaba la conexión, debería procurar
no volver a tocarlo, pues todo seguía cubierto de sangre.

La irritación de sus venas se intensificó y cerró los ojos.
Recordó el pozo de poder que sintió durante el ataque en la
iglesia, cuando Marzenya le había dado vía libre para acceder
a su magia, y buscó a tientas dentro de su propia mente para
encontrarlo una vez más. Si lo que la voz había dicho era cierto,
le pertenecía y necesitaba encontrarlo.

Se vio rodeada de niebla, como si levantase una cortina
pesada, y lo que encontró al otro lado era claro, brillante y poderoso. Cientos de estribillos en lengua sagrada que nunca había
oído. Magia pura. Abrió los ojos y se levantó sin hacer caso de las
protestas de su cuerpo cuando los cortes se reabrieron y la sangre

volvió a brotar. Unos puntos de luz blanca nacieron en las puntas de sus dedos y, cuando tocó la puerta, dibujó los símbolos con la facilidad de alguien que hubiera practicado esa magia toda la vida. Supo por instinto cómo debía usar el poder y cómo retorcer las palabras de una lengua inmortal para convertirlas en magia.

La puerta estalló. Retrocedió de un salto y se estremeció de dolor cuando algunas astillas se clavaron en su cuerpo ya maltratado. No seguiría consciente mucho más.

No había nadie fuera y languideció aliviada en el umbral. Se permitió un segundo para respirar y dominar el dolor y los mareos intermitentes antes de poner un pie delante del otro y avanzar a trompicones.

Al girar la esquina, chocó con alguien que venía por el pasillo. El pozo de magia fluyó a sus manos y reaccionó sin pensar. Lo lanzó, pero la figura levantó una mano con sangre en la palma y su magia rebotó, inofensiva, desviada por el poder del otro.

—¿Nadya?

Sintió frío y retrocedió. El miedo y el alivio se enfrentaron en su pecho y sintió ganas de salir corriendo. Si los Buitres habían recuperado a Malachiasz, lo usarían contra ella y no tendría ninguna posibilidad, y menos en el estado en que se encontraba, así que corrió.

Estaba cansada y maltrecha, y no le costó nada atraparla. La agarró del brazo y tiró para obligarla a detenerse. Fue vagamente consciente de que temblaba. El chico siseó al fijarse en sus heridas.

—Soy yo —dijo, y le dio la vuelta con delicadeza para que lo mirase—. Fui a tu habitación. Parijahan no estaba y habían registrado el lugar.

No llevaba máscara, la tenía atada en la cintura. Era él. El pelo enredado y las oscuras ojeras de cansancio debajo de los pálidos ojos. Había venido a buscarla, no porque le hubieran lavado el cerebro para matarla. Suspiró temblorosa.

Miró detrás de ella y Nadya levantó las manos para estudiarlas. ¿Qué había hecho? ¿Qué era ese poder? Era blasfemo; los dioses nunca le abrirían la puerta de nuevo si continuaba usándolo. Cuando levantó la vista, Malachiasz la contemplaba con indecisión.

—Mi magia... —empezó.

Pero entonces él se tensó y levantó la cabeza. De repente, sus pies no tocaban el suelo y la arrastró al pasillo más cercano hasta el interior de lo que parecía un armario.

Estaba oscuro. De inmediato se dio cuenta de lo cerca que estaban; la cara pegada a su pecho. Su aliento le erizaba los pelillos de la nuca y le provocaba escalofríos en la columna. Sentía sus manos flotando a centímetros de su cintura, temeroso de posarlas encima de una herida abierta.

Resonaron unos pasos por el pasillo, después unos gritos y movimientos rápidos. Alguien había descubierto que no estaba donde la habían dejado. Cuando todo volvió a quedarse tranquilo, Malachiasz se movió y le agarró las manos con las palmas hacia arriba.

—Enséñamelo —murmuró.

Tragó saliva y atrapó el pozo de magia, más profundo de lo que su comprensión llegaba a abarcar. La luz blanca de una fría llama chispeó en sus palmas.

El chico esbozó una media sonrisa extraña que iluminó la magia de sus manos. ¿Una magia que le pertenecía? No lo sabía. Abrió la boca para preguntarle, porque él lo sabría, pero algo la detuvo. No entendía por qué sabía tanto sobre magia y no quería verse arrastrada por sus ideas heréticas. Pero...

«¿Y si tiene razón?». Siempre parecía tenerla en lo relativo a ella y a la magia. No entendía cómo.

—Las cosas que podrías hacer —susurró. Le rozó las puntas de los dedos con las suyas y Nadya tuvo que tragar para que el corazón no le saliera disparado por la boca. Se quedó con la mirada perdida, pero volvió a enfocarla en un parpadeo—. Tenemos que salir de aquí.

Asintió. Por un segundo, le dieron ganas de derrumbarse y llorar. Se negaba a quebrarse tan fácilmente. No obstante, lo rodeó con los brazos, le clavó los dedos en la espalda y se permitió disfrutar del consuelo de su calor.

Él jadeó, sorprendido, y entretejió la mano en su cabello para acunarla.

—Me alegro de que estés a salvo —susurró con los labios rozándole la sien—. Vamos a llevarte con alguien que sepa qué hacer con tus heridas.

Se apartó de mala gana. Trató de contactar con los dioses otra vez mientras buscaba la mano de Malachiasz, que entrelazó sus dedos sin decir una palabra.

De nuevo, de los dioses solo recibió silencio.

* * *

Miró la escalera de caracol con temor. La torre de cristal era preciosa y la luz brillaba a través de los cristales, pero tenía más escalones de los que se sentía capaz de superar en su estado actual.

—Podría... —ofreció Malachiasz, pero se calló cuando ella levantó una mano.

—No dejaré que me lleves —dijo.

—No sería...

—No vuelvas a sugerirlo.

No obstante, la realidad era la que era y apoyó la cabeza en su hombro. Estaba mareada y las oleadas de dolor amenazaban con dejarla sin sentido.

La bruja vivía en lo alto de la escalera. Al parecer, era su mejor opción para conseguirle ayuda. Malachiasz le dio un beso en la parte superior de la cabeza.

—¿Estás segura?

—Para nada —murmuró. Estaba dolorida y cansada y no quería subir la infinita escalera que tenía delante.

Se enderezó, se alejó del chico y se agarró a la barandilla para empezar a subir. Él suspiró frustrado desde atrás.

—Vivía en lo alto de siete mil escalones —dijo—. ¿Qué más dan unos pocos más?

La cabeza le dio vueltas y se balanceó hacia atrás. Se agarró a la barandilla justo a tiempo para girar y así sentarse en vez de caer por las escaleras.

Malachiasz se apoyó en la barandilla.

—Las crónicas contarán la historia de la clériga kalyazí que murió antes de tiempo, no por culpa de sus enemigos tranavianos, sino por culpa de una escalera.

Nadya soltó un gemido de dolor. Los cortes se reabrieron y empezaron a chorrear sangre por su espalda.

—Te odio.

—Me ofrecí a ayudar.

Lo miró.

—Las crónicas contarán la historia de un antiguo Buitre trastornado que fue asesinado, de manera sangrienta, después de hacer demasiadas bromas.

—¿Trastornado?

—«Abominación» es una palabra demasiado tendenciosa. Hay que ser objetivo en la historia.

—Eso no es cierto, para nada. ¿Vas a quedarte ahí sentada toda la noche? Empezarán a preguntarse dónde estoy.

Estaba bastante segura de que el mundo había empezado a girar a su alrededor para acompañar a su cabeza ya mareada. Sostuvo una mano levantada delante de la cara y entrecerró los ojos. Veía demasiadas manos.

—¿Tienes una conmoción?

Lo fulminó con la mirada.

—¿Es lo que me pasa? Tú pierdes un montón sangre y estás perfectamente. ¿La pierdo yo y acabo con una conmoción? ¡No es justo!

Se rio y ella sonrió a pesar del dolor y el mareo. Le gustaba su risa. Le tendió las manos. No pasaba nada porque la ayudase a levantarse.

Cuando se incorporó, el mundo dio vueltas tan deprisa que apenas tuvo tiempo de cambiar de posición para que Malachiasz la atrapase al desmayarse.

* * *

Se despertó por tercera vez aquel día, pero esa vez lo hizo en un sillón que olía a moho. Tenía vendados el torso y las extremidades y le habían cambiado el vestido andrajoso por uno sencillo de lana gris. Se incorporó despacio y su cuerpo protestó a cada centímetro.

—Vaya, se ha despertado —dijo una voz al otro lado de la habitación—. Menos mal, empezaba a sentirme incómoda con el Buitre. Nunca me han gustado.

Malachiasz bufó airado.

Nadya se frotó los ojos.

—¿Cuánto llevo inconsciente?

—No mucho.

La bruja aparentaba unos setenta años. Sus ojos brillaban como el ónice en la tenue luz de la habitación. Sus rasgos eran simétricos y sus rizos se entremezclaban en blanco y negro.

Miró al chico a los ojos desde el otro lado de la habitación. Le sonrió levemente, aunque parecía preocupado.

—¿Sabes cómo me llamo, niña? —dijo la bruja—. Porque yo sé cómo te llamas y es injusto.

Se tensó.

—¿Cómo lo sabes?

Agitó una mano.

—Soy Pelageya, por si no lo sabías. También sé cómo se llama él —dijo, y señaló a Malachiasz con el pulgar—. Una verdadera hazaña.

El chico se tensó, pero no cambió su postura supuestamente relajada. Contempló a la bruja con recelo.

Nadya frunció el ceño, confusa.

—Hace mucho que no piso Kalyazin, pero reconozco a una niña de nieve y bosque en cuanto la veo, incluso con una capa de magia negra en la piel. Además, lo divino no ha entrado en este palacio en muchísimo tiempo, por lo que prácticamente brillabas cuando entraste. No obstante... —Se alejó sin dejar de mirarla—. No hay suficiente luz para guiarte ahora.

Sonrió.

—¿Qué tal si te proveo de un poco de luz en este oscuro camino? Has venido al lugar correcto, aunque me sorprende que el Buitre te haya traído aquí. Voy a contarte una historia. —La bruja se sentó en el suelo—. Una historia sobre nuestro rey y un joven prodigio de los Buitres.

Levantó la vista en el momento en que Malachiasz apretaba los puños.

—En realidad —meditó mientras jugueteaba con uno de sus rizos—, no es tu rey. Tampoco el mío. Ni siquiera es el rey de *sterevyani bolen*, ¿verdad? ¿Es traición si todos los aquí presentes le hemos jurado lealtad a diferentes coronas? Aunque... —Entrecerró los ojos y miró al chico—. No puedes jurarle a tu propia corona, ¿no?

—Cuidado —murmuró, y apretó el reposabrazos de la silla con las manos; las garras de hierro destellaron a la luz de las velas.

Pelageya sonrió.

—El rey de Tranavia se ha convertido en un hombre paranoico, seguro de que, como su hijo es un mago más poderoso, eso supondrá su perdición. Así que necesita más poder, siempre más poder.

»Entre los Buitres, uno ascendió por sus filas a edad temprana. Más inteligente que la mayoría y mucho más peligroso, pasó el tiempo acompañado de libros antiguos y descubrió el secreto que el rey buscaba.

Sintió un escalofrío de terror en la boca del estómago. Malachiasz apoyó la barbilla en la mano y escuchó con atención.

—Se lo ofreció al rey. Solo era una teoría, claro, nada que pudiera lograrse de verdad. Pero sembró la idea, y el prodigioso Buitre quería que las relaciones entre su orden y el monarca tranaviano mejorasen, pues la reina Buitre que lo precedió no lo hizo muy bien. Provocó que la orden se convirtiera en algo casi insignificante y el extraordinario Buitre quería que recuperase su poder. Quería establecer una relación de iguales con la corona. Tal vez incluso buscase algo a cambio de su regalo. ¿Quién sabe? Pero entonces, el rey le pidió que llevara a cabo la ceremonia teórica. Sin duda, podría hacerlo. Él era el mayor logro de su orden, que lo había torturado para imbuirlo de un poder más elevado incluso que el de los Buitres más antiguos. Si alguien podía hacerlo, era él.

La bruja soltó una risita.

—¿Se puede tener una crisis de conciencia cuando se carece de ella?

El chico se recostó en la silla y miró a Nadya, pero volvió a apartar la mirada.

—El Buitre desapareció. ¡Puf! De un día para otro, abandonó a su orden para que se desmoronase en su ausencia. Porque los Buitres necesitan que los guíen, necesitan que el Buitre Negro los lidere, pero él desapareció.

La clériga escuchaba distante y se negaba a procesar las palabras de la bruja, pero sabía que eran ciertas.

Ojalá hubiera sido tan simple como había creído, y Malachiasz hubiera sido solo un chico reclutado por los Buitres que se asustó y huyó. El mundo se desmoronaba bajo sus pies y nada la mantenía a flote, porque nada era siquiera real.

Era él. Siempre había sido él. El líder del culto, el que lo había puesto todo en marcha, le había sonreído y se había ganado su confianza porque podría hacer cosas terribles con su poder si lo conseguía. No estaría allí sentada cubierta de vendas si no fuera por Malachiasz.

—Pero ¿huyó? —preguntó. Si fingía que la persona de quien hablaban no estaba sentada frente a ella, escuchando en silencio, a lo mejor sería más fácil.

—Así es —dijo Pelageya—.. Pero volvió. ¿Crees que es una coincidencia que este chico tan inteligente y su magia hayan regresado ahora?

—¿Malachiasz? —dijo con apenas un hilo de voz, a su pesar. Le pidió que la mirara.

Tenía un aspecto diferente en la silla de la bruja, sentado de manera que parecía casi un trono. El pelo negro le caía por el hombro derecho en ondas de tinta; sus pálidos ojos estaban fríos e inexpresivos. Era menos chico y más monstruo. ¿Cuál de los dos era el auténtico? ¿El chico idiota que sonreía demasiado y sentía demasiado solo era una máscara para el monstruo que se escondía debajo?

¿Había caído en sus mentiras tal como él quería?

Por fin la miró, su mirada se suavizó y volvió a reconocerla.

—No pasa nada, *towy dżimyka* —dijo con suavidad.

Claro que pasaba.

Pelageya se rio.

—¿Se supone que eso la hará sentir mejor? —Se puso de pie y caminó alrededor de la silla de Malachiasz—. ¿Se supone que así recuperarás su confianza?

Le levantó la barbilla con un dedo para forzarlo a mirarla. Parecía más joven. Nadya no sabía cuándo había sucedido el cambio, pero sabía que la bruja era una fuerza de la naturaleza. Emanaba una magia antigua y peligrosa, como la que cualquiera de ellos poseía, pero superior por la sabiduría de los años.

—¿Qué has hecho, *Chelvyanik Sterevyani*? —susurró—. ¿Qué harás ahora? No creo que el amor sea una fuerza que te detenga. Ni siquiera estoy segura de que seas capaz de sentirlo.

Nadya cerró los ojos y se le aceleró la respiración. No iba a llorar, estaba demasiado asustada y demasiado destrozada. Aunque quería hacerlo. Quería llorar como una doncella provinciana a la que le habían roto el corazón, no como una niña elegida por los dioses que se enamoró de un monstruo y terminó devorada. Era culpa suya. Había ignorado las señales y a su diosa. Ahora era demasiado tarde. Estaban donde estaban y sus sentimientos la traicionaban. Tal vez todo fuera un error y no le había mentido. Tal vez había cambiado y les ayudaría; no era más que un engaño de la bruja para intentar abrir una brecha entre los dos que lo arruinaría todo y le entregaría la victoria a Tranavia.

—Solo quiero terminar lo que empecé —dijo por fin Malachiasz.

Sintió que su corazón latía esperanzado, pero lo ignoró. Quería confiar en él desesperadamente, pero ¿cómo hacerlo?

Pelageya entrecerró los ojos.

—Sois muy cuidadoso con las palabras, *Veshyen Yaliknevo*. «Su excelencia».

—No —dijo, y le apartó la mano.

—¿Qué pasa? —preguntó con inocencia—. Solo os muestro el respeto que os corresponde. ¿Preferís que use vuestro nombre?

Apretó la mandíbula.

—Me lo imaginaba. Malachiasz Czechowicz. Un nombre que alberga mucho poder. Fue sabio por tu parte ocultárselo a

Tranavia, pero después lo revelaste en Kalyazin. Todavía me desconcierta, pues sin duda sabías lo que implicaba. Has demostrado ser extremadamente inteligente. —Se detuvo para pensar con una cara de alegría casi trastornada. Era inquietante—. Pero no se trata solo de ti, *Veshyen Yaliknevo. Chelvyanik Sterevyani. Sterevyani bolen.* —Se sentó en el brazo de la silla y él se movió hacia el lado opuesto, lo más lejos posible—. Sino de la pizca de divinidad que has atraído a las profundidades de Tranavia.

Nadya levantó la barbilla. No dejaría que notaran que se estaba desmoronando.

—Te ha seguido hasta aquí. ¿Qué le dijiste para convencerla sin ponerle un cuchillo en la espalda?

Malachiasz murmuró algo que no escuchó. La bruja se rio.

—Claro, claro. Un cuchillo no habría valido de nada con ella. Ahora que lo dices, tiene la mirada de una chica que prefiere morir antes que doblegarse.

Se inclinó y volvió a levantarle la cabeza, despejando su garganta. Apretó el puño en el brazo de la silla con las uñas ya lo bastante largas para que se vieran las garras. Inhaló bruscamente.

—Nunca le dije nada que no fuera cierto —respondió con contención.

Pelageya la miró. ¿Para qué? ¿Buscaba una confirmación? Se encogió de hombros.

—El problema está en todo lo que no se molestó en decir o en cómo eligió decirlo —contestó. «Son todo mentiras».

Deslizó la mano por el cuello de Malachiasz.

—No creo que seas consciente de lo que has hecho, *Veshyen Yaliknevo.*

Frunció el ceño y la miró por primera vez.

—Crees que sí, porque eres muy inteligente y todas las piezas han encajado a la perfección para ti. —Rozó con la punta de un dedo un trío de cuentas de oro enhebradas en su pelo. Nadya entrecerró los ojos; no recordaba haberlas visto antes—. ¿Cuánto te arrepentirás de esto?

—Vamos a acabar con la guerra —dijo Malachiasz—. No hay nada de lo que arrepentirse.

Pelageya sonrió.

—*Dasz polakienscki ja mawelczenko.*

Nadya frunció el ceño. Aquellas palabras eran tranaviano, pero no las entendió, aunque el chico sí... y palideció.

—*Nie.*

—Supongo que lo descubrirás.

—Alguien debería explicarme qué pasa —dijo cuando por fin reunió el coraje para hablar. Se sentía como una cría, demasiado joven para entender lo que pasaba. Las palabras se retorcían dentro de su cabeza. En ese momento, le costaba creer que Malachiasz solo fuera un invierno mayor que ella, pues la oscuridad que lo rodeaba lo hacía parecer mucho más viejo y terrible. Lo odiaba y no permitiría que la tratase así. No dejaría que la usasen, ni él ni la bruja.

Pelageya lo miró.

De mala gana, él le devolvió la mirada y agitó una mano. De pronto, ese gesto que a Nadya le había parecido benigno, ahora le parecía incómodamente imperativo.

—Adelante —dijo—. Nadya no tardará en matarme y me intriga saber qué me puedes contar.

La condescendencia también tenía más sentido ahora.

—Me interesa más oír tus excusas —dijo Nadya. Ojalá no le temblase la voz y se atreviera a mirarlo sin sentir que la desgarraban por dentro.

La bruja sonrió con expresión cansada. Él la miró otra vez, sin estar seguro de querer hablar delante de ella.

—¿Por qué estás aquí?

—Ya te lo he dicho. Mis razones no han cambiado solo porque sepas quién soy. Quiero salvar a mi país y soy uno de los pocos que pueden; seguro que lo entiendes.

Lo que decía no significaba nada.

—No te creo.

Pelageya le pasó una mano por el pelo y parecía a punto de arrancarle el brazo.

—Eres joven, *stereyyani bolen* —dijo—. ¿Cómo ibas a saber que tu corazón todavía latía en tu pecho después de lo que te han hecho?

Gruñó, le apartó la mano y se levantó con aire peligroso.

—No te burles de mí, bruja.

La aludida levantó una ceja y sonrió. Luego, volvió a mirar a Nadya, que no sabía cómo seguir a flote ni era capaz de dejar de mirar a Malachiasz. No sabía cómo reconciliar al chico con el que había bromeado y al que había besado con el mayor símbolo de la herejía de Tranavia. El peor monstruo de todos.

Temía a los Buitres más que a la nobleza tranaviana. Temía al Buitre Negro más que al rey. No tenía sentido. El chico bobalicón y ansioso se sentaba en un trono construido sobre los huesos de miles de personas. Se dio cuenta de que le temblaban las manos y hacía demasiado frío. Todo estaba mal, el mundo había cambiado demasiado, hasta un punto desconocido y traicionero.

Creyó que sabía lo que hacía al venir, pero estaba en un país extranjero y rodeada de enemigos y aquel al que había confiado su seguridad le había mentido desde el principio.

Se sacó el collar de Kostya del bolsillo y se lo tendió a Pelageya.

—¿Qué es esto?

—Un recipiente, una cámara, una trampa —dijo—. Velyos está dentro. ¿Te dijo su nombre? No, le gusta ser misterioso. El misterio tiene mucho atractivo para quienes son divinos.

Cerró los ojos. No entendía nada.

—¿Sabes quién es? Supongo que no. Cuando se levantó el velo, Velyos escapó. Tus dioses se sentirían aliviados, pero ha vuelto. No notas la presencia de los dioses porque el rey está dispersando magia de sangre en oleadas por toda Tranavia. ¿Por qué crees que secuestra a jóvenes magas de sangre y absorbe su poder? Ha cortado todo el acceso a lo divino en preparación de su objetivo final. El velo y la oscuridad llevan años creciendo en Tranavia.

Sintió un escalofrío que le heló la piel y un fragmento de hielo se le clavó en el estómago. Su objetivo final, la teoría de Malachiasz. El poder.

—El velo no es el problema —masculló, pero Pelageya lo ignoró.

—Tu mundo te ha enseñado que existen solo dos cosas —dijo. Se deslizó por el reposabrazos hasta sentarse de lado en la silla en la que el chico estaba antes.

Él se inclinó hacia la chimenea con los brazos cruzados.

—Está tu magia, que por supuesto es buena, y su magia, la magia de sangre, la herejía.

—Solo es magia —espetó él.

—No creo que ahora le interese tu opinión —canturreó la bruja.

Nadya lo miró. ¿No era eso lo que había intentado mostrarle desde el día que se conocieron? ¿No había sido su punto de vista cuando estaban en la ermita? Había tratado de concederle cierta forma de libertad, y hasta ese momento lo había considerado.

—Pero también está mi magia. Una bruja solo es una mujer que se ha dado cuenta de que su poder le pertenece. Entonces, quizás haya algo más.

Se obligó a no mover las manos y buscar las cuentas de oración que no tenía consigo.

—¿Qué es lo que dices? —susurró Nadya. Pero no quería saberlo. No estaba lista para ceder y alejarse de sus dioses. No era lo que quería. Levantó una mano y unas llamas se encendieron en las puntas de sus dedos—. Está mal.

—Es magia.

Negó con la cabeza.

—Has venido a matar a un rey y cambiar el mundo —dijo Pelageya—. Lo uno seguirá a lo otro, claro. ¿Cómo pensabas hacerlo? ¿Cómo ibas a superar el hecho de que tu *Chelvyanik Sterevyani* ya no controla a su orden como antes?

Malachiasz tensó la mandíbula y casi se sintió aliviada. La bruja lo había dicho para sembrar más discordia, pero si no tenía el control absoluto de los Buitres, quizás significaba que sí estaba de su parte. Aunque no debería dejarse llevar por la esperanza. Odiaba ser una tonta optimista.

—¿Toda esta palabrería solo para demostrarnos que nuestro objetivo es inútil? —preguntó el chico.

«Nuestro». Lo miró a la vez que él la miraba. Estaba rota en mil pedazos y no sabía qué hacer.

Mentira, sí lo sabía. Su juego era uno al que sabía jugar. Mantendría la distancia y dejaría que pensase que se había salido con la suya; después obtendría respuestas.

—Pues sí. En parte. Pero también para ayudaros, porque necesitáis ayuda.

De repente, alguien llamó a la puerta con insistencia. Después, una voz terriblemente familiar llegó desde fuera.

—¿Pelageya? Tengo que hablar contigo.

El príncipe, cómo no.

27

NADEZHDA
LAPTEVA

Svoyatovi Klavdiy Gusin: un clérigo de Bozetjeh, Svoyatovi Klavdiy Gusin fue un maestro del tiempo, doblegándolo a su voluntad. Hasta que un día desapareció y nunca más se supo de él; su cuerpo nunca se encontró.

Libro de los Santos de Vasiliev

Se escucharon ruidos en el interior mientras Serefin esperaba con Ostyia y Kacper. Les llegaron unas voces silenciosas que se superponían unas a otras antes de que la puerta se abriera.

—Si es un mal momento… —Se calló. En primer lugar, porque aunque fuera un mal momento, no pensaba esperar ni volver más tarde. No había tiempo. En segundo, porque cuando la puerta se abrió, se encontró con alguien que creyó que no volvería a ver.

—¿Malachiasz?

El chico parpadeó sorprendido y algo indefinible cruzó sus rasgos. Se dio cuenta de que no le reconocía.

Su primo Malachiasz había desaparecido cuando eran niños. Creyó que nunca lo volvería a ver; su tía actuaba como si estuviera muerto, así que asumió que había tenido algún accidente del que la familia prefería no hablar. Sin embargo, el chico delgaducho que esperaba al otro lado de la puerta de la

bruja era la versión de dieciocho años del chiquillo asalvajado con el que solía jugar.

—¿Su excelencia? —dijo Ostyia para llenar el incómodo silencio que había surgido entre los chicos.

Malachiasz levantó las cejas.

—¿Sí?

—Qué inesperado.

A Serefin le dio un vuelco el estómago cuando el chico respondió al tratamiento honorífico del Buitre Negro con una sonrisa de dientes afilados. ¿Cómo era posible?

Se apartó del umbral de la puerta y le guiñó un ojo al príncipe.

—Mi segunda me informó de que preguntaste por mi salud. Estoy conmovido.

—¡Qué gran conspiración! —Reconoció la voz de Pelageya—. Apártate, *sterevyani bolen*, deja entrar a tu príncipe.

—¿Es mi príncipe si su padre no es mi rey? —preguntó—. Hace un momento os parecía una cuestión tremendamente importante.

Pero Malachiasz abrió la puerta del todo, mientras le dedicaba a Serefin otra extraña mirada, y dio un paso atrás. Józefina estaba en una silla junto al fuego. Tenía la cara y las manos manchadas de sangre.

Se le revolvió el estómago. Debería haberla acompañado a su habitación y no haberla dejado sola. Los Buitres debieron de atraparla en cuanto le dio la espalda.

Malachiasz se acercó a ella, pero recibió una mirada helada que lo hizo alejarse y terminó apoyado en la chimenea. La chica subió las rodillas a la barbilla y lo miró por fin. Le dedicó una sonrisa vacilante.

—Józefina, creía que... —No sabía qué decir—. Me alegro de verte bien.

—Estaba en un estado lamentable cuando la encontré, ¿sabes algo al respecto? —preguntó Malachiasz, y ladeó la cabeza, esperando su respuesta.

«¿Quiere provocarme?», pensó, confuso. «No me conoce». Sintió una punzada en el pecho. Le molestaba que ese chico, su primo, no lo reconociera y solo lo viera como el petulante Gran Príncipe.

Empezaba a notar un dolor de cabeza detrás de los ojos. Estaba muy cansado. Se derrumbó en una silla vacía, sin importarle la imagen de debilidad que le mostraba al Buitre. Si así lo quería, ya se pelearían más adelante, si sobrevivía.

—Su alteza tiene mala cara —dijo Pelageya.

—Su alteza lleva con mala cara desde que llegó a Tranavia —masculló él—. ¿Qué hace aquí? —Señaló a Malachiasz.

—Lo cierto es que me he preguntado lo mismo. Por desgracia para todos, está igual de metido en este lío que el resto de los presentes —dijo la bruja—. Creo que todos tenéis un mismo objetivo, lo que sería toda una novedad, ¿a que sí?

Se detuvo en el centro de la habitación, con las manos en las caderas, mientras escudriñaba al grupo despacio. Frunció el ceño ante Ostyia y Kacper.

—Andáis a trompicones en una oscuridad tan espesa que ni siquiera os veis la mano delante de la cara. Lo sé. Os he observado a todos mientras dabais tumbos hacia un final similar, pero ninguno sabe a dónde va. Estáis cerca y habéis planeado bien, pero el rey tiene ojos, el rey tiene oídos, el rey sabe.

Serefin se enderezó y Józefina parecía preocupada.

—¿De qué hablas, bruja? —preguntó Ostyia.

—Queréis matar al rey. —Enfatizó cada palabra mientras giraba un huesudo dedo en el aire. Alzó las manos con seis dedos levantados y sonrió—. ¡Todos vosotros! Cuánto odio recibe el rey de Tranavia. Me pregunto si después os ocuparéis del *tsar* de Kalyazin o si el plan solo incluye asesinar a un monarca.

Nadie habló. La tensión se cortaba con un cuchillo.

—La chica, el monstruo y el príncipe —dijo con una risita—. Estáis todos aquí.

Serefin levantó la cabeza. La profecía decía más que eso. No le pasó desapercibido el ceño fruncido del Buitre ni la mirada confundida de Józefina.

—Todavía falta alguien —musitó la bruja, rebotando sobre los talones. Se encogió de hombros—. Pero su parte ya llegará, o no, pues si falláis ninguno sobrevivirá. Me pregunto si tenéis un plan para atacar. ¿Cómo evitaréis que los nobles se rebelen? ¿Cómo evitaréis que los kalyazíes invadan Grazyk? ¿O, que los dioses no lo permitan, las Minas de sal?

—El trono me pertenece —dijo Serefin.

El ceño del Buitre se marcó aún más por la mención de las Minas de sal. Serefin lo observó atentamente mientras Pelageya hablaba. No le gustaba que estuviera allí, ni lo entendía.

—Si es que todavía hay un trono cuando todo acabe —murmuró Malachiasz.

—El tuyo es probable que no —espetó Serefin.

—No lo necesito. No es más que un símbolo vacío. El poder es poder.

Józefina se tensó y palideció. Lo miró horrorizada antes de cerrar los ojos y apoyar la frente en las rodillas.

—Quiero que os pongáis de acuerdo, mis pequeños revolucionarios, porque deberíais salir de esta habitación actuando en base a un único plan.

—¿Y será una bruja chiflada la que nos prepare? —preguntó.

—¿Acaso no has venido en busca de consejo porque estás desesperado porque todo te sale mal, principito?

Frunció el ceño y se recostó en la silla con un suspiro. No sabía por qué el Buitre Negro y Józefina estaban allí. No sabía por qué tenían, al parecer, el mismo objetivo que él. Ni lo sabía ni le importaba. Si así llegaba hasta el final, trabajaría con cualquiera.

—¿Qué quieres que hagamos?

Pelageya se rio y juntó las manos.

—Vaya, un sueño hecho realidad. ¿Qué quiero que hagáis?

—Dentro de lo razonable, bruja —dijo Malachiasz, cansado. Józefina todavía no había abierto los ojos ni levantado la cabeza.

Pelageya se sentó en el suelo en el centro de la habitación y las faldas se desparramaron a su alrededor. Enumeró todos los detalles que habían salido a la luz en las últimas semanas mientras los contaba con los dedos. Serefin ya conocía la mayoría, aunque algunos no. Pero eran cosas que apenas se creía: la intervención de lo divino, el empleo de la magia de sangre para bloquear los cielos o que había sido el Buitre Negro el que había desertado. Lo último explicaba algunas cosas, pero no lo suficiente.

—Entonces, ¿qué hacemos? —espetó Ostyia, perdiendo la paciencia.

La bruja la miró antes de apartar la mirada con desprecio. No era parte de su loca profecía, así que no valía la pena. Sin embargo, Serefin quería saber la respuesta. ¿Qué iban a hacer si era cierto que su plan estaba condenado al fracaso y tendría que colaborar con el Buitre Negro? El Buitre Negro que había regresado a su orden, la orden que se había dedicado a susurrar al oído del rey.

—¿Qué ganas con la muerte de mi padre? —le preguntó a Józefina.

La mirada de la chica se mantuvo impasible.

—Quiero poner fin a la guerra.

—¿Y lo conseguirás matando a mi padre? ¿Por qué no al *tsar* de Kalyazin? Tranavia está ganando, ¿por qué no dejar que la guerra termine por sí misma?

Ella frunció el ceño y se mordió el labio.

—¿Por qué quieres matar a tu padre? Es tu padre y no creo que sea porque deseas el trono.

«Ha evitado la pregunta», pensó.

—¡Al rey le falta un último elemento para su gran hechizo! —dijo Pelageya antes de que Serefin pudiera responder—. La sangre de su primogénito lo llevará del reino mortal a uno significativamente más elevado.

La chica palideció. Tardó un segundo recuperarse.

—Entonces, ¿cómo lo matamos? ¿Cuándo lo matamos?

—Cuando crea que ha ganado —murmuró el príncipe.

Malachiasz sonrió.

—Para eso me necesitáis.

Serefin entrecerró los ojos.

—El rey no sabe que estoy en Grazyk —dijo.

—Ya, pero los Buitres se han desmoronado en tu ausencia —espetó Kacper.

Se tensó y Józefina lo miró con curiosidad.

—A algunos les gustaría quitarme el trono —dijo—. No es de extrañar.

—¿No se supone que los Buitres no pueden enfrentarse a su líder?

—La magia es imperfecta, teniente —explicó—. ¿Cómo crees que llegué a ser rey? Łucja llevaba casi cuarenta años de reinado cuando la desafié.

Aun así, Serefin no sabía que los Buitres estaban divididos. Ahora entendía que la Buitre Carmesí hubiera acudido a él mientras los otros actuaban como guardias personales de su padre. Sin embargo, unificar a la orden le daba exactamente igual.

—Los Buitres plantaron la semilla de esta idea en la cabeza mi padre. ¿Fuiste tú? Tendría sentido que fueras quien mueve los hilos.

Józefina parecía a punto de vomitar.

—Eso es culpa mía —reconoció.

Serefin se estremeció como si le hubiera dado un puñetazo. «Menudo embrollo familiar», pensó.

La chica se levantó con una mueca de dolor. Avanzó despacio por la habitación, con una cojera evidente. «¿Qué le ha pasado?», pensó Serefin.

Le daba vueltas a un colgante de plata entre los dedos.

—El rey no querrá proceder sin ti, ¿verdad? —le preguntó a Malachiasz.

—Si cree que puede hacerlo solo, confía demasiado en sus mediocres habilidades —respondió.

Serefin resopló.

—Es el centro de todo esto, ¿no es así? Todo es por el poder.

—¿No lo es siempre? —preguntó el Buitre.

Józefina los miró a los dos y entrecerró los ojos.

—Vale —murmuró—. Entonces, imagino que el *Rawalyk* se ha cancelado porque ahora se está llevando a cabo la cosecha de la sangre de las participantes.

Hizo una mueca y se frotó el antebrazo; comprendió lo que le había pasado.

«Sangre y hueso».

—Diría que va a actuar pronto —dijo Serefin—. Me gustaría evitar llegar a la parte en la que me mata, si es posible.

Una media sonrisa cansada asomó a los labios de Józefina.

—Dile que puedes hacerlo sin él —le dijo a Malachiasz.

Levantó una ceja.

—¿Quieres que vaya a ver al rey?

Le sostuvo la mirada un largo rato mientras algo peligroso chispeaba en el aire entre los dos.

—De lo contrario, tendremos que reevaluar nuestro acuerdo —dijo, con la voz fría como el acero.

La miró como si lo hubiera abofeteado.

—Entendido —graznó.

Se volvió hacia Pelageya, que sonrió.

—Tensión en las filas, qué emocionante. Vais por buen camino, solo os falta un poco de dramatismo.

28

NADEZHDA
LAPTEVA

Svoyatova Alevtina Polacheva: una clériga de Marzenya, una asesina que parecía ser más hábil en el arte de la muerte que en el de la magia. Perdió la vida en una misión en Tranavia, asesinada a mano de herejes magos de sangre.

Libro de los Santos de Vasiliev

—Tengo que hablar con *on yaliknevi* un segundo —les dijo a los demás, e ignoró la mueca de dolor del rostro de Malachiasz cuando usó su título honorífico.

Siempre había tenido de su parte el elemento sorpresa. Cuando lo estampó en la barandilla de la torre, parecía sorprendido de verdad.

—Nadya, por favor —dijo con los dientes apretados mientras la chica le enganchaba las piernas con las suyas para que fuera más fácil tirarlo por el borde si le apetecía.

—¿Alguna vez me has dicho la verdad? —Nadya sentía cómo el poder se arremolinaba en sus venas y la aterrorizaba pensar en la facilidad con la que podría usarlo contra él—. ¿Por qué te reconoció el príncipe?

—No tengo ni idea de por qué sabía mi nombre —dijo. Trató de pegarse a ella, pero al darse cuenta de que era inútil, se relajó y dejó caer la cabeza hacia atrás. Colgaba inclinado hacia

atrás en el borde de la barandilla, un pie y la mano de la chica que le agarraba la camisa eran lo único que le impedían caer—. Pero la laguna de que quienes no fueran nuestros enemigos me verían como soy es cosa de tu hechizo.

—¿Ahora el príncipe es nuestro aliado? —preguntó, incrédula.

—Eso parece. Pero no es el motivo por el que estás cabreada.

Lo empujó un poco más. El pie que tenía en el suelo resbaló y se apresuró a sujetarse a la barandilla con la mano.

—Me mentiste —siseó entre dientes—. Me hiciste creer que eras un pobre chico asustado y superado por las circunstancias cuando siempre has sido el peor monstruo de todos.

Suspiró.

—Sí.

—¿Por qué? —Se le quebró la voz. La desquiciaba que le afectase tanto.

—Porque estoy asustado y las circunstancias me superan —murmuró—. Y, a la vez, soy el peor monstruo de todos. Por favor, deja que me incorpore. —Sonaba cansado—. Aprecio la amenaza, pero sobreviviría a la caída. La última vez lo hiciste mejor.

Retrocedió un paso para permitirle recuperar el equilibrio y después le dio un puñetazo. Él trastabilló de vuelta hasta la barandilla y se rio mientras se limpiaba la sangre de la nariz.

—Me lo merecía.

—Te mereces mucho más —dijo—. Debería haberte tirado.

Malachiasz miró haiae abajo para valorar la caída. Nadya negó con la cabeza, miró a la puerta y luego comenzó a bajar los escalones. Tenían que hablar donde hubiera menos posibilidades de que el príncipe los oyera. El chico no dijo nada y arrastró los pies detrás de ella hasta que llegaron abajo. Agarró el pomo de la puerta y ahí fue cuando él por fin habló.

—No había otra manera.

Era su turno de guardar silencio. Trató de abrir la puerta, pero le cogió la mano. Era muy consciente de la cercanía de su cuerpo y del calor en la espalda.

—Los monstruos existen, y yo soy su rey —dijo en apenas un susurro; sus labios le acariciaban el lóbulo de la oreja—. Los dos sabemos que mentir era la única manera de que confiases en mí.

Quería empujarlo; quería acercarlo. Siempre la misma encrucijada. No sabía lo que quería. ¿Por qué la revelación no había cortado los hilos que los unían? ¿Por qué se inclinó hacia su cuerpo?

—¿Tan importante era ganarte mi confianza?

—Nadezhda Lapteva. —Le acarició el brazo y le puso la otra mano en la cintura. Se estremeció cuando pronunció su nombre completo con su acento tranaviano—. Más de lo que imaginas, *towy dżimyka*.

Dejó escapar un suspiro tembloroso. Su mano subió hasta su cuello y le empujó la cabeza hacia atrás. Sus labios presionaron su garganta y a Nadya le saltaron chispas bajo la piel.

Resistirse era una batalla perdida y se rindió cuando le levantó la barbilla y la besó en la comisura de la boca.

—No es justo —murmuró cuando le dio la vuelta y la aplastó contra la puerta—. Juegas sucio.

—No te mentiré —dijo con una sonrisa por la ironía—. Juego sucio.

Se sintió traicionada por sus heréticas manos cuando las levantó y se las enredó en el pelo para acercar su cara y besarlo. Estaba enfadada con él, furiosa por sus mentiras, pero ni siquiera la ira era suficiente para enfriar el ardor que sentía cuando estaba cerca; el calor se propagaba por todo su ser cuando la tocaba.

A Malachiasz se le escapó un ruidito de sorpresa y la acercó más a él. Apretó sus caderas contra las de ella y le tiró del pelo para levantarle la cara y ver sus labios. Nadya arqueó la espalda contra la pared y dejó que sus cuerpos encajasen hasta que no quedó ningún espacio entre ambos; solo estaban los dos, el calor de sus cuerpso y la presión de sus bocas.

A pesar de todas las mentiras, las conspiraciones y el peligro a los que la había expuesto con aquel defectuoso plan, al menos le quedaba aquello a su favor. El monstruoso rey se deshacía con el toque de sus labios.

El sentido común le alcanzó para guardarse esa información antes de que él profundizara el beso y deslizase la rodilla entre sus piernas. Entonces, todos los pensamientos coherentes huyeron de su mente.

Cuando por fin se separaron, Nadya soltó una risita ahogada al mirar los brillantes arcoíris que proyectaba la torre.

—Vas a ir a buscar a Parijahan y a Rashid. No sé qué les pasó después de que me llevasen y estoy preocupada —dijo.

Malachiasz asintió. A continuación, Nadya le levantó la barbilla con la mano para que la mirase.

—Demuéstrame con algo más que palabras que no debería matarte por lo que eres —susurró.

Sin embargo, incluso después de lo que había pasado, no sabía si sería capaz de hacer lo que tenía que hacer.

—Ve a la catedral cuando termines aquí —dijo él—. Los Buitres no te darán problemas.

Sintió un escalofrío de terror, pero asintió.

—¿Los demás lo saben?

—Sí.

«Me lo han ocultado todo el tiempo. Todos ellos».

—Nadya… —empezó, pero se calló y retrocedió lejos de las escaleras.

—Vete —dijo—. Hablaremos luego.

Era una amenaza, una promesa y una afirmación de que no habían terminado y de que no dejaría que la engatusara con sus encantos.

Lo vio dudar y su vacilación la hundió todavía más. No sabía qué hacer y no tenía a sus dioses para guiarla. Odiaba sentirse perdida, traicionada y rota.

Al final, no importaba. Había venido a detener una guerra, honrar a sus dioses y traerlos de vuelta. Su corazón no era un factor que tener en cuenta, por mucho que sufriera y se desgarrara en el proceso.

Volvió a la habitación de Pelageya y se preparó para las preguntas que Serefin le haría y que no estaba del todo segura de saber responder. Todavía creía que era una noble tranaviana. No entendía por qué Serefin había reconocido a Malachiasz, pero pasaba algo más. Los dos tenían los mismos ojos pálidos y fríos. Era probable que no fuera más que una coincidencia, pero...

Seguro que no importaba. Abrió la puerta de un empujón y dentro el príncipe hablaba muy serio con Ostyia. Se callaron cuando entró.

—¿Adónde ha ido Malachiasz? —preguntó.

—Vinimos con unos compañeros a los que no hemos visto desde que me secuestraron.

Pese a tanta tensión, Nadya trató de relajarse un poco. Luchaban por lo mismo, aunque cada uno a su modo. No sabía qué pensaba de la guerra, pero en la cena de la noche anterior parecía estar cansado de ella.

—Lo siento —dijo Serefin—. No sabía que todo el mundo estaba en peligro.

—Pero ¿sabías que pasaba algo?

—Creía que solo iba a por mí.

Nadya asintió.

—¿Por eso estás dispuesto a matarlo? ¿Es él o tú?

—Por eso y porque ya has visto Tranavia. Su obsesión con el poder y la guerra han destrozado el país.

Era cierto, lo había visto. Había sido testigo de la pobreza y el sufrimiento, igual que en Kalyazin. Aquello debía terminar o no aguantarían mucho más.

—¿Confías en él? —preguntó—. ¿En el Buitre Negro?

«No sabía lo que era hasta ahora, así que la respuesta es algo complicada», pensó.

—Creo que conviene mantenerlo a una distancia pruden-cial —dijo, aunque era evidente que no había seguido su propio consejo. Todavía sentía los labios hinchados de besarlo—. Pero creo que nos ayudará.

—No lo entiendo —masculló Ostyia.

Nadya se encogió de hombros.

—Es todo culpa suya. —Le dolió decirlo—. Es lógico que quiera enmendar su error.

—¿Será suficiente? —musitó Kacper.

Serefin frunció el ceño. Tenía una pinta horrible: unas oje-ras tremendas y el pelo desaliñado.

—¿Y si añadimos otra variable diferente? —murmuró Nadya, empezando a trazar un plan—. ¿Por qué no hacemos que sea tu padre el que venga a nosotros?

Serefin levantó la cabeza y la miró a los ojos con abso-luta desesperanza. No creía que pudieran detener a su padre. Nadya sintió una punzada en el costado. Ella también le men-tía. Había descubierto que el príncipe no era el monstruo que siempre había creído, mientras que el chico del que se había enamorado era peor de lo que nunca habría imaginado. Y les mentía a los dos para cumplir sus propios objetivos.

Pero no podía decirle la verdad y arriesgarse a que se vol-viera contra ella antes de que todo terminara.

—Lo atraeremos a la catedral. Creerá que es porque Malachiasz está listo para la ceremonia o lo que sea. Haremos que crea que está a punto de conseguirlo todo...

—Y se lo arrebataremos —murmuró Serefin. Nadya asintió. La esperanza parpadeó en la mirada del príncipe y sonrió.

Envió a Kacper y Ostyia a prepararse y se ofreció a acompañarla de vuelta a sus aposentos. Se suponía que debía ir a la catedral, pero, tras pensárselo un momento, aceptó. Así al menos sabría un poco más de él antes de tomar una decisión sobre si acabar o no con su vida.

Marzenya le diría que lo matara para acabar con toda la familia real y dejar que Tranavia buscara una nueva dinastía. La diosa también le diría que matara a Malachiasz de inmediato. No quería hacer ninguna de las dos cosas y no sabía qué consecuencias podría tener su desobediencia.

Su fe nunca había vacilado así, jamás había actuado voluntariamente en contra del mandato de los dioses.

Malachiasz le había ocultado lo que era, pero estaría muerta si no fuera por él y era innegable que la fascinación que sentía se había convertido en un afecto que ni siquiera las mentiras habían logrado borrar.

Serefin era inteligente y sorprendentemente atento. Había escuchado las conversaciones de los *slavhki* en la corte; ninguno consideraba que la guerra fuera más que un inconveniente. Les daba igual lo que le pasara al pueblo, solo les importaba si se interponía en sus necedades. Se preguntaba si en la Corte de Plata de Kalyazin pasaría lo mismo y si no serían tan diferentes después de todo.

—Si lo conseguimos, la corona será tuya —dijo—. ¿Qué harás?

Serefin no tenía ni idea de que su respuesta determinaría si ella lo perdonaba o lo mataba. Se quedó pensativo, pero se tensaba cuando pasaban sirvientes con máscaras grises a su lado por los salones del palacio. ¿Serían espías de su padre?

—Nunca he pensado en ello como en una posibilidad real —dijo en voz baja—. Llevo en la guerra... —Se sumió en el silencio y lo que calló fue mucho más significativo de lo que habrían dicho las palabras. Estaba destrozado, un chiquillo que había descubierto los horrores demasiado joven—. Solo quiero ser mejor que mi padre.

—Admirable, dado que tu padre está involucrado en la planificación de un filicidio.

Se rio, pero seguía tenso.

—¿Y la guerra?

La miró de reojo y ella sintió una sacudida de miedo. Se preguntó si sospechaba, aunque sabía que no tenía motivos.

—No conocemos otra cosa —dijo—. Eso tiene que cambiar. Además, se acaba el tiempo. Los kalyazíes avanzan hacia Tranavia y no sé si estamos preparados para defendernos.

Se quedó sin aliento.

—Anna —susurró.

—¿Qué?

Negó con la cabeza y rezó para que no indagara más.

—¿Qué pasará con las diferencias irreconciliables de los reinos?

—¿Qué quieres decir?

—¿Dejarás que los sacerdotes regresen a Tranavia? ¿Reconstruirás las iglesias?

Apretó la mandíbula. A Nadya se le encendieron las alarmas. Se había pasado de la raya, pero era tarde para echarse atrás.

—No creo que en Tranavia haya lugar para los reyes kalyazíes —dijo.

Asintió como si fuera una respuesta perfectamente razonable, pero, por dentro, se sentía perdida. Serefin sería mejor que su padre y la guerra tenía que terminar. ¿Estaba dispuesta a ceder? Había venido para traer a los dioses de vuelta a Tranavia, pero también para detener la guerra. ¿Era una cosa más importante que la otra? Solo era una chica; no quería que el destino de dos naciones dependiera de sus decisiones.

Ya casi habían llegado a sus aposentos. No estaba segura de cómo llegar a la catedral desde allí, así que le preguntó y el príncipe frunció el ceño.

—Ten cuidado, Józefina —dijo—. No es alguien con quien tratar a la ligera.

Casi se rio. La conmovió que se preocupase por su bienestar.

—¿Podrías hacerme otro favor?

—Vas a ayudarme a cometer parricidio, te debo una vida entera de favores.

—Lo recordaré.

Él sonrió y ella le devolvió la sonrisa sin poder contenerse.

—Alguien se habrá dado cuenta de que ya no estoy pudriéndome en una mazmorra. Me gustaría asegurarme de que nadie vendrá a buscarme porque no estoy donde debería estar.

«Sobre todo, si voy a estar con los Buitres».

Serefin asintió.

—No es problema.

—Gracias.

—Sigo sin entender por qué lo haces.

No sabía cómo responderle. Decir que era un mandato divino sería revelar demasiado, pero cualquier otra cosa le parecía trivial.

—La guerra me quitó a alguien a quien quería —dijo, y tocó el collar de Kostya inconscientemente. No quería pensar en que había sido él quien había liderado ese ataque—. No lo toleraré más.

Él se apoyó en la pared junto a la puerta de la habitación.

—¿Y quién eres? ¿Por qué crees que lograrás aquello en lo que muchos han fallado durante más de un siglo?

«Nadie. Solo una chica. Con un pedacito de divinidad».

Se encogió de hombros.

—Soy la primera persona que se niega a fracasar.

* * *

Los Buitres residían en lo que una vez había sido la gran catedral de Grazyk. Ahora que los dioses ya no eran adorados, allí se encontraba el Trono de Carroña. El trono de Malachiasz. Era una estructura imponente, gigantesca y sombría, con grandes agujas y enormes vidrieras.

Se detuvo antes de la entrada para mirar hacia arriba. Se sintió incapaz de dar ni un paso más y, después de unos minutos, fue vagamente consciente de la presencia de Malachiasz a su lado, mirando también la catedral.

El silencio llenó el espacio unos instantes antes de que hablase:

—La guerra ha hecho que todos nos acostumbremos a vivir en espacios profanados que antes se consideraban sagrados.

La habían pintado de negro; era imposible que hubiera tenido ese aspecto cuando era una iglesia. Había enredaderas de hierro y estatuas destrozadas talladas en la piedra. Todas habían perdido la cabeza excepto una.

—*Cholyok dagol* —masculló entre dientes.

El chico siguió la dirección de su mirada y palideció.

—Te juro que no sé cómo ha sobrevivido justo esa.

—No sé si me mientes o no —dijo Nadya con cansancio.

Svoyatova Madgalina. Una santa que se suponía que había sido la primera clériga. No apreciaba la ironía.

Empezó a llover. El agua helada cayó en forma de gotas pesadas y dolorosas. Malachiasz entrecerró los ojos hacia el cielo. Bajó la mano para coger la suya y entrelazaron los dedos.

—No te he perdonado —susurró.

—Lo sé.

Se mordió el labio para contener las lágrimas. Él le apretó la mano.

—Parijahan y Rashid están bien. Vamos, resguardémonos de la lluvia.

Lo siguió al interior de la catedral y trató de ignorar la sensación de que se la tragaba viva.

El vestíbulo estaba embaldosado con mármol negro y frío. La puerta del santuario era negra con los bordes dorados. Malachiasz la empujó para abrirla. Sentía que la conducía a lo más profundo del infierno; cada puerta abría el camino a un nuevo nivel.

Sin embargo, lo siguió.

Se quedó sin aliento cuando entró en el santuario. Él la miró con una media sonrisa en los labios. Se había cambiado de ropa. Llevaba una larga túnica encima de los pantalones, todo negro excepto por un cinturón de brocado dorado en la cintura. Así parecía un noble y no costaba verlo como un joven rey.

El santuario era inmenso, con altos techos abovedados y pilares tallados con figuras que delataban los orígenes religiosos de la sala. El Trono de Carroña descansaba encima de cráneos dorados. Había huesos alineados a lo largo del pasillo abierto, incrustados en el suelo de mármol negro. La combinación de lo profano y lo divino tenía una belleza brutal y primitiva.

La luz se filtraba a través de los altos ventanales e inundaba la habitación, suavizando sus duras líneas. Era consciente de que Malachiasz la observaba mientras entraba. Avanzó rodeando los huesos incrustados en el suelo, mientras el chico saltaba de uno a otro, como un niño pequeño.

—Dime lo que no querías decir delante de la bruja —pidió.

—El rey intenta convertirse en un dios —dijo Malachiasz sin levantar la vista mientras brincaba de un hueso a otro.

Nadya cogió aire muy despacio por la franqueza con la que lo dijo. Como si no significara nada.

—Mi concepto de un dios, creo, no el tuyo —añadió. Encogió los hombros—. ¿Quién sabe? Y sí, la teoría la descubrí yo. —Suspiró y se frotó la frente con los elegantes dedos tatuados. Se preguntó, no por primera vez, qué significarían y si era demasiado tarde para averiguarlo—. Solo era una teoría; la cantidad de magia necesaria para hacer que algo así fuera remotamente posible era astronómica, así que asumí que era imposible. No debería habérselo contado a nadie, pero lo hice y aquí estamos.

—¿Por qué lo investigaste?

—Por curiosidad —Señaló el santuario con la mano—. Porque veía que Tranavia se desmoronaba y creí que tal vez podría arreglarla. Tal vez podría ser quien salvase al reino de la ruina. ¿De qué sirve todo este poder si no lo utilizo?

Nunca lo había considerado sediento de poder. Se preguntó si sería otra faceta que le ocultaba y si había perfeccionado la imagen que quería que viera hasta tal punto que no lo conocía en absoluto. ¿O el idealismo y el deseo de salvar un reino moribundo serían de verdad sus motivaciones?

Se rasgaba las cutículas. El borde alrededor de la uña del índice se llenó de sangre cuando se dejó llevar demasiado. Hizo un gesto de dolor y se metió el dedo en la boca para detener la hemorragia. Dudaba que un rey monstruo sediento de poder tuviera ansiedad y jugara a juegos infantiles en el suelo de su sombrío palacio.

—¿Así que abdicaste? ¿Abandonaste a los Buitres?

—Abandoné Tranavia —aclaró—. No se puede abdicar. El trono me pertenece hasta que muera, probablemente hasta que me maten para quitármelo.

Entrecerró los ojos.

—Cuando los Buitres nos atacaron...

—Creía que venían a por mí, sí. Rozá es una de las que quiere quitarme el trono.

—Pero ¿les ordenaste que se fueran?

—Fue una apuesta. Como te dije, la magia es imperfecta, como es evidente, ya que intentaron matarme en la iglesia. Era posible que nos hubieran perseguido o que hubieran matado a los demás, pero tuvimos suerte. Perturbé la orden cuando me marché y he provocado más caos al volver. No sé si me obedecerán como antes. Nadie había hecho lo que yo.

Nadya frunció el ceño.

—Quieres que me disculpe por lo que soy y no lo haré. Creía que había encontrado una forma de terminar la guerra y salvar Tranavia. Sin embargo, le di la idea del poder ilimitado a la única persona que jamás debería poseerlo. Hui porque negarme habría supuesto mi ejecución. Reconozco que fui un cobarde en ese aspecto.

Sintió una punzada en el pecho y se estremeció.

—¿Ha sido todo mentira?

El chico cerró los ojos y se pellizcó el puente de la nariz.

—No. No quería decir eso. Me he acostumbrado a las mentiras y ya no distingo lo que es verdad. —Le temblaba la voz—. Me has dado una verdad que no sé cómo gestionar porque nunca he vivido nada parecido. No soporto pensar que lo he arruinado.

Se quedaron en silencio mientras las luces bailaban en el exterior y se desvanecían dentro del santuario, alargando las sombras a su alrededor. En aquel lugar profanado, le dio la mano a un monstruo.

La acarició y presionó suavemente la punta de sus dedos con los de él. Dejó que el silencio se prolongara entre ellos hasta convertirse en un elemento casi tangible. Cuando estuvo segura de que Malachiasz también lo sentía, levantó la mano para acunarle el rostro. Tenía los ojos cerrados y sus largas pestañas se extendían como sombras sobre la pálida piel. La sujetó por las muñecas y le rozó las palmas con los pulgares; se le aceleró el corazón.

—Dime la verdad, ¿por qué estás aquí?

Exhaló despacio y su aliento le empañó la cara.

—Estoy cansado. Quiero terminar lo que he empezado. Quiero que la guerra acabe sin que Tranavia quede reducida a cenizas.

—Quiero creerte —susurró—, pero...

Malachiasz abrió la boca, pero no dijo ni una palabra. Tras un rato, preguntó:

—¿Será siempre así?

¿Lo sería? No lo sabía. ¿Alguna vez se sentiría cómoda con lo que él era? ¿Sentiría siempre el contraste entre calor y frío, entre ser amigos o enemigos?

—No lo sé.

Asintió con un pozo de tristeza en los ojos que casi le parte el corazón. Nunca había sentido esa grieta en el pecho, el vacío en las costillas. La manga le cayó hacia atrás y reveló el revoltijo de cicatrices que le cubrían el antebrazo.

Nadya frunció el ceño y las recorrió con los dedos.

—Dijiste que las hojas para la magia no dejan cicatrices.

Se había cortado los brazos en la arena y las heridas ya se estaban curando, más despacio que si fuera una maga de sangre auténtica, pero no le dejarían marcas.

—Así es —dijo él—. Estas son un recordatorio.

Como cuando susurraba su propio nombre.

—¿Todavía lo haces?

Negó con la cabeza.

—Hace mucho que no.

Le rozó el pulgar con el suyo y enredó los dedos antes de soltarle la mano y dar un paso atrás. Se dio la vuelta y volvió a entrar en el santuario. ¿Lo perdería todo por ayudarles? ¿Acaso quería conservarlo?

—¿Cuánto tiempo llevas siendo así?

—Dos años —dijo—. Tenía dieciséis cuando gané el trono.

—¿Mataste a la última Buitre Negro? —Se giró a tiempo de verlo asentir—. ¿Por qué?

—Para descubrir si podía —dijo con un hilo de voz—. Y si algo mejoraría si lo conseguía.

—¿Mejoró?

—No.

Volvieron a callar. Nadya vagó por el santuario y la vocecita dentro de su cabeza que todavía se resistía a Malachiasz dejó de hablar.

Poco después, él se acercó. Nadya sintió sus labios en el cuello y le fallaron las rodillas.

—Quiero hablar con los demás —dijo, y se ruborizó por lo aguda que sonaba su voz.

Malachiasz tenía un amago de sonrisa en los labios, aunque sus bordes eran oscuros y debajo de la superficie escondía algo malvado y siniestro. Era extraño: monstruoso pero beatífico; le tendió la mano y la oscuridad se fue. Tal vez se la había imaginado. Le dio la mano.

Malachiasz la sacó del santuario, subieron unas escaleras y recorrieron un largo pasillo. Una Buitre los hizo detenerse a mitad de camino.

—La verdad, creía que no volverías.

Se tensó y soltó la mano de Nadya, que agachó la cabeza. La clériga tuvo que contener el instinto de huir.

—Rozá —dijo Malachiasz sin emoción—. Me disculparía por no haberte informado, pero lo cierto es que no

309

me importa y que no tienes por qué conocer mis asuntos. Żywia sabe que he vuelto y, ella es mi segunda, no tú.

La Buitre no llevaba máscara, y su cara desnuda era más dulce de lo que esperaba. Era guapa de una manera elegante.

—Un poco más y me habrían nombrado Buitre Negro —dijo con desprecio.

La sonrisa de Malachiasz era como el filo de un cuchillo.

—Los dos sabemos que eso es imposible.

Las garras brotaron en las manos de la chica, pero él ya tenía una afilada uña de metal debajo de su barbilla.

—No —dijo sin levantar la voz.

—Debería decirle al rey lo que haces —espetó, pero tragó con fuerza y le tembló la voz.

—Por suerte para todos, no puedes. —La voz de Malachiasz la aterrorizó.

Los ojos de Rozá destellaron, pero asintió. El chico escondió la garra y le permitió retroceder.

—Pero puedes decirle que le he estado observando y que tengo mucho que decir sobre cómo ha decidido gestionarlo todo —dijo. Miró a Nadya—. Mis aposentos están al final del pasillo. Me reuniré contigo pronto.

La chica frunció el ceño. No quería dejarlo solo con la Buitre y perderlo de vista. Le echó una mirada de advertencia al pasar y él le sonrió sin ganas. No sirvió para que se sintiera mejor mientras se apresuraba por el pasillo, demasiado consciente de que, si aparecía algún Buitre, ya no contaría con la protección de su rey.

No es que no supiera protegerse sola, pero se encontraba en una posición precaria. Levantar sospechas era lo último que le convenía.

Rashid estaba de los nervios cuando Nadya entró en los aposentos de Malachiasz. Se levantó de un salto y con un gesto de dolor, pero se relajó cuando vio que era ella. La clériga entró despacio y contempló la lujosa habitación, que parecía llevar mucho tiempo deshabitada.

Había cuadros en todos los huecos libres de la pared, e incluso apilados en las esquinas. La mayoría eran paisajes extrañamente oscuros, como si el artista hubiera querido representar un futuro sombrío. También había algunos retratos que no eran de nadie a quien reconociera. En un estante lleno, los libros se amontonaban unos sobre otros.

—Vaya —dijo.

Sonrió con cierta reticencia a Parijahan y Rashid antes de acercarse a una puerta y abrirla. Quería saberlo todo del chico extraño y misterioso. Era un mentiroso, así que quería conocer sus verdades.

Dentro de la habitación había un estudio digno de alguien con el título de Malachiasz y más libros apilados en las esquinas. En la mesa se amontonaban papeles, cuchillas y herramientas afiladas en las que no quiso ni pensar. La habitación le provocó una sensación extraña, así que se apresuró a volver a cerrar la puerta, incómoda. El pasillo del fondo conducía al dormitorio. No esperaba que todo estuviera tan desordenado. Volvió al salón principal.

—Me mentisteis —dijo sin rodeos.

Parijahan frunció los labios. Al menos Rashid parecía avergonzado.

—¿Qué esperabas? Ya era bastante malo que fuera uno de ellos…

—No os correspondía tomar decisiones por mí —espetó.

El akolano le tocó el brazo a su amiga.

—Tiene derecho a estar enfadada —dijo con calma.

—¿Cómo lo descubristeis?

—Es Malachiasz. Habla con evasivas, pero un día insinuó más de la cuenta y todo encajó —dijo Parijahan.

—¿Confías en él?

—Sí. Sus métodos son cuestionables y está desesperado, pero intenta mejorar, que ya es más de lo que hace la mayoría.

A Nadya no le parecía suficiente, pero quizá para ella nada lo fuera. Daba igual. Por mucho que tratara de convencerse de que no debería confiar en él porque le había mentido, aun así lo seguiría.

Era una batalla perdida. Por muchas vueltas que le diera, no cambiaría el hecho de que lo necesitaba para que el plan funcionase ni el hecho de que sentía algo por aquel chico agobiado que intentaba hacer lo correcto; no podía ser todo una farsa.

—¿Dónde estabais?

—En un calabozo intentado convencer a un guardia muy perspicaz de que Parijahan no le resultaba familiar, sino que todos los akolanos le parecían iguales.

Abrió mucho los ojos.

—¿Qué?

La chica agitó la mano para restarle importancia.

—¿Podrías mirarle las costillas rotas?

—¿Las qué?

Rashid sonrió avergonzado y se estiró en el sillón con un gemido lastimero.

—Creo que me muero.

—No se muere —dijo la akolana.

Nadya convocó su magia y odió cada segundo que la usó sin la presencia de lo dioses. Susurró palabras en lengua sagrada que no comprendía y las puntas de sus dedos empezaron a curar. Con cuidado, comprobó qué costillas estaban rotas y procedió a curarlas.

El chico se retorcía como un niño que se niega a estarse quieto con la sanadora. Le dieron ganas de darle un cachete.

—No te muevas.

—Tienes las manos heladas.

Las puertas se abrieron y se cerraron de un portazo. Malachiasz se tiró bocabajo en el sofá vacío con un suspiro largo y dramático.

—¿Le han pegado por intentar encandilar a los guardias? —preguntó.

—Qué bien me conoces —dijo el akolano con una mueca mientras Nadya lo curaba.

Tardó una hora en terminar y, cuando lo hizo, se quedó en cuclillas mirándose las manos. Apenas era consciente de la conversación de los demás, que daban las últimas pinceladas al plan, porque no dejaba de pensar en que había curado a Rashid por sí misma. Había sido su magia, no la de Zbyhneuska.

¿Malachiasz siempre habría tenido razón?

¿Qué significaba para ella? Cuando todo terminara, si sobrevivía, ¿los dioses se apartarían porque había descubierto que su poder no dependía de sus caprichos? ¿Había sido así para todos los clérigos de la historia o le pasaba algo malo? Se sobresaltó cuando Malachiasz se arrodilló en el suelo a su lado. Con suavidad, le cogió las muñecas y juntó sus manos entre las de él. Las lágrimas le quemaban los ojos.

—No siempre comprendemos cómo fluye la magia —dijo en voz baja. Le colocó un mechón de pelo detrás de la oreja—. Es la libertad, Nadya, no huyas de ella.

No sabía cómo explicarle que, aunque tuviera razón, él jamás lo entendería. Los dioses eran su razón de ser, el aire que le llenaba los pulmones. Si eran sofocantes, era porque era necesario.

Solo que ahora vivía sin el miedo a que la rondasen y escarbasen en sus pensamientos. Lo que hiciera para llevar el plan hasta el final dependería solo de ella; no habría peligro de que un dios le negara un hechizo o ignorara sus oraciones.

Hizo un último intento vacilante de contactar con ellos y, cuando chocó con un muro de silencio, tomó una decisión.

Se trataba de sobrevivir y cumplir un propósito mucho más importante que su magia. No dejaría que la duda y la culpa la amedrentasen. No debía huir, sino aceptarlo.

—Gracias, Malachiasz —susurró.

Él sonrió.

—¿Estás bien? —Acercó una mano vacilante y le rozó con el pulgar un corte que le recorría el cuello—. Quisiera ayudarte, pero... —No siguió. Los magos de sangre no sabían curar.

—Me gusta que tengas un punto débil —respondió, y le colocó un mechón de pelo. Se preguntaba si en eso se había convertido, si sería lo que haría que el rey monstruo abandonara el trono. Un punto débil—. Explícame lo que pasa, sin mentirme, para variar, y tal vez considere perdonarte.

Parijahan bufó y el chico perdió la sonrisa.

—Me debes cuarenta *kopecks* —le dijo la chica a Rashid, que suspiró.

—En mi defensa, las probabilidades estaban en contra desde el principio.

Se miraron. Sintió que se le calentaban las orejas, pero los dos fingieron que no sabían de qué hablaban los akolanos.

Nadya se sentó en la silla vacía y Malachiasz apartó las piernas de Rashid del sillón y se acomodó allí. El akolano protestó y le dio una patada en la cabeza como venganza.

Le gustó el plan que Nadya había trazado con Serefin, aunque le preocupaba que desencadenase que el rey actuase antes contra el príncipe.

—¿Quieres traerlo aquí?

Ella asintió. La miró pensativo.

—Será menos público que hacerlo delante de toda la corte y ahora ya sé qué Buitres son los guardias del rey.

—¿Podrás hacerlo con la orden dividida como está? —preguntó Parijahan.

—No tengo elección —respondió.

A Nadya le pesaban los párpados y se acurrucó en la silla.

—¿No se considera una traición que huyeras de Tranavia?

—Fue mi respuesta a una petición del rey, así que sí. No obstante, me necesita para que el ritual funcione. Si lo que Serefin dijo de su padre es cierto, está tan desesperado que dejará pasar mi transgresión.

Nadya apoyó la cara en el cojín del sillón. Escuchó cómo discutían si debían esperar más tiempo (no) y cuándo debían actuar (mañana). Lo siguiente de lo que fue consciente fue de que la levantaban. Percibió un olor agradable a tierra y hierro, y sintió cómo el pelo de Malachiasz le rozaba la mejilla.

—Voy a hablar con el rey. Volveré. Podéis usar mi habitación —le dijo a Parijahan, y notó la vibración de la voz en su pecho. Se acurrucó en el calor de sus brazos.

—¿Está dormida?

—No.

Nadya negó con la cabeza, pero enterró la cara en su pecho.

—Su mundo se ha desmoronado demasiadas veces durante las últimas doce horas, por no hablar de la tortura y la extracción de sangre. Dadas las circunstancias, está bastante bien —explicó Malachiasz—. Más si tenemos en cuenta que esperamos que asesine a un hombre mañana.

—Es parte del trabajo —murmuró—. No deberíamos matar a Serefin.

—¿Qué?

—Serefin. Es bueno. —Le acarició el pecho—. Me gusta. Debería vivir. —Se esforzó para abrir los ojos—. Ten cuidado.

La miró con tristeza, pero parpadeó y el sentimiento desapareció. Sonrió.

—¿Qué te han dicho de preocuparte por mí?

—Que no sirve de nada. —Bostezó—. Demasiado tarde.

29

SEREFIN
MELESKI

Svoyatovi Milan Khalturin: era un santo que no fue bendecido por ningún dios, pero los adoraba a todos y vagaba por Kalyazin. Hay milagros que no se atribuyen a su vida, sino a su muerte, ya que se dice que sus huesos tienen propiedades curativas.

Libro de los Santos de Vasiliev

Estaba demasiado ansioso para dormir. Casi todo estaba listo para el día siguiente, pero su mente no lo dejaba descansar.

Sentado frente a su escritorio con los hechizos extendidos delante y la sangre todavía secándose en las páginas, no se quitaba de encima la sensación de que había algo que todavía no entendía.

¿Qué le ocurriría al reino cuando pusieran en marcha el plan? Tranavia era su reino. Una tierra de marismas, lagos, montañas y más marismas. De magia de sangre y monstruos. Un reino con dos reyes. No quería verlo consumido por las llamas de la guerra ni dejarlo morir de hambre, y ambos destinos se cernían en el horizonte. Pero tampoco quería morir.

Cuando llegó a cenar, su padre parecía casi aturdido. Trató de no sentir dudas, porque todo era parte del plan, pero estaba preocupado. Si creía en la palabra de su padre, Malachiasz era quien movía los hilos. Aunque el Buitre Negro hubiera admitido su culpa, ¿le aseguraba eso que no le daría al monarca justo lo que buscaba?

No importaba. Se les había acabado el tiempo. Durante la cena, el rey mencionó que las fuerzas kalyazíes habían avanzado y que el ataque era inminente. Sonaba encantado con la perspectiva y eso lo aterrorizó. Lo único que le quedaba a lo que aferrarse era la desesperada esperanza de salvarse al final.

Un golpe en la puerta lo sobresaltó. Serían Ostyia o Kacper; no había visto a ninguno de los dos esa noche.

Żaneta entró con la cara muy pálida. Le lanzó una débil sonrisa. Antes de que tuviera tiempo de saludarla, la chica extendió la mano, lo agarró por las solapas de la chaqueta y lo besó.

Se tensó por la sorpresa, pero poco después se relajó con el beso. La agarró por la cintura y los dedos de ella se deslizaron por su pelo.

—¿Y esto? —preguntó sin aliento cuando se separaron.

Serefin le besó la comisura de la boca y la mandíbula. Ella no le respondió. Le levantó la barbilla para mirarla y un escalofrío lo atravesó al percibir su sombría expresión.

—¿Żaneta?

Negó con la cabeza y forzó una sonrisa. Tenía lágrimas en los ojos. Le acunó la mejilla con la mano.

—¿Puedes venir conmigo? —preguntó. Parpadeó con fuerza y las lágrimas desaparecieron, junto con la incomodidad. Volvía a estar igual que siempre—. Perdona, estoy bien. No debería...

—Żaneta...

Le dedicó una sonrisa deslumbrante algo forzada.

—Estoy bien, Serefin.

Dudó antes de volver a darle un beso suave. Cuando se apartó, la chica levantó la mano y le cepilló el pelo con los dedos.

—Solo será un minuto —dijo, y le tendió mano. La aceptó.

—¿Has visto a Kacper y Ostyia? —preguntó.

—Me sorprende que no estén contigo. No los he visto en todo el día.

Frunció el ceño. No era normal que desaparecieran. Una sensación de pesadez comenzó a crecer dentro de él, y se parecía sospechosamente al miedo. Antes la había descartado, Żaneta era la única persona de la corte en la que confiaba, pero al seguirla por los oscuros pasillos del palacio estaba seguro de que aquello iba a acabar mal.

Trató de pensar y soltar la mano de la chica, pero de pronto tenía la mente borrosa y los dedos débiles. La chica pasó de guiarlo a arrastrarlo por el pasillo.

Un mal presentimiento le subió por la columna como una caricia fría mientras caminaban. Llegaron a las mazmorras, más allá del ala trasera del palacio, muy por debajo de la tierra, donde se realizaban las investigaciones mágicas del rey. Investigaciones no autorizadas por los Buitres.

Żaneta tenía sangre deslizándose por sus dedos que le manchó la manga. Lo miró de reojo mientras se la limpiaba en las faldas oscuras y se frotó la boca con el dorso de la mano; salió otra mancha de sangre.

Frunció el ceño. No había notado el sabor metálico al besarla. Tardó unos segundos en comprenderlo, con los pensamientos atrapados en una neblina turbia.

«Era un hechizo». Se había ungido los labios de magia y ahora la seguía impotente a pesar de saber que debería huir. La única persona que pensaba que estaba de su lado lo había vendido, como todos los demás.

Llegaron a la entrada de las catacumbas. Las puertas estaban cerradas con llave y había guardias a ambos lados. Serefin sintió que las fauces del destino se cerraban a su alrededor mientras avanzaba en penumbra. Żaneta se detuvo y se dio la vuelta. La oscuridad era asfixiante y espesa. El pánico le oprimía el pecho y sentía que el aire no le llegaba a los pulmones. Le puso la mano en la cara con delicadeza.

—Lo siento, Serefin —susurró, y lo besó en la mejilla.

—¿Qué va a darte que yo no pudiera? —preguntó. Le costaba hablar y las palabras salían pesadas y apagadas.

No distinguía sus rasgos con la falta de luz.

—Quiero ser reina. Es así de simple.

«Quiere serlo sola».

—Está aquí abajo, ¿verdad?

Odiaba que se le quebrase la voz. Odiaba tener miedo.

—Te necesita —respondió.

Lo empujó hacia delante. A la oscuridad. A las profundidades. No tuvo más opción que dejarse engullir.

30

NADEZHDA
LAPTEVA

Svoyatovi Konstantin Nemtsev: un clérigo de Veceslav duran-te un inusual periodo de paz entre Kalyazin y sus vecinos. Sin embargo, eso no evitó que Konstantin tuviera un final impre-visto. Fue capturado por los magos de sangre de Tranavia y descuartizado. La paz no duró mucho tiempo.

Libro de los Santos de Vasiliev

Nadya soñó con monstruos de muchas articulaciones y criaturas con miles de dientes. Con fauces abiertas y ga-rras de hueso. Los monstruos la conocían. Intentaban tocarla, siseaban su nombre y, cuando corría, sentía que las garras le desgarraban la ropa. Miles de ojos se clavaban en la carne de su espalda. Soñó con campos de sangre, con sangre que llovía del cielo, con un mundo devastado por la guerra y ríos que se teñían de rojo.

Se despertó gritando. Aullidos de terror que le abrasaron la garganta y le sacudieron todo el cuerpo. Su pelo estaba em-papado en sudor. Fue vagamente consciente de las manos frías de Parijahan que le apartaban el pelo de la cara y de las pala-bras susurradas de la akolana, rápidas y fluidas.

La puerta se abrió como una exhalación y unas manos cá-lidas atraparon las suyas. La cama se hundió por un lado cuan-do Malachiasz se sentó y la abrazó.

—Solo era un sueño —le susurró al oído en kalyazí. Los gritos se habían convertido en sollozos—. Estás a salvo, *towy dżimyka*.

Se acurrucó en su pecho y escuchó los latidos de su corazón. Escuchó un ruido al otro lado de la habitación, donde Parijahan y Rashid hablaban en voz baja. Los detalles como ese la ayudaban a centrarse.

—¿Qué hora es? —preguntó con la voz rasgada. Le dolía hablar.

—De madrugada —respondió.

Creía que sería casi por la mañana. La puerta se cerró cuando los akolanos se escabulleron fuera.

Si no se sintiera tan mal, se habría ruborizado al darse cuenta de que estaba sola con Malachiasz en una cama, pero estaba demasiado cansada para preocuparse.

—No he escuchado a los dioses desde que desperté en un charco de mi propia sangre —susurró—. Lo que me asusta es que tal vez sea bueno. Ya no sé qué es real.

Él asintió despacio. Parecía que acababa de despertarse. Tenía el pelo largo enredado y se había puesto la camisa a toda prisa. La llevaba abierta de par en par y una manga le colgaba de un hombro.

—Es perfectamente humano dudar, Nadya —murmuró.

—No cuando eres divina —dijo y gimoteó de forma patética.

—Supongo que no —reconoció.

—¿Cómo lo haces? ¿Cómo puedes vivir sin fe?

Estaba tranquilo, excepto por el ritmo de su respiración.

—¿De verdad quieres conocer mis principios y de dónde vienen?

El rey de los monstruos. El mentiroso. El hereje. No, probablemente no quería.

Murmuró una negativa, Malachiasz asintió sin sorprenderse y la besó en la frente.

—No sé si debería preguntar qué te ha hecho gritar como una posesa mientras dormías, pero lo cierto es que siento curiosidad.

—Monstruos.

Hizo una mueca. Creyó que hablaba de él. Ojalá fuera así, al menos sería más fácil de explicar. Valoró la posibilidad de dejar que creyera que le provocaba pesadillas, pero no quería ser cruel.

—No es eso —dijo, sin querer decir «no eras tú». Él se relajó y Nadya sintió curiosidad—. ¿Te molestaría?

—Pues claro.

—Pero te gusta ser lo que eres.

Su expresión se turbó, pero no la corrigió.

—No me gustaría ser la causa de tu dolor, aunque sea inevitable. —Tras una larga pausa, habló de nuevo—: Deberías volver a dormir. Le diré a Parijahan que...

—Quédate —interrumpió.

Frunció el ceño y negó con la cabeza. Empezó a levantarse, pero lo agarró por la muñeca.

—Me importas, Malachiasz —dijo, acelerada—. No sé cuándo empezó, pero es la verdad y me da mucho miedo. Eres la persona más frustrante que he conocido y una parte de mí todavía cree que deberíamos ser enemigos y que sentir algo por ti es una herejía en sí misma, pero así es. Me has mentido desde el principio y, sin embargo, me importas.

Su expresión era indescifrable y no la miraba a los ojos. ¿Lo había interpretado mal? ¿Había dicho algo que no debía? Nunca lo había hecho antes; no sabía cómo tenía que actuar. Nunca...

La besó. Con ansia, con decisión y con un claro deseo. La sorprendió la desesperación que sintió en él y también la asustó un poco, pero no impidió que se pusiera de rodillas para quedar a su altura ni que enredara las manos en su pelo. El corazón le latía deprisa y cada fibra de su cuerpo temblaba, porque aquello estaba mal. Si no moría al día siguiente, sin duda la castigarían.

Pero le daba igual. Sus manos la agarraron por la cintura y la acercaron más. Ella se separó con la respiración entrecortada y él la miró con un brillo peligroso en los ojos.

—Es una mala idea —dijo en kalyazí. Menos mal, estaba cansada de hablar tranaviano.

—Lo sé.

—Ojalá lo supieras —dijo con voz ronca. Levantó una mano y acarició sus rasgos con las puntas de los dedos. Nadya se estremeció. Cuando llegó a su boca, ladeó la cabeza para besarle la palma.

Malachiasz dejó escapar un suspiro largo y desgarrado. Nadya atrajo su cara para besarlo y sintió sus cuerpos pegados el uno al otro. Sacó una mano de su pelo y la deslizó por su cuello hasta la clavícula. Tenía la piel caliente y su mano le recorrió la columna. Se apretó contra ella y la tumbó la cama.

Por una fracción de segundo, se quedó paralizada y se dio cuenta de pronto de lo peligroso que era aquello y de hasta dónde llegaría si no se controlaba. Él percibió el instante de indecisión y se apartó. La miró con un recelo similar en la cara.

—Quédate —susurró.

Él asintió.

—Nadya… —Se calló. La besó en el cuello. En la mandíbula. En la comisura de los labios.

Le costaba pensar con claridad. En su mente solo había espacio para la sensación de su boca en la piel, pero comprendió que quería decirle algo importante, así que abrió los ojos.

Se tumbó a su lado. La chica se puso de costado y se acercó para que sus frentes se tocaran.

—Si pasara algo mañana, quiero que sepas que eres lo único bueno que me ha sucedido en la vida.

¿El corazón tenía que estar en la garganta? ¿Tenía que sentirse viva y con ganas de llorar al mismo tiempo? No tenía ni idea. Pero había actuado en contra de todo lo que creía correcto y se había enamorado irrevocablemente de un chico terrible y monstruoso.

Le acarició la cara y la barba incipiente de su mandíbula y mejillas le raspó los dedos. Su voz la asustó, pero no como la asustaba cuando hablaba como el Buitre Negro. Era diferente. Denotaba tristeza. Desolación.

¿Cómo iba a ser lo único bueno de su vida? Había estado a punto de rajarle la garganta y tirarlo por el hueco de una escalera. Ni siquiera confiaba en él del todo.

Tal vez no fuera cierto. Le había mentido y era un monstruo, pero aun así le importaba. Una parte de ella había llegado a confiar en él. Era lo más aterrador de todo.

—Tendremos que asegurarnos de que no nos pase nada —dijo.

Le sacó una media sonrisa al chico Buitre. Le besó otra vez, suavemente y con ganas, antes de bajar la cabeza y acurrucarse con él.

* * *

Despertó con la cabeza en el pecho de Malachiasz y una mano apoyada en sus costillas. La luz de la mañana se colaba entre las cortinas. Se incorporó e intentó pensar en lo que tendría que hacer antes de que terminara el día. El chico se agitó a su lado, pero no se despertó, solo se pegó a ella. Sonrió y le acarició el pelo.

En la mesita más cercana estaba la máscara de hierro que se ponía como Buitre. Era similar a la que le había visto llevar cuando llegaron a Grazyk, pero tenía un aspecto más intimidante y estaba diseñaba para cubrir más la cara.

Malachiasz se volvió a mover y despertó.

—¿Cuántas mentiras más me contarán antes de decirme por fin la verdad? —le preguntó. Le dio la vuelta a la máscara entre las manos; el hierro estaba frío. No lo dijo como una acusación, sino por mera curiosidad.

Él frunció el ceño y se le arrugaron los tatuajes de la frente. Se tomó su tiempo para responder.

—Cuando nos conocimos, te dije mi nombre —contestó, tranquilo y con la voz ronca del sueño—. Es la única verdad que me queda.

—Una que también le has dado a otros.

Se volvió con un gemido y apoyó la frente en su cadera.

—¿Qué quieres de mí, Nadya? —dijo con guasa.

—Solo digo la verdad: no soy la única que sabe tu nombre.

—Me lo estás poniendo difícil.

Se rio y lo miró. El pelo negro se derramaba por las almohadas blancas como la tinta. Se llevó las rodillas al pecho y las abrazó mientras pensaba en cuando estuvieron sentados frente al altar de Alena y prácticamente reconoció que era malvado. Malachiasz cerró los ojos; su rostro era agradable, pacífico. Un rey monstruo, salvaje y hermoso.

Le dolía el pecho de una forma extraña, le sorprendía lo mucho que ese chico hecho pedazos le importaba y la aterrorizaba a la vez. Nunca dejaría de aterrorizarla. Se recostó a su lado.

—¿Es parte de ti? Es decir, ¿siempre ha estado dentro de ti? —No le hizo falta especificar.

Él se quedó en silencio y, acostumbrada ya a sus silencios, ella esperó deseando que dijera que sí, que había nacido con hierro en el cuerpo en lugar de hueso. Significaría que fue una maldición de sangre en lugar de algo hecho por la mano del hombre. Si no había nacido así, entonces lo habían torturado hasta metérselo. Experimentos más espantosos de lo que quería imaginar.

—Nací con el potencial para ser un monstruo, como todas las personas —dijo al final—. Las Minas de sal lo convirtieron en realidad. Todo lo que tengo es lo que me hicieron.

Le besó el hombro desnudo y otra grieta se abrió en su corazón. No sabía lo que les pasaría cuando todo acabara. Ni siquiera era capaz de pensar tan lejos en el futuro. Lo que les esperaba era sombrío y lo sabía.

¿Qué diría si supiera que su objetivo final seguía siendo el mismo? Pretendía devolver la presencia los dioses a Tranavia y. cuando el velo se rompiera, les seguiría perteneciendo.

Al menos, eso pensaba.

Cuando se volvió para mirarla, levantó una mano y le rozó la mejilla con el dorso de los dedos, sintió una punzada de dolor en el corazón. No era el único que mentía. A ella se le daba de maravilla mentirse a sí misma.

31

SEREFIN
MELESKI

Svoyatovi Dobromir Pirozhkov: cuando Svoyatovi Dobromir Pirozhkov era niño, su hermana cayó en un río congelado y milagrosamente la devolvió a la vida. La suya fue una vida extraña, llena de percances singulares hasta que finalmente murió en un insólito accidente, pisoteada por su propio caballo. Dobromir, que no era clérigo, también sufrió de una suerte terrible durante toda su vida hasta que se ahogó en el mismo río congelado del que había salvado a su hermana años antes.

Libro de los Santos de Vasiliev

Serefin estaba acostumbrado al dolor. Era un viejo amigo. Sin embargo, cuando lo arrojaron a la oscuridad, lo que le esperaba no se podía describir con palabras. No era nada conocido. Era mucho más, algo más grande de lo que el vocabulario humano podía abarcar. Lo destruyó, lo arrancó de la existencia consciente y lo lanzó a un mundo donde habitaban los monstruos y la sangre caía del cielo como el agua de lluvia.

Empezaba a perder la percepción de su propia conciencia, la esencia misma de quien era, el Gran Príncipe malhumorado con mucho más talento para la magia de sangre del que le convendría para ser rey. El Gran Príncipe que jamás pensó que llegaría a reinar, porque moriría primero. Lo perdía todo. No,

no lo perdía, se lo quitaban. Iban a despojarlo de todo lo que le hacía ser quien era y se quedaría en aquel mundo baldío de sangre, monstruos y magia.

Aquel mundo se convertiría en su realidad. Estaba absolutamente seguro de ello. Era una sensación abrumadora de certeza y horror, el tipo de presentimiento que volvería loco a un hombre.

Lo había sido alguna vez. Antes. ¿Antes de qué? ¿Había una línea que dividiera el antes y el después? ¿O no existía nada más que la sangre que llovía del cielo hasta formar ríos y le empapaba la piel? ¿Tenía piel? Era consciente del amargo sabor del cobre; se había metido los dedos empapados de sangre en la boca y había probado la mancha carmesí. Pero ¿por qué?

Destellos de plumas le rozaron la cara. Dientes como navajas se le clavaron en la oreja y oyó cantar. No, no era eso. Oír era una experiencia diferente, algo que no poseía. Lo sintió y se convirtió en ello. Se convirtió en la canción, la música y el susurro de una voz; no dejaba de cambiar y todavía llovía sangre.

No conocía esa canción. No conocía la lengua y era extraña. Era perfecta, pero tambiénperversa, y le hacía temblar.

El cambio de la incomprensión a la iluminación fue repentino. El momento en que las palabras que escuchaba empezaron a tener sentido en su forma perfecta y abominable.

Era otra persona y la voz estaba enojada, frustrada, triste. Había perdido mucho y ganado muy poco, estaba cansada de luchar, cansada de la guerra.

¿Guerra?

La guerra, la sangre y la magia manchaban la tierra y a la gente. Herejía y…

No.

No, todo estaba mal, muy mal. Un resquicio de lucidez que todavía era Serefin gritaba porque todo estaba mal.

La guerra era libertad. La guerra era necesaria.

La canción cambió y él cantó siguiendo su son. Se corrigió en mitad de una nota y se disculpó por su error porque por supuesto que en el mundo nunca habría paz hasta que uno de los reinos fuera erradicado.

Eso también estaba mal. Serefin, lo que quedaba de él, si es que quedaba algo, se esforzó por encontrar una palabra que describiera la canción. La tenía, pero existía fuera de su alcance, más allá del punto en el que se había convertido en algo que no era Serefin.

Sin embargo, no estaba allí y se sintió caer, desintegrarse, perder el último pedazo de sí mismo hasta que no quedó nada.

Y entonces, silencio. Y en el silencio, otra canción. Astuta, afilada y lenta. Agujereó el silencio en busca de algo que se había perdido.

Había profecías y visiones de un mundo en el que no quedaba nada. ¿De qué servía un mundo de nada? Pero necesitaba cuatro cosas: una que estaba perdida, una que estaba en otra canción, una que había dejado de escuchar en canciones hacía años y una que era intocable porque estaba demasiado cerca de ser una canción en sí misma.

Se complicaba, sobre todo porque ese mundo se empeñaba en destrozarse a sí mismo. Pero era un desafío, un enigma, una prueba.

Incluso si implicaba recomponer lo que la arrogancia había destrozado. Incluso si implicaba forzar a alguien que no estaba dispuesto a escuchar. Incluso si implicaba sembrar la duda en el corazón de una fanática. Incluso si implicaba provocar la locura.

Para arreglar las notas discordantes que arruinaban la música, estaba dispuesto a sacrificarlo casi todo, incluso las cuatro piezas esenciales para sus planes.

Sin embargo, lo primero era un príncipe tambaleante.

Vio un océano de estrellas. La oscuridad se extendía hasta el infinito a su alrededor. Lo presionaba, lo bañaba y se lo tragaba vivo. Lo rodeaba y lo guiaba, aunque no sabía dónde iba. Solo sabía que había sido; una vez, existió. No era nada, nadie, y no había nada más que estrellas.

Y polillas.

Millones de alas polvorientas del color de la luz de las estrellas que bailaban en los rayos de luna y revoloteaban a su alrededor. Una polilla, mucho más grande que las demás, suave y gris, aterrizó encima de su ojo malo.

Dio un paso adelante. Su pie dejó una huella sangrienta en la ceniza. La sangre le goteaba en los dedos, pero no creía que estuviera herido.

Aunque tal vez sí. Existía. Era real. Estaba muerto.

Se dio cuenta de que no le molestaba demasiado, aunque le irritaba que su paranoia se hubiera convertido en realidad.

Se pasó la mano por la cara y recogió la polilla con el dedo índice. Al sostenerla, apenas sintió el peso de sus finas patas en la piel.

La polilla y las estrellas se arremolinaron a su alrededor hasta convertirse en la misma cosa; las polillas volaban formando constelaciones de puntos de luz con alas polvorientas.

Algo ardía dentro de él y le quemaba en las venas. Algo cambiaba y no sabía qué. Lo que era y su misma esencia se había transformado entre las estrellas, la oscuridad y las polillas brillantes.

«Este no es el destino que mi padre habría planeado para mí», pensó sin un ápice de duda.

Sangre, demonios y monstruos. La voluntad de destruir. Era lo que se suponía que debía ver. Ni estrellas, ni polillas, ni canciones.

—Me cargo los planes de Izak Meleski incluso desde la tumba —le dijo en voz alta a la polilla de su dedo. Al menos, creyó que había hablado en voz alta; no estaba del todo seguro de lo que eso significaba en aquel lugar.

La polilla agitó las alas como si lo hubiera escuchado. Entonces, su visión cambió.

Un mundo en llamas. Grazyk reducida a escombros. Los lagos de Tranavia llenos de sangre y muerte. Las montañas de Kalyazin quemadas. Las cúpulas de la Corte de Plata agujereadas y humeantes. Un mundo roto, un mundo hambriento. Sangre que caía del cielo como lluvia.

Un futuro imposible de detener. Un futuro que ya se había puesto en marcha.

Serefin despertó.

32

NADEZHDA
LAPTEVA

Svoyatova Serafima Zyomina: poco se sabe de Svoyatova Se-
rafima Zyomina. Aunque era clériga, fue bendecida con una
extraña magia que nunca funcionaba de la misma manera dos
veces. Si alguien era su enemigo, verla en el campo de batalla
suponía una muerte lenta y agonizante, pues era clériga de
Marzenya y ambas eran crueles.

Libro de los Santos de Vasiliev

La lluvia de la noche anterior había seguido empeorando hasta convertirse en una fuerte tormenta. Los relámpagos aparecían cada pocos minutos y el interior del santuario parpadeaba en blanco y negro. La habitación tenía un aspecto violento y furioso, un lugar de muerte adecuado para un rey monstruoso.

Malachiasz se adaptó a su papel sin problemas. Llevaba una capucha con la forma de la cabeza de un buitre, y su pico le ensombrecía la mitad de la cara. Un manto de plumas negras le caía sobre los hombros. Lo flanqueaban Buitres a ambos lados con máscaras de hierro que escondían la mayor parte de sus rostros. Se sentaba en el trono con aire despreocupado y la arrogancia de quien se siente cómodo en su posición. Estiró una pierna por encima del reposabrazos y descansó sus dedos tatuados en el pecho.

Un crío convertido en el rey de los monstruos en un reino de condenados.

Sintió una punzada extraña en la parte posterior de la cabeza. Era incómodo. Algo había cambiado. No supo definirlo y lo achacó a los nervios.

Cuando el rey llegó, iba flanqueado por solo unos pocos guardias. Tenía confianza ciega en el Buitre Negro y estaba desesperado por obtener un poder abominable.

Malachiasz se quitó la capucha, que colgó sobre sus hombros. Tenía las uñas de hierro del largo justo para que fueran unas garras visibles. Llevaba los ojos pintados de negro y más cuentas de oro anudadas en la larga cabellera oscura.

«Parece un rey», pensó, y el estómago le dio un vuelco. ¿Cómo la había engañado para que creyera que era insignificante?

Su aspecto era feroz y salvaje con el pelo trenzado. Sonrió con dientes de hierro y los incisivos demasiado afilados. Un poco más y serían colmillos.

Lo miró con el corazón en la garganta. Llevaba una intrincada máscara blanca de perlas y encaje y el pelo entretejido en un complicado amasijo de trenzas. Le habían quitado el hechizo que ocultaba su cara y también el tinte del pelo y, aunque hacía tiempo que había dejado de tener la magia de Malachiasz en la piel, todavía notaba su ausencia. Tenía los *voryen* atados en los antebrazos y su peso solido la tranquilizaba.

Izak Meleski, rey de Tranavia, se detuvo frente al Trono de Carroña. No se inclinó, pero sus labios dibujaron una sonrisa.

—Llegaron rumores de la huida de uno de vuestro Buitres, excelencia —dijo el rey—. ¡Imaginaos la sorpresa cuando la verdad salió a la luz!

Nadya se tensó al escuchar el título honorífico de los labios del monarca.

—Meras exageraciones —respondió—. Pasé algún tiempo en Kalyazin por... —Se detuvo para pensar—. Motivos académicos. Os doy mis condolencias, majestad. Su alteza era un gran ejemplo del poder de Tranavia; se le echará de menos.

El caos y la locura se entretejían cuidadosamente en su voz.

—¿Qué? —susurró. Nadya extendió la mano y le tocó el antebrazo a Rashid.

El akolano frunció el ceño con incertidumbre.

Se sintió como si luchase por encontrar un saliente al que agarrarse en mitad de una avalancha. Se suponía que iban a salvar a Serefin, no matarlo. Malachiasz lo sabía y había aceptado. Dejar que el príncipe sufriera algún daño ponía al rey un paso más cerca de su objetivo.

«¿Y si había sido su intención todo el tiempo?».

Lo miró en vez de al rey, como debería hacer, para buscar un indicio de que no había querido la muerte de Serefin, pero solo encontró la fría expresión de un monstruo.

El rey juntó las manos detrás de la espalda. Żaneta estaba a su lado, pálida y retraída. No vio a Ostyia ni a Kacper en el salón.

—Kalyazin pagará por la muerte de mi hijo —dijo Izak con un ligerísimo temblor en la voz.

Intercambió una mirada alarmada con Rashid. Imposible.

—Empezaremos por la Corte de Plata —continuó, con el puño cerrado—. Los pondremos de rodillas.

La sensación de que alguien estaba usando magia llenó la sala. Izak bajó el brazo y fuera cayó un rayo, que sacudió el salón con destellos erráticos y frenéticos. Era una magia abrumadora y la sintió en el aire, el cobre y la sangre. No llegaba a concebir el poder necesario para controlar los cielos de esa manera.

Malachiasz miró al techo con expresión despreocupada. Luego sonrió.

—Así que ha funcionado —dijo, pensativo, pero audible—. No estaba seguro, ¿sabéis? No se había confirmado que usar la sangre de un mago poderoso potenciaría el proceso.

«No». Se le heló la sangre en las venas. Parijahan cerró los ojos y se apoyó en una columna. La expresión de Rashid se oscureció.

—No me noto tan distinto —espetó el rey.

—¿Acaso sabéis qué se siente al tener el poder de los dioses? —preguntó Malachiasz—. No tenéis nada con qué compararlo.

—¿Y vos sí?

El Buitre juntó las manos.

—Bueno, yo soy... ¿cómo era? El mayor logro de la orden hasta ahora. Habéis conseguido lo que os prometí, ¿no es así?

Un brillo mordaz de dientes de hierro. Un titiritero que los había controlado a todos con palabras endulzadas y súplicas de confianza. Nadya miraba desde las sombras con los ojos entrecerrados. Se suponía que dejarían que el rey creyera que había ganado, pero eso no implicaba entregarle el poder que tanto anhelaba.

Perdió la voluntad de luchar. ¿Malachiasz lo había hecho de todas formas? ¿Había orquestado una blasfemia en un intento de destruir su reino?

Esperaba equivocarse. Tenía que equivocarse.

Pero el rey necesitaba al Buitre Negro para completar la ceremonia, así que tendría que haberlo ayudado por voluntad propia. ¿Los había traicionado? ¿Por qué?

Mientras lo miraba sentado en su trono de cráneos y huesos, vio lo que siempre había sido. Tranaviano hasta la médula: despiadado y bellamente cruel. Había sido una tonta por creerle. Había ignorado cientos de señales y había decidido depositar su fe en un monstruo.

¿Qué le haría el rey a los cielos con el poder que ahora poseía? Si la magia creada por humanos había levantado el velo que mantenía a los dioses fuera de Tranavia, ¿qué haría esa nueva magia?

Pensó deprisa. Si le correspondía a ella detenerlo, que así fuera. Miró a Rashid, que estaba igual de confundido.

—No entiendo por qué —dijo en voz baja.

Se sacó el colgante de plata del cuello y miró la espiral. Se envolvió el cordón alrededor de la mano como había hecho con las cuentas de oración. Si lo único que tenía era un dios olvidado y sediento de sangre que no era un dios, tendría que servir.

El rey agarró a Żaneta por el hombro y la empujó hacia el trono. La chica tropezó y cayó a los pies del Buitre Negro.

Malachiasz se inclinó hacia delante y le levantó la barbilla con una garra de hierro.

—Deseabas ser reina —siseó—. El precio del poder es la sangre; siempre lo ha sido. ¿El precio por convertirse en un dios? Es la muerte. —Ladeó la cabeza con un movimiento entrecortado—. Sin embargo, la deslealtad y los caprichos inconstantes corresponden a quienes sueñan con elevarse por encima de su posición a lugares a los que no pertenecen.

Le acarició la mejilla con la garra y ella lo miró horrorizada. El Buitre Negro curvó ligeramente las comisuras de los labios.

—La sutileza habría sido un mejor rasgo para una reina. La traición es una mancha que no se ignora con facilidad. ¿Te cuento un secreto? —La sonrisa se amplió cuando no respondió—. Mi orden se construyó con traiciones. Encajarás a la perfección.

Los labios de Żaneta formaron la palabra «no» con un terror silencioso. Malachiasz se enderezó y se elevó sobre la chica mientras agitaba una mano lánguida a los Buitres enmascarados para que se la llevaran.

—Somos muy selectivos respecto a quiénes acogemos en la orden —dijo—. Felicidades. Has sido seleccionada. Espero con ansias tu próxima e inevitable traición —levantó la voz mientras la arrastraban entre gritos fuera del santuario.

Nadya cerró los ojos.

—No puede haber sido capaz —murmuró Rashid.

Ese era el problema; sí lo era. Nunca había sido una víctima torturada del culto, aquello no había sido más que una farsa cuidadosamente elaborada para ganarse su confianza. Era su mayor logro. No había nada que no estuviera dispuesto a hacer para conseguir lo que quería.

Eso era lo que Nadya no entendía.

¿Qué quería Malachiasz?

33

SEREFIN
MELESKI

Svoyatovi Nikita Lisov: un clérigo del dios Krsnik que decidió abandonar la vida de hombre santo y usar el poder concedido por el dios para entretener. Mientras que la Iglesia se negaba a su canonización, el uso de uno de los huesos de sus dedos cambió el rumbo de una batalla en el año 625, cuando estalló en llamas y acabó con toda una compañía de tranavianos.

Libro de los Santos de Vasiliev

Estaba atrapado en la oscuridad.

«Si estoy en un ataúd, alguien lo pagará caro», pensó, irritado.

Se sentía raro, demasiado nervioso y febril. Levantó las manos con fuerza, listo para sentir la losa blanca de la tapa, pero sus manos no encontraron nada más que aire.

Suspiró aliviado. Solo tendría que salir de allí, donde fuera que estuviera. Se levantó a duras penas y se tambaleó al ponerse de pie. Sangre y hueso, se sentía fatal.

Consideró la posibilidad de encender una luz y buscó su libro de hechizos.

«Imbécil, claro que no lo tienes». Pero después hizo una pausa. Estrellas, polillas y música. Se preguntó...

No tenía nada con lo que conseguir sangre. No tenía cuchillas en los dobladillos de la ropa ni ningún cuchillo. Solo se tenía a sí mismo y la oscuridad que lo rodeaba. Se frotó el dedo índice con la uña del pulgar. Siempre las llevaba cortas, así que no funcionó.

«Me va a doler», pensó con resignación mientras se apartaba la manga del antebrazo y mordía con fuerza.

La sangre le llenó la boca y con ella llegó la embriagadora ráfaga de poder. No tenía un libro de hechizos ni un conducto y no era posible hacer magia de sangre sin ninguno de los dos, pero canalizó el temblor de sus músculos y el embriagador torrente de poder de la sangre.

Conjuró un puñado de estrellas que brillaron en la oscuridad y le dieron suficiente luz para descubrir que todavía estaba en las catacumbas. Al menos conocía la salida.

Salió de allí y sobresaltó a los guardias que estaban afuera.

—Alteza —dijo uno con un tono más grave de lo normal mientras desenvainaba la espada.

—¿Conque esas tenemos? ¿Me asesinan y todo el mundo tiene órdenes de matarme en el acto? ¿Solo para restregármelo?

No sabía si había muerto de verdad, pero sonaba mucho más poético.

Se preguntó si podría matar con las estrellas que flotaban perezosas alrededor de su cabeza. Solo había una forma de averiguarlo. La herida del mordisco todavía sangraba despacio y la usó para cubrirse las manos. Sin embargo, antes de tener la oportunidad de usar la magia, la punta de una espada sobresalió del ojo de uno de los guardias. El otro cayó a su lado y reveló a una triste figura de un solo ojo.

—Serefin —jadeó Ostyia. Tenía el ojo enrojecido, como si hubiera llorado. Jamás la había visto llorar. Lo más cerca que estuvo fue el día en que mataron a su perro en una cacería cuando eran niños. Incluso entonces, se tomó la noticia con estoicismo.

Esquivó los cuerpos de los guardias y le entregó una daga. Hizo un gesto de dolor al verle el mordisco del brazo.

—Tenemos que irnos —dijo. Después de una pausa, se dio la vuelta y se abrazó a su cuello—. No tienes permitido morir —le regañó con la voz aguda.

—Demasiado tarde —dijo Serefin, un poco sorprendido por el abrazo—. Creo. Tal vez no. ¿Qué es lo que pasa? —Se dio cuenta de que estaba sola y sintió una punzada de pánico—. ¿Dónde está Kacper?

Relámpagos y truenos iluminaron el pasillo un instante, antes de volver a quedarse en la penumbra de la antorcha.

—Tenemos que irnos —repitió—. No sé dónde está, lo siento. —Todavía no lo había soltado. De hecho, lo agarró más fuerte—. Tu padre ha anunciado tu muerte esta mañana. La está aprovechando para decir que han sido asesinos del enemigo. Está en la capilla y … —Por fin se apartó, con la cara pálida—. Lo que fuera que pretendía hacer, lo ha conseguido. Se suponía que tú seguirías muerto.

—Ya veo —dijo con frivolidad para enmascarar el horror cuando la chica se alejó. Se ató la daga al cinturón, pero no se molestó en vendarse la herida del mordisco. Mejor que todo el mundo viera su desesperación—. Si mi padre quiere convertirse en un dios, tendré que mostrarle lo que vi al otro lado.

Ostyia abrió mucho el ojo.

—¿Qué viste?

—Estrellas —dijo. Agitó una mano para señalar las que aún colgaban en constelaciones alrededor de su cabeza mientras pasaba por encima de los cadáveres y comenzaban a recorrer el pasillo en dirección al patio—. Había música y... polillas.

Miles de alas brillantes y polvorientas se agitaron a su alrededor.

34

NADEZHDA
LAPTEVA

Svoyatova Raya Astafyeva: se decía que las estrellas seguían a Svoyatova Raya Astafyeva a donde quiera que fuera. Un camino de luz parpadeante en mitad de la oscuridad de la guerra.

Libro de los Santos de Vasiliev

La lluvia que salpicaba las ventanas de la catedral se volvió espesa y roja. Era sangre. Llovía sangre del cielo.

Parijahan siguió la mirada de Nadya y apretó los labios. Todo se había torcido.

Nadya dejó que su magia se deslizara desde donde estaba, escondida en las sombras de una columna de mármol. Nadie la descubriría allí. Nadie se fijaría en una chiquilla paliducha mientras el rey de Tranavia convertía los cielos en sangre y jugaba con más poder del que ningún mortal debería poseer.

Un poder así arrasaría Kalyazin en un instante. Lo único que tenían para defenderse era la magia de una clériga de diecisiete años y, aunque era poderosa, parecía insignificante en comparación. Sobre todo, mientras los dioses siguieran fuera de su alcance.

Pero no todos los dioses. Frotó el colgante que tenía en la mano con el pulgar. «Algunos dioses exigen sangre».

Ya estaba muy lejos de lo que siempre había creído que era la verdad. Nada le impedía ir más allá, no si así podía salvarlos a todos. Tal vez viviera para arrepentirse, o tal vez no, pero eso no la frenó a la hora de tomar la decisión. Ahora tenía un poder propio y, aunque antes no había conseguido vencer al velo mágico, quizás eso también había cambiado.

Desenvainó uno de sus cuchillos. Con una oración silenciosa, se quitó la máscara de la cara y la dejó caer. Se cortó una cuidadosa espiral en la palma de la mano, el mismo patrón que en el colgante, y luego presionó el frío metal en el puño.

«Sangre tendrá, si es lo que hace falta».

Sentía cómo la aplastaba el peso opresivo del velo que envolvía Tranavia. Empujó su poder hacia él; un único punto de luz en una extensión infinita de oscuridad. Allí estaba, un diminuto orificio. El rey levantó la cabeza como un resorte al sentirlo también. El Buitre se puso rígido y sus dedos revolotearon de forma extraña mientras se llevaba la mano al corazón. Miró al techo con el ceño fruncido.

La sangre goteaba entre los dedos de Nadya y corrió por su mano cuando cerró el puño.

Malachiasz esbozó una sonrisa exagerada y la clériga sintió otra punzada en el pecho. El Buitre Negro se alejó del monarca con las manos en la espalda e Izak se centró en ella.

No hubo ninguna advertencia cuando su poder la atacó. En un latido, las piedras del suelo se ondularon como si fueran agua y, a continuación, el propio suelo desapareció bajo sus pies. En un parpadeo, cayó a los pies del rey y el *voryen* salió volando de su mano.

—¿Qué tenemos aquí? —El rey de Tranavia la agarró del pelo y le levantó la cabeza a la fuerza.

Se tragó un grito de dolor y lanzó su magia con más fuerza hacia el velo. Si iba a morir, que así fuera. No importaba.

Pero se llevaría el velo con ella y traería a los dioses de vuelta a Tranavia con su último aliento.

No tuvo oportunidad de responder a la pregunta del rey, ni tiempo para pensar en una astuta ocurrencia; la golpeó en la cara y esa vez gritó.

Lanzas de calor níveo le atravesaron el cráneo. Todo se astilló y se volvió negro, blanco, rojo y negro otra vez. Casi se desmaya. Izak la dejó caer.

Se incorporó con una mano y se le revolvió estómago, amenazando con derramar su contenido en el grotesco suelo de huesos blancuzcos.

—*Estás en una situación difícil, ¿verdad, niña?*

«Hola, Velyos». Era agradable volver a estar en comunión con un dios, aunque Velyos fuera otra cosa, no exactamente un dios. Pero tenía un poder que le vendría bien. Tenía la visión borrosa cuando abrió los ojos, y le sangraba la nariz. Sintió una perturbación de magia y vio la mano del monarca acercándose. Un golpe mortal.

Se escudó con su propia magia. El ataque la sacudió hasta los huesos y el codo se le dobló debajo del cuerpo. No consiguió detenerlo. El rey era demasiado fuerte, y Nadya aguantó apenas unos segundos antes de que la consumiera.

—*En realidad, no quieres romper el velo* —dijo Velyos—. *¿De verdad quieres destruir este país y todo lo que hay en él?*

«Si no traigo a los dioses, el rey ganará. Tranavia ganará. No puedo hacerlo sola. Vine para hacerlos volver».

—*Después de mostrarte la verdad, ¿todavía quieres su ayuda?*

Nadya vaciló y su magia también. El poder del rey se coló por las grietas de su escudo y las imágenes de sus sueños volvieron a asolar su mente.

«Demasiadas personas me han considerado una ingenua y han creído que podrían controlarme. No permitiré que tú también lo hagas».

Pero seguía sin poder hacerlo sola.

—*Tal vez no tengas que hacerlo.*

Las puertas de la catedral se abrieron de golpe y la magia que la aplastaba cesó.

Serefin Meleski, cubierto de sangre y rodeado por una constelación de luces brillantes y polillas revoloteando, entró en el santuario. Nadya sintió una punzada en el pecho cuando percibió el poder que desprendía. No se parecía a nada que hubiera experimentado antes. Era diferente a los Buitres y al horror en que se había convertido su padre. Era etéreo y tenía un encanto oscuro.

Cuando comprendió a qué le recordaba su poder, fue como si le hubieran tirado un cubo de agua helada. Era como el poder de los dioses. No, más bien como el poder que percibía cuando hablaba con Velyos.

El príncipe escudriñó la habitación y sus miradas se cruzaron. Nadya se tensó cuando el reconocimiento parpadeó en sus pálidos ojos azules, pero entonces sus labios formaron una sonrisa.

«¿No estoy sola, entonces?».

—*No* —respondió Velyos—. *No del todo.*

SEREFIN
MELESKI

Un día antes y habría arrestado a la clériga nada más verla. Una semana antes y la habría matado al instante por el poder que albergaba su sangre. Sin embargo, cuando en ese momento vio a la chica encogida en el suelo con la cara manchada de sangre y una mirada asesina, se había sentido más feliz que nunca de ver a alguien.

Por supuesto que la noble de una ciudad perdida en las marismas de Tranavia era la clériga que se escondía a plena vista.

Se habría considerado un idiota por ignorar todas las señales, salvo porque tenía la excusa de haber estado preocupado por problemas más grandes. Una excusa inútil, vista en perspectiva.

—Padre —llamó, radiante—. No sé qué me ofende más, que me hayas asesinado o que hayas usado mi muerte para tu propio beneficio, si es que he muerto. ¿He muerto? No está claro. Pero ¡aquí estoy! Aplaudo la imaginación necesaria para aprovechar mi muerte hasta este punto, de verdad que sí. No tenía ni idea de que fuera tan importante, y a todo el mundo le gusta sentirse especial. Aunque me duele no haber aprovechado mi muerte tan bien como tú. Porque al parecer estoy muerto, ya lo sabes.

La conmoción en el rostro de Izak Meleski fue el mayor regalo que su triste vida le había dado.

—Serefin —dijo Malachiasz con un graznido.

—No te sorprendas tanto —dijo—. Ni que te importase.

El Buitre Negro bajó del estrado, con las manos en la espalda y un gesto cuidadosamente impasible. Se acercó a Serefin despacio y las polillas revolotearon nerviosas alrededor del príncipe.

—Alteza —dijo Malachiasz con una inclinación de cabeza—. ¿Sabes lo que esto significa?

Serefin no tenía ni idea de qué le hablaba. Miró al chico más joven que daba vueltas a su alrededor.

—Me temo que no, excelencia —respondió.

Malachiasz se giró sobre los talones para encararse de nuevo al rey.

—Creo que es un golpe de estado. —Su alegre sonrisa reveló unos dientes de hierro.

El rostro de Izak se ensombreció y el poder revoloteó en las esquinas negras del salón. El Buitre se volvió de nuevo hacia Serefin.

Se sacó la daga del cinturón y se cortó una delgada línea en el antebrazo. Las estrellas alrededor de su cabeza se iluminaron. Malachiasz las miró y levantó una mano para empujar una de las polillas del aire con una garra de hierro.

—Fascinante —murmuró.

Después, se marchó y la oscuridad se extendió por el suelo como una inundación de tinta en dirección al príncipe.

«Así que ahora me toca enfrentarme a la magia de mi padre, la cual no entiendo, con la mía propia, que tampoco entiendo», pensó sombrío.

El Buitre Negro volvió a subir a su trono. Ocioso, le dio vueltas al cáliz del reposabrazos mientras la clériga se levantaba y se lanzaba a por una daga que había tirada apenas a unos pasos de distancia.

Era hora de probar para qué servía su nuevo poder.

NADEZHDA
LAPTEVA

Malachiasz cerró los ojos. Levantó la cabeza hacia atrás para exponer la garganta al cuchillo de Nadya.

—¿He cometido un error al no matarte? —susurró, y se le quebró la voz. Las lágrimas le quemaban los ojos.

—Casi seguro que sí. —Apretó los brazos del trono con las manos. Abrió los ojos, negros como el ónice.

Cuando levantó la vista, todos los Buitres de la catedral se derrumbaron. Siseó y presionó la frente en un lado de su cabeza.

—¿Qué has hecho?

—No había manera de detenerlo —dijo con voz rasgada—. Se había puesto en marcha hace mucho tiempo. Estaba destinado a suceder.

—Volviste para presenciar tu gran victoria —dijo Nadya con los dientes apretados—. Y te trajiste a la clériga para usarla y que fuera testigo de la caída de su reino.

Un gesto de dolor parpadeó un segundo en su cara.

—¿Acaso somos tan diferentes, Nadya? —Levantó la mano, con los dedos coronados por largas uñas de metal, y presionó el pulgar en los labios de ella—. Los dos anhelamos la libertad. El poder. Una elección. Los dos queremos que nuestros reinos sobrevivan.

Algunos Buitres se levantaron a duras penas. Parijahan salió de las sombras para encargarse de ellos. Serefin no mantendría a su padre a raya mucho más tiempo.

—Ambos sabemos que somos los únicos que podemos salvar nuestros reinos —continuó en voz baja.

El cuchillo se deslizó de su mano temblorosa y le cortó una línea poco profunda en la garganta. El carmesí goteó por su pálida piel. Se quedó muy quieto sin dejar de mirarla en ningún momento.

Había sido terriblemente ingenua. Había escuchado a su corazón susurrarle que el muchacho de sonrisa encantadora y manos gentiles no pretendía hacer daño; era peligroso y emocionante, pero tenía buenas intenciones. Mentiras y más mentiras.

Todos se habían centrado en el rey de Tranavia y se preguntó si no deberían haber mirado a Malachiasz desde el principio.

—Me ayudarás a detener esto —dijo.

Él se quedó en silencio un rato demasiado largo.

—Destruiré tus minuciosos planes para cumplir los míos.

—No —dijo por fin—. Porque se solapan.

No tenía sentido y no lo entendió. Tenía el corazón hecho pedazos y le latía con fuerza en las costillas. Solo era un monstruo; oscuridad con la forma de un chico. Se sentía aturdida.

Le apartó el cuchillo de la garganta, lo bajó y le acarició la muñeca. Le levantó la mano y dibujó con la hoja la misma espiral que se había cortado en la suya. Malachiasz siseó cuando presionó el colgante en el corte y lo apretó, entrelazando sus dedos.

—Cuántas cosas podría hacer con sangre como la tuya —susurró cerca de su oreja—. Quiero que sepas que algunos dioses exigen sangre.

Sus ojos parpadeaban entre el ónice y el azul pálido, y agachó la barbilla para esconder la sombra de una sonrisa.

—Cómplice de herejía.

Sintió cómo el poder de ambos chocaba, el suyo negro y pesadillesco. Dolía y quemaba como un veneno y se filtró dentro de ella. Lo dejó entrar y permitió que se mezclara con su propio pozo de luz y divinidad.

—Ahora que has probado el verdadero poder, *towy dżimyka* —murmuró—, ¿qué harás con él? —Soltó una risita y volvió a ponerle el colgante en el cuello, arrastrando las yemas ensangrentadas por su mejilla—. ¿Qué harás con la libertad?

Lo miró; el chico hecho trizas que era un monstruo y un mentiroso y había comenzado todo ese desastre. Su poder era embriagador. Acercó la cara y los labios doloridos a los de él. Su entumecido e ingenuo corazón le gritó que lo perdonara otra vez, una oportunidad más, pero no merecía más oportunidades.

—Voy a salvar al mundo de monstruos como tú.

—Pues esta es tu oportunidad.

Lo besó en la sien y se alejó. Serefin estaba de rodillas, encorvado por el dolor, sangraba por la cabeza y se apoyaba en el suelo con una mano de nudillos blancos. Las polillas muertas plagaban el mármol a su alrededor. Las estrellas alrededor de su cabeza comenzaban a parpadear.

Nadya hizo otro agujero en el velo. No lo rompió del todo, todavía no, solo lo suficiente para sentir la presencia de

Marzenya. Su rabia, su hielo y su ira. Fue suficiente para combinar las dos mitades de magia que tenía dentro con el poder de un monstruo y transformarlo todo en algo que pudiera utilizar. Durante un momento cegador y terrible, el discurso en lengua sagrada inundó sus sentidos. Solo vio luz y escuchó las campanas de la divinidad; el cobre le llenó la boca.

Izak Meleski se volvió hacia ella y sintió cómo un peso agonizante la aplastaba. El poder del rey creaba horrores en su mente, pero Nadya ya había visto horrores. Ya poco la asustaba.

Levantó el *voryen* para usarlo como canal de su poder y empujó llamas hacia el suelo y hacia el rey. Estaban teñidas de oscuridad. El fuego lo alcanzó, pero retrocedió y envió un nuevo horror a su mente.

Nadya se lo quitó de encima. Le brillaban las puntas de los dedos y convocó una columna de poder cegador de los cielos que bajó por el agujero del velo para golpear al monarca. Por un instante, creyó haber acabado con él, pero entonces un nuevo poder la embistió y la forzó a quedarse quieta.

Le estallaron los vasos sanguíneos de las cuencas oculares por la tensión que pesaba sobre ella. Le goteaba sangre de la nariz y los ojos; se acumulaba en sus oídos.

Se moría.

SEREFIN
MELESKI

Cuando su padre se dio la vuelta, se sintió como si saliera a la superficie después de haberse ahogado. Jadeó, se atragantó con sangre y se levantó a duras penas.

La clériga no se movía. Una luz blanca rodeaba su cabeza, como un halo, pero algo lo manchaba y temblaba, errático. La sangre fluía fuera de su cuerpo como si fuera agua. Se acercó un paso, pero le cedieron las rodillas. No le quedaba nada; unas pocas polillas que revoloteaban débilmente a su alrededor, no tenía sangre suficiente para lanzar magia. Se había drenado hasta quedarse seco.

Como una sombra, la chica akolana que había visto seguir a la clériga por el palacio se deslizó hasta el centro del santuario. Saltó de las sombras con algo que se difuminaba en una mancha borrosa, hasta que se dio cuenta de que era un látigo. El cuero romo golpeó a Izak Meleski directamente en la frente y él tropezó.

—¡Nadya! —gritó la chica mientras la atención del rey se volvía hacia ella. Comenzó a sufrir convulsiones.

Serefin miró a Malachiasz, que observaba impasible desde el trono, con la barbilla apoyada en la mano. Tanto poder, y no hacía nada. El odio le ardía en las venas. Sabía que el Buitre Negro era un peligro, pero se había dejado convencer por la esperanza de que tal vez fuera un aliado, cuando no era más que otro monstruo.

35

NADEZHDA
LAPTEVA

Svoyatova Valentina Benediktova: una clériga de Marzenya cuyo camino se ensombreció cuando se cruzó con el de la maga de sangre tranaviana Urszula Klimkowska. Todos los registros sobre Valentina terminan aquí. Nadie sabe si Valentina mató a Urszula o viceversa. Su canonización se debió al milagro que realizó a los doce años, cuando defendió la ciudad de Tolbirnya. No hay registro de su muerte; su cuerpo nunca se encontró.

Libro de los Santos de Vasiliev

Levantó las manos y quebró el control del rey, concentrado en torturar a Parijahan. Aferró el arma con la mano ensangrentada y canalizó su poder. Llegó al otro lado de la habitación en el transcurso de un latido y atacó la espalda de Izak.

Magia divina, magia de sangre y algo más, algo diferente.

Poderes que no deberían combinarse y lo bastante fuertes para destrozar a quien los usara. Una magia opuesta que, en otras circunstancias y blandida por otra persona, se habría destruido a sí misma antes de llegar a unirse en un formidable hechizo. Pero Nadya conocía el poder divino y ya había palpado el poder de Malachiasz; conocía su forma, oscura como era, y conocía su propio pozo de magia.

Forzó el torrente de magia a través de la hoja y hacia el monarca. Mataría incluso a un dios.

Izak se sacudió y su cuerpo se estremeció. Sacó el cuchillo y lo miró con horror antes de volver a clavarlo por segunda vez; después cayó de rodillas. Parijahan estaba hecha un ovillo y tenía sangre en la boca.

Silencio.

Entonces, un único sonido de pasos en el suelo de mármol. Levantó la cabeza con cierta dificultad para ver a Malachiasz bajar del estrado con el cáliz con el que había estado jugando en la mano.

Tenía una expresión extraña. Los ojos vidriosos y sudor en las sienes. Tragó con fuerza y la miró durante apenas un parpadeo; se preguntó si se lo había imaginado.

—Gracias —dijo en voz baja—. No pensé que fuera a funcionar, había muchas variables que tener en cuenta y muchas cosas que podían salir mal, pero has hecho justo lo que esperaba.

Se puso rígida. Observó, en silencio, cómo pateaba el cuerpo del rey y lo movía para que la sangre que perdía llenara el cáliz.

—No —gimió. Intentó levantarse, tirar el cáliz y detener lo que estaba a punto de hacer, pero no pudo. Sus miembros se negaban a moverse y se quedó congelada por el horror mientras Malachiasz lo levantaba y removía despacio la sangre de su interior.

—Por favor. —Tuvo que esforzarse mucho para que las palabras salieran de sus labios.

Sintió la mano de Rashid en el hombro y el chico se acercó al Buitre.

Malachiasz levantó una mano y apoyó las garras de hierro en el pecho del akolano, sin apartar la mirada del cáliz de sangre.

—No intentes detenerme —dijo en voz baja. Despacio, se encontró con su mirada suplicante—. Por favor.

—Así no arreglarás nada —dijo.

—No lo entiendes —espetó, y señaló el cuerpo del rey—. Esto no será suficiente para detener la guerra. Los dioses de Kalyazin reducirán Tranavia a cenizas como han hecho con su propio país. No permitiré que pase. No lo permitiré.

—Esto no ayudará.

Nadya se puso en pie a duras penas. Avanzó un paso tembloroso hacia él y puso los dedos en el cáliz. El chico temblaba.

—¿Era esto lo que querías? —preguntó con un hilo de voz—. ¿Todas las mentiras y los planes para esto? —Tuvo un segundo de claridad y comprendió que siempre había deseado la muerte de Serefin para eliminar el trono secular de la ecuación y reclamarlo todo—. Crees que vas a salvar ambos países —susurró, horrorizada—. Solo causarás más destrucción. Por favor, los dioses no son así.

—Te mostré la libertad. Sabes lo que pasará ahora. —Le cambió la voz a un tono acusatorio—. Lo has sabido todo el tiempo.

Lo sabía. Había estado dispuesta a sacrificar Tranavia para salvar Kalyazin. Su misión era divina y los tranavianos eran herejes. Pero se equivocaba; no terminaría así.

—Seré algo más —dijo, frenético—. ¿No lo ves? Te lo dije.

Parpadeó, asustada. Era cierto, lo hizo. Le dijo que había que deponer a los Meleski y a los dioses, pero estaba demasiado cautivada para unir las piezas.

Levantó las manos y las pasó por su pelo; las dejó a ambos lados de su cabeza.

—¿Somos tan diferentes? Se acabó. Déjalo. Te destruirá.

El Buitre Negro negó con la cabeza.

—Lo he esperado demasiado tiempo. —Ladeó la cabeza, con la mirada desenfocada—. ¿Por qué retroceder cuando puedes avanzar más? ¿Por qué dejar que Tranavia arda cuando puedo salvarla? —Se le pusieron los nudillos blancos al apretar el cáliz. Se apartó de ella, lo inclinó y lo vació de un solo trago.

«No».

El corazón se le aceleró. Sintió el poder de Malachiasz todavía dentro de ella y la quemaba. ¿Qué había hecho? Dio un paso atrás.

El chico se estremeció y el cáliz cayó de entre sus dedos. Inclinó la cabeza hacia atrás y su nuez bailó cuando tragó con fuerza. Arrugó la cara. La sangre goteaba en las comisuras de sus ojos.

Garras de hierro, dientes de hierro y unos cuernos ennegrecidos que se enroscaron en su largo cabello. Alas enormes y emplumadas empapadas de sangre brotaron de sus omóplatos. Sus ojos parpadearon con el color del ónice.

Los cambios físicos que los de su clase le habían grabado en el cuerpo. «¿Por qué retroceder cuando puedes avanzar más?».

¿Qué más había? Más allá quedaba un poder corrosivo que Nadya, por culpa de su terrible conexión con él, ya sentía que lo carcomía; las venas bajo su piel se volvieron negras por el veneno. Más allá estaba el poder de un dios; ni siquiera de un dios, pues aquello era peor que cualquier poder divino que hubiera tocado. Era horrible y misterioso, retorcía el cuerpo y ahogaba el alma. Drenaba lo que le quedaba de humanidad para reemplazarlo por algo perverso y loco.

Gritó de dolor. Sentía como si cada cambio también lo sufriera ella. El corte de su mano se calentó, le quemó el brazo y le llenó las venas de fuego.

Picas de hierro asomaron del cuerpo de Malachiasz, goteando sangre. Cuando se irguió e hinchó el pecho, Nadya jadeó. Encajaba con la imagen de los monstruos que aterrorizaban sus pesadillas.

—Fascinante —murmuró. Se llevó la mano engarrada al pecho y frunció el ceño, como si lo que sintiera no fuera más que ligeramente inusual. Sacudió la cabeza y se retorció de dolor. Rayos, truenos y un gruñido de la tierra estallaron a su alrededor.

Nadya se acercó con una mano sobre el corazón acelerado. Tenía lágrimas en los ojos cuando extendió el brazo y le acarició la mejilla.

—¿Qué has hecho?

Todo lo que había sentido por él no eran más que cenizas a sus pies, pero aun así su corazón roto se resistía ante la idea de perderlo.

Había locura en sus ojos negros y algo muy cercano a la divinidad. Lo cual era, en esencia, lo mismo que la locura.

No habló, solo negó con la cabeza. Se alejó de ella. Desesperada y con el corazón roto, se acercó, ignoró sus dientes de hierro y su locura, y lo besó.

Sabía a sangre y a traición.

—Puedo sentirlo —susurró con las manos empapadas de sangre en su cuello—. ¿Qué has hecho? Lo siento.

Sus ojos recuperaron el color del hielo y la miraron con agonía.

—*Myja towy dżimyka. Myja towy szanka.* —Le levantó la cara. La besó otra vez, con cuidado de no hacerle daño con las garras, con una gentileza dolorosa. Cuando se apartó, sus ojos volvían a ser negros y el hielo se fundió en la oscuridad—. No es suficiente.

—¿Malachiasz? —Se le quebró la voz y se aferró a él incluso cuando sintió que se alejaba cada vez más.

Levantó una mano y le rozó la mejilla con el dorso de los dedos.

Creía que así sanaría la herida abierta de su alma destrozada y salvaría su reino. Se estaba destruyendo a sí mismo.

Nadya sollozaba mientras él se convertía en algo peor que un monstruo.

«Pero todavía tiene su nombre», pensó, una idea desesperada, fugaz e irrelevante.

Las lágrimas rodaban por su cara y le agarró la mano, apretándola contra su mejilla. Le besó el dorso. Él la apartó.

Abrió las vastas y negras alas y se elevó. Atravesó el ventanal de la capilla y provocó una lluvia de cristales rotos. Nadya se quedó donde estaba, con la piel manchada de sangre y los dedos en los labios.

El velo sobre Tranavia se desvanecía y la presencia de los dioses regresaba, pero algo estaba mal. Se preparó para la ira de Marzenya, pero no llegó nada.

Sentía a los dioses, pero no le hablaban.

36

SEREFIN
MELESKI

Svoyatova Evgenia Dyrbova: la última clériga conocida, Svo-
yatova Evgenia Dyrbova, una clériga de Marzenya, cayó en el
campo de batalla. Sus últimas palabras fueron consideradas
una profecía de fatalidad: «los dioses se retirarán, su influencia
disminuirá y los clérigos serán una rareza mayor». Kalyazin
estaría condenado si nada cambiaba y la guerra continuaba.

Libro de los Santos de Vasiliev

Serefin despertó en el suelo del santuario rodeado de polillas muertas y fragmentos de vidrio. Abrió los ojos justo a
tiempo para ver a la clériga desmayarse; su amigo akolano no
la alcanzó a tiempo para evitar que cayera al suelo.

Todavía tenía un halo de luz en la cabeza.

—Nadya —susurró el akolano, y la recogió. Se fijó en Serefin
y se tensó al darse cuenta de que estaba despierto. Con mucho cuidado, soltó a la clériga y recogió una daga abandonada—. Si te ma-
tásemos también la guerra terminaría mucho más deprisa —dijo.

Se agachó a su lado con la daga colgando entre sus dedos
largos de piel oscura.

—Adelante —masculló. ¿Dónde estaba Ostyia? La había
perdido de vista en mitad de aquella locura.

El chico lo estudió. Miró hacia la entrada del santuario y
negó con la cabeza.

—No. No creo que seas como tu padre.

Esas palabras lo llenaron de alivio.

—¿Se pondrá bien? —Se incorporó hasta sentarse, aunque no debería moverse; había perdido demasiada sangre.

El akolano miró a Nadya. Su expresión se relajó.

—No lo sé. Pero que lo preguntes hace que me sienta menos inclinado a matarte. —Le tendió una mano—. Soy Rashid.

Lo miró, divertido por la absurda normalidad del gesto. Le estrechó la mano.

—Serefin.

Rashid se levantó y se acercó a la chica akolana, que estaba inconsciente a unos pasos de distancia. Mientras comprobaba su estado, una gran polilla gris revoloteó frente al príncipe.

—¿Eres la única que queda? —susurró, y la empujó con el dedo índice. Las alas del insecto se agitaron. No. Las polillas volverían; las estrellas volverían. Habían alterado su naturaleza y tendría que averiguar lo que eso significaba.

—Quítate de encima, estoy bien. —Le llegó la voz de la akolana. Se incorporó con las manos en la cabeza y entrecerró los ojos para explorar la habitación—. ¿Dónde está...? —Pero se calló y dejó la pregunta sin terminar.

Se movió para arrodillarse junto a Nadya. Un rayo sacudió la habitación, demasiado cerca para no resultar incómodo, pero la lluvia de fuera ahora solo era lluvia. Serefin se levantó y buscó por el salón alguna señal de Ostyia.

La encontró tirada debajo de un pilar como una muñeca de trapo desechada. El pánico le atenazó pecho. No parecía que respirase. «No, Ostyia no». Se agachó a su lado, con miedo a verla de cerca. No quería la confirmación de una tragedia. No quería saberlo.

—No se te permite morir —dijo con voz ronca. Cuando la tocó, una constelación de estrellas se formó alrededor de su mano—. Si a mí no se me permite, a ti tampoco.

La chica respiró y empezó a toser. Le temblaban los hombros.

—¿Serefin? —Tenía la voz áspera.

—¿No hemos tenido ya esta conversación? —Trató de bromear, pero no le salió bien. Casi la había perdido. Le había faltado muy poco y ni siquiera se sentía capaz de pensar en lo que podría haberle pasado a Kacper. Se negaba a perderlos.

—Tenemos que encontrar a Kacper —dijo la chica al incorporarse. Abrió mucho el ojo y levantó la mano para tocarle la piel debajo del ojo izquierdo—. ¿Ves algo con él?

Cuando cerró el ojo bueno, el malo seguía siendo un manchurrón borroso.

—Veo como siempre, ¿por qué?

—Está lleno de estrellas —dijo con asombro—. Estás rodeado de estrellas.

Se apoyó en los talones, sin saber qué decir. «Sí, ahora me pasa», no parecía suficiente. No sabía lo que significaba.

Detrás de ellos, la clériga se movió.

NADEZHDA
LAPTEVA

Le palpitaba la cabeza. Se quedó mirando el hermoso techo de la catedral y contempló la posibilidad de rendirse.

Tal vez lo que habían hecho cambiaría las cosas y todo mejoraría. O tal vez acababan de poner en marcha algo mucho peor. Le dolía la mano con un dolor sordo y punzante. La espiral le dejaría una cicatriz en la palma de su mano, un recordatorio. Se sentó despacio y miró hacia el ventanal por donde Malachiasz había desaparecido. Le había mentido, la había traicionado y ahora se había ido.

Se sentía vacía y agotada. El príncipe se arrodilló delante de ella, con evidente dolor.

Le sonrió débilmente y le tendió una mano.

—Creo que nunca nos han presentado —dijo en voz baja. Dejó de forzar el fuerte acento que había tratado de mantener para hablar tranaviano y el acento kalyazí se fundió en sus palabras—. Soy Nadezhda Lapteva, pero puedes llamarme Nadya.

Su ojo cicatrizado estaba diferente. Era de un azul más profundo que su otro ojo pálido, y había estrellas que brillaban en forma de constelaciones en sus profundidades. Le estrechó la mano. Notó su calor cuando sus dedos se enroscaron con los de ella.

—Serefin Meleski, pero, por favor, llámame Serefin —respondió. Una enorme polilla gris revoloteó desde el techo y aterrizó en su pelo castaño—. ¿Sabes que tienes un halo? —preguntó. El muchacho torpe y encantador seguía allí, detrás del cansancio y las estrellas. Detrás del poder que sentía divino.

Levantó una ceja.

—¿Sabes que tienes una polilla en el pelo?

Sonrió y asintió.

Un rayo cayó justo a las puertas de la capilla y todos se sobresaltaron.

El cadáver del rey de Tranavia yacía al otro lado de la habitación. Había un cáliz en el suelo, a su lado. Su sangre se había secado en las manos de Nadya y las había dejado rígidas.

Miró el cuerpo y se fijó en el cáliz. Sintió como si le dieran un puñetazo en el pecho.

Había conseguido su objetivo; había matado al rey y roto el velo. ¿A qué precio? Uno más alto del que estaba dispuesta a pagar y que había suscitado más preguntas de las que estaba dispuesta a responder.

Le rezó a Marzenya. No tenía las cuentas de oración, no tenía nada. Recibió como respuesta un silencio frío y deliberado que se le clavó en el corazón, pero sabía que la diosa la había escuchado. El velo por fin había desaparecido de verdad.

Miró una vez más el ventanal destrozado de la catedral y los fragmentos de vidrio que cubrían el suelo a su alrededor. El poder oscuro de Malachiasz le picaba bajo la piel mientras se enfrentaba a su propia magia divina. Lo liberaría si creyera que era posible; si sirviera de algo, lo purgaría, se desharía hasta del último resquicio y se lo devolvería al Buitre Negro.

Le dolía la palma de la mano y movió los dedos de la izquierda. La piel se estiró y se tensó alrededor de la herida en espiral. Se levantó con movimientos lentos. Tirada en el suelo, a unos pasos de distancia del cuerpo del monarca muerto, había una corona de hierro. La recogió y volvió a donde estaba sentado Serefin, con expresión confundida.

—El rey ha muerto, larga vida el rey —dijo sin más, y se la entregó.

La miró. Sus ojos eran de otro mundo, fantasmales y divinos por como las estrellas se arremolinaban en la oscuridad de su ojo izquierdo, en contraste con el color pálido y helado del derecho. Se rio con cansancio.

—Nunca pensé que escucharía esas palabras.

—¿Dónde están todos los Buitres? —preguntó Ostyia.

—Habrán huido junto con su rey —dijo Serefin.

—Supongo que la siguiente pregunta es: ¿dónde están los nobles? —preguntó Parijahan.

El chico negó con la cabeza.

—Esperando a ver quién sale vivo de la catedral, lo más probable. Lo que sea que requiera ensuciarse las manos lo menos posible.

Se aferraba a la corona de hierro con fuerza.

«No cree que esté listo para esto», pensó Nadya. «Está asustado».

Era extraño verlo como a un chico y no como el terrible mago de sangre del que había oído hablar en susurros por todo el monasterio donde había crecido. El monasterio que había quemado hasta los cimientos.

Ostyia le tocó la mano.

—Iré a ver —dijo en voz baja. Serefin asintió y la chica se escabulló de la catedral.

Parijahan recogió el cáliz que estaba cerca del rey y la clériga se estremeció cuando lo acercó.

—Confié en él —susurró la akolana con los ojos grises húmedos.

Cruzó una mirada cargada de pesar con Nadya.

«Yo también. Peor aún, creo que lo amaba».

Sin pensarlo, le arrebató el cáliz. Estaba hecho de plata y cristal. Todavía quedaba algo de sangre en el fondo. Acarició el borde con los dedos.

Todo a su alrededor era turbio y borroso. Como si acabasen de despertarse de un sueño. Estaba claro que Serefin sentía lo mismo.

El príncipe tenía la corona en las manos y le daba vueltas con torpeza y una expresión desconcertada y desgarrada. Se levantó y dio un paso hacia el cuerpo de su padre, pero un parpadeo de dolor atravesó sus rasgos. Parijahan se movió para detenerlo y le puso una mano en el brazo.

—Déjame a mí —dijo con suavidad.

—El anillo —respondió, aliviado.

La akolana asintió y se acercó para deslizar un pesado anillo con un sello de la mano del rey. Se lo entregó. Le dio las gracias en silencio, con el anillo en una mano y la corona en la otra. Dudó antes de ponerse la joya en el meñique de la mano derecha. Siguió con la corona agarrada.

Nadya estuvo a punto de intentar contactar con los dioses de nuevo, pero algo la frenó. Nunca antes les había tenido miedo, pero después de casi perderlo todo y darse cuenta de que su magia le pertenecía y no era algo que los dioses le otorgaran o quitaran a capricho, le preocupaba que no la trataran igual. Había dudado demasiado y actuado contra su voluntad demasiadas veces. Había amado a la persona equivocada.

Aun así, creía en ellos; en su versión de los dioses, no la de Malachiasz, y esperaba que eso significara algo. No quería decir que no tuviera preguntas, tenía miles, pero estaba dispuesta a hacerlas. Aunque, tal vez, todavía no.

Respiró hondo y Serefin la miró. Levantó una mano y la polilla aterrizó en el anillo del sello. «Un chico mortal y tal vez un poco divino», pensó Nadya.

No creía en los dioses y seguía siendo un hereje; fuera lo que fuera lo que le habían hecho, dudaba que hubiera cambiado sus creencias. Seguía siendo un mago de sangre.

Sin embargo, le sonrió y la chica pensó que, a lo mejor, no era algo malo.

—¿Esto será suficiente? —le preguntó Nadya a Serefin—. ¿Bastará para detener la guerra?

Malachiasz estaba equivocado.

Tenía que estarlo.

Serefin agitó una mano y la polilla se fue volando:

—Lo será.

Epílogo

EL BUITRE NEGRO

No sabía qué quería de él.

El hambre. La instintiva y ancestral necesidad que lo había vaciado por dentro, le había arrancado el corazón y lo había dejado sin nada más que ansia pura. No había nombre para lo que el hambre quería. Para la disonancia que destrozaba, reconstruía y creaba cacofonías de palabras, voces y ruidos del todo insoportables.

Sabía dónde ir a continuación. A un lugar donde esconderse, recuperarse y hacer planes. A un lugar donde mover las piezas, separarlas y juntarlas. Necesitaba…

(No había esperado llegar tan lejos).

(No había esperado sobrevivir).

Daba igual lo que necesitara. La oscuridad lo desgarraba por dentro. Le quedaba poco tiempo, aunque más del que había esperado.

(No tener forma era muy incómodo).

Un punto de claridad con un ritmo insistente asoló los rincones de su conciencia con un único sentimiento: arrepentimiento.

Arrepentimiento.

El arrepentimiento fue borrado por la embriagadora emoción de un poder que era más grande, que era mucho más. Arrasó las últimas trazas de debilidad que trataban de forzarlo a mirar atrás.

(No había vuelta atrás).

Crecía más y más, un vacío inmenso mientras cambiaba de apenas humano a algo que no lo era en absoluto.

Las puertas de piedra se abrieron ante él para conducirlo a una oscuridad absoluta en la que bajar los escalones sería como dejar de existir.

(Qué adecuado).

Rozó un símbolo tallado toscamente en la pared de piedra que sus manos habían mirado tantas veces.

Recordó vagamente que sus enemigos llamaban a este lugar el infierno en la tierra. El lugar donde la sangre fluía a mares.

Apretó la piedra con la mano y la encontró pegajosa por la sangre. Dudó cuando un pensamiento apremiante se le clavó en el corazón; un recordatorio, un mantra.

Susurró en la oscuridad:

—Mi nombre es…

Negó con la cabeza.

Se esfumó.

Hubo una vez un chico al que destrozaron en pedazos y volvieron a armarlo con la forma de un monstruo. Hubo una vez un chico que se aferró a los restos de lo que había dejado atrás mientras los recuerdos se le escapaban de entre los dedos. Hubo una vez un chico que destruyó lo poco que le quedaba porque no era suficiente.

El chico ya no estaba. El monstruo se había tragado el corazón que le latía en el pecho.

Dejó que la oscuridad lo devorara.

Agradecimientos

En primer lugar, gracias a mi encantadora agente, Thao Le, una extraordinaria maga de la trama. Muchísimas gracias por ver la chispa de algo bueno en el desastre que era mi primer manuscrito, por darme una oportunidad y por empujarme a mejorar. Y por usar a Kylo Ren para ayudarme a entender a Malachiasz. No me puedo creer que funcionara tan bien. Ojalá trabajemos juntas en muchos más libros.

A mi editora, Vicki Lame, por conseguir que este extraño libro y mis ridículos niños monstruosos quedasen al fin completos. También por todos los *gifs* de Kylo Ren.

Gracias infinitas al equipo de Wednesday Books por darnos la bienvenida a mi libro y a mí con un entusiasmo incomparable. A DJ, Jennie, Olga, Melanie, Anna y Meghan.

Gracias a Rhys Davies por darle vida a este extraño mundo.

Gracias a Mark McCoy por la ilustración más *black metal* que ha tenido nunca la cubierta de un libro.

Muchas gracias a Allison Hammerle, que sobrevivió viviendo conmigo mientras escribía este libro. Gracias por pasar tantas noches hablando de cada detalle de la trama y soportarme tirada en el suelo y agonizando. Eres la mejor.

A mis sorprendentes lectoras beta: la malvada reina de la coherencia, Phoebe Browning (sí, al final hay un muro alrededor de Grazyk), Basia P., Revelle G., Jennifer A., Angela H. y Vytaute M. Sois todas maravillosas y no sé si este libro existiría sin vuestros comentarios y ánimos.

A mi gente de Tumblr: Diana H., Hannah M., Marina L., Chelsea G., Dana C., Lane H., Jo R., Sarah M., Ashely A. y Larissa T. No me puedo creer que me vierais escribir este libro en público. Llevamos demasiado tiempo en esa página infernal.

A las maravillosas escritoras que he conocido por el camino: Lindsay Smith, R. J. Anderson, Rosamund Hodge, Melissa Bashardoust, Alexa Donne, June Tan, Kevin van Whye, Margaret Rogerson, Rosiee Thor, Emma Theriault, Deeba Zargarpur y Caitlin Starling.

A Leigh Bardugo, la líder del aquelarre editorial y prodigiosa en todos los aspectos. Gracias por apoyar a una joven escritora novata en Tumblr y por todos los oportunos y sabios consejos. Y, sobre todo, por ser la persona con la que poder desahogarme hablado del ridículo musical de *Dragonlance*.

A Christine Lynn Herman, mi reina bruja, gracias por saturarme los mensajes privados y ser mi amiga. A Rory Power, porque probablemente no me pelearía contigo en un aparcamiento. Y a Claire Wenzel, porque aspiro a ser la mitad de mordaz e ingeniosa que tú; por cierto, termina de escribir tu libro.

Gracias a los extraordinarios artistas que han mostrado tanto aprecio por mi libro: Nicole Deal, Therese A. y Jaria R.

A los libreros que le dieron una oportunidad y le dedicaron tantas palabras amables.

Por último, gracias a mi familia por apoyar siempre mis extraños intereses y mis costumbres de ermitaña. Gracias por dejarme guardar en secreto lo que escribía hasta que estuvo listo para que pudiera mostrárselo al mundo.